U0890531

日本汉学家『近世』中国研究丛书

朱刚 李贵 主编

庙堂与江湖

——宋代诗学的空间

[日]内山精也 著

朱刚 张淘 刘静 益西拉姆 译

慈波 校译

復旦大學出版社

本书由上海文化发展基金会图书出版专项基金资助出版

目　录

Ⅰ　宋代庙堂诗学

Ⅱ　诗人与江湖

Ⅲ　诗人自觉的演变

I

宋代庙堂诗学

第一章　宋代士大夫的诗歌观

一、导言

在北宋的中后期发生的如下文化现象，即使对悠久的中国史来说也是令人瞩目的：身为中央的显官，同时又是第一流的学者，又是领袖文坛的作家，此种“官—学—文”三位一体型的知识人连续地出现。范仲淹（989—1052）、欧阳修（1007—1072）、司马光（1019—1086）、王安石（1021—1086）、苏轼（1037—1101）、苏辙（1039—1112）等就是其代表。他们大多是从第四代皇帝仁宗（1022—1063）的时候开始崭露头角或走上官途的士大夫。那么，为什么这一个时期里集中地产生了多位这样的士大夫呢？原因当然可以举出不少，但笔者认为，其最为根本、最具必然性的一点，乃是科举制度的改革和录取名额的增多，令科举开始被认作官僚机构的最为重要的基础而发生作用①。

以上六位，都是在虚岁19（苏辙）至28岁（欧阳修）之间，因进士及第而走上仕途的俊秀。不过，这并不意味着他们全都拥有幸福的青少年时代。比如说，范仲淹、欧阳修二人在幼年就失去了父亲（范2岁、欧4岁），因此不得不依靠亲族的庇护，在

---

①　有关科举方面的内容，主要参考了以下五种书：

a. 荒木敏一《宋代科举制度研究》，同朋舍，1969年；

b. 侯绍文《唐宋考试制度史》，台湾商务印书馆，1973年；

c. 村上哲见《科举的故事》，讲谈社，1980年；

d. 贾志扬（John Chaffee）《宋代科举》，东大图书股份有限公司，1995年；

e. 王炳照、徐勇主编《中国科举制度研究》，河北人民出版社，2002年。

另外，拙稿《王安石〈明妃曲〉考（下）》（《橄榄》第5辑，1995年5月）中已论及相关内容，请一同参考。

简朴的生活中度过青少年时期。王安石也在应举的两年前(19岁)痛遭父丧,在进士及第的同时,不得不独自负担起一家的生计。剩下来无论是司马光还是苏轼、苏辙兄弟,都不是出自特别富裕的门第。要是在唐以前的贵族社会,他们恐怕无一不被视为寒门出身,连参与国政的机会都难以得到吧。然而事实上,他们升上了宰相(王安石、司马光)、执政(范仲淹、欧阳修、苏辙)、尚书(苏轼)等枢要的地位,不但左右朝政,而且在文化界担当了中心的角色。

他们之所以官运亨通,直接肇因于官僚社会整体的变化——门阀贵族或军阀之类被消灭,在绝对君主专制下,高度中央集权化的官僚机构得以确立,保证了科举出身者的升官之道。但不用说,这一切的前提在于科举,正是科举把走上官途的门户向他们这些寒门青年均等地开放,再加上"糊名法"和"誊录法"的制定,排除了血缘、地缘等种种情面因素的介入,确立了以实力为本位的考试制度。可以说,这才从制度上为他们这些社会的中间阶层提供了参与中央政治之可能。

宋代初期的科举,仍沿袭唐五代的旧制,在进士科之外还设有明经等诸科,但自第三代真宗皇帝的时候起,就呈现出重视进士科的显著倾向,到仁宗的时代,它便成为决定性的科目了。而且,从第六代神宗至第七代哲宗之间,进士科之外的诸科还被完全废止,从制度上也实现了向进士科一途的集中。

在太祖、太宗两朝,登上宰相、执政之位的官僚计 40 名,其中进士及第者 30 名,相当于 75%。真宗、仁宗两朝,85 名宰执中有 74 名进士,比例升至 87%。接下来英宗、神宗、哲宗三朝,60 名宰执中有 56 名进士,实际上超过了九成的比例。[①] 对于

① 参考周藤吉之、中嶋敏《中国历史 5 五代·宋》(讲谈社,1974 年)83 页"进士科出身官僚一览"。

向进士科一途集中的如此情形，司马光曾有如下记述：

国家用人之法，非进士及第者，不得美官。[1]

正如司马光的话所确切传达的那样，在北宋中期以降的官界，进士及第(特别是甲科及第)被视为保证官运亨通的唯一捷径。从而，在这样向进士科一途集中的同时，官僚以及官僚预备队的知识基础或认识形态也应受到极大的影响，促进了这些方面的等质化、平均化。

也就是说，无论是作为青史留名的大牌政治家，还是作为具有独创性的学者，抑或以诗人、文章家驰名后世的人物，在他们起家之前的平均十余年间，应该都以“进士甲科及第”为共同目标，为此而同样地埋头举业。由此不难推知，至少在官途起步之时，他们具有极为相似的知识基础和价值认识。可以认为，进士科考试在保证他们官运亨通的同时，也带来了他们知识基础的等质化，并将之引上极高的水平。由此我们可以相当精确地指出一种因果关系，即像上面六人那样三位一体型的官僚之所以大量出现，其最大的原因就在进士科的考试。

本章站在以上认识的基础上，考察两宋三百年，特别是北宋中期以降，向进士科一途集中已成定局的时代里士大夫的诗歌观。[2] 首先，在接下来的两节里，清理出有关“士大夫诗人”的

---

① 《温国文正司马公文集》卷30《贡院乞逐路取人状》，《四部丛刊》本。《文渊阁四库全书》本《传家集》收在卷32，附题下注：“治平元年上。”治平元年是第五代英宗皇帝的第一年，即公历1064年。

② 已经发表的著述中，与本章关注点类似的，有村上哲见的论文《文人・士大夫・读书人》(初刊于中文研究会《未名》第7号，1988年12月。后收入村上哲见《中国文人论》，汲古书院，1994年)。村上氏将先秦至唐宋都纳入研究视野，围绕这三者的异同进行仔细的分析，特别是对“文人”与其他二者的界限作了明确揭示。本文在执笔之时，蒙其学恩甚多。

理想范型，然后在第四节至第七节里，取宋代文学史上的个别现象加以分析。另外，本章所用的“士大夫”一词，原则上跟“科举出身的官僚”几乎同义。

二、宋代士大夫的理想范型

如上所述，宋代的官僚进用制度，到第四代仁宗的时候，产生了向科举，特别是向进士科一途集中的事态。如果不是进士及第者，几乎没有官运亨通的希望：这种想法在士大夫社会里差不多已经普遍化了。因此，具备科举应试之资格和条件的家庭，其子弟应大都顺从此普遍观念，以进士及第为目标，埋头于举业的功课之中。

宋代进士科考试有三项基本内容：① 考问关于儒教经典的知识或理解的题目（“帖经”“墨义”“经义”）[①]；② 论文题目（“策论”）；③ 文学创作题目（“诗赋”）。但是，这三项内容的重要性并不相等。

在神宗朝，经王安石的建议，“诗赋”被废止。从此以后，自北宋后期至末期新法政权的时代（神宗朝和哲宗、徽宗的亲政期），时间上将近半个世纪，共有十八次进士科考试[②]，是在不包括“诗赋”考题的情况下进行的。南渡之后，以元祐年间的政策为准，而于建炎二年（1128）恢复了“诗赋”考试，但进士科本身也依照元祐年间的做法，分成了两种模式：考“诗赋”的一种，与考题中不含“诗赋”的“经义”一种。此后直到宋末，两者都无法

① “帖经”的考法，是把经书的某几个字隐藏起来，让考生填空；“墨义”也与此相似；“经义”则是按经书的含义写作议论文。与偏重背诵的前二者相比，后者在考查理解能力这一点上有更高的要求。经过王安石的科举改革，进士科新设了“经义”考试，而“帖经”“墨义”被废止。请参考村上哲见《科举的故事》第 3 章第 2 节。

② 参考荒木敏一《宋代科举制度研究》附录“宋代科举登第者数以及状元名表”。

合并。而且，不光是王安石，在他之前，范仲淹、欧阳修等也曾于仁宗庆历年间提出改革方案，其主旨是以“策论”为最重要的考试内容，而把“诗赋”放在末尾。这样，到北宋中期后，“诗赋”的重要性比唐代至北宋初期显著下降。不过，即便是这“诗赋”，除了新法政权下的半个世纪外，毕竟还是包含在考题之中，故从有宋一代科举史的全体来看，它无疑也是区分合格与否的重要依据之一。

从而可以说，上述的①—③三种考题，反映了支撑宋代士大夫知识基础的三大要素。如果画成图式，便如图 1 所示。此图以进士科的考题为根据，表示宋代士大夫在官僚身份之外，必定兼具学者与诗人的身份。至于三者之间的优先级，严格

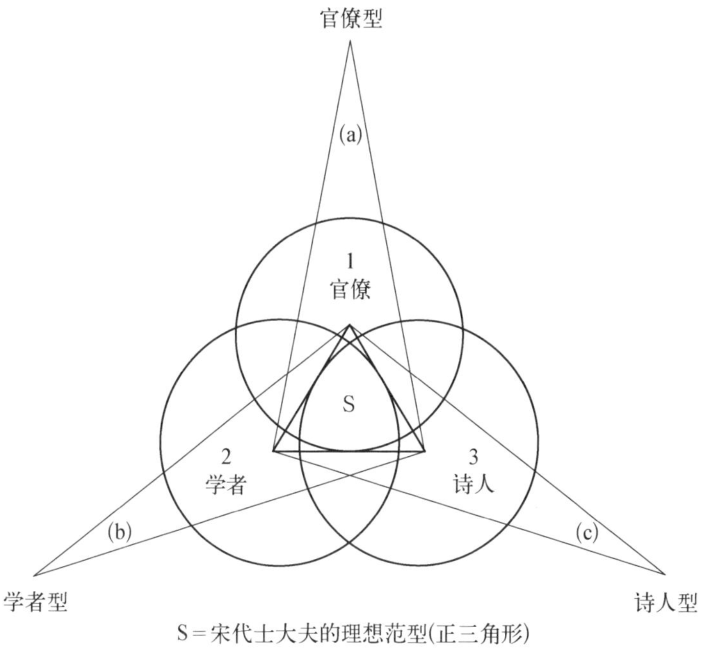

图 1　宋代士大夫的理想范型

来说应随个人的情况而有不同，难保其一定不变，但至少在应举的前后，大致的标准当是：官僚立场第一，学者第二，诗人第三。

首先，考虑到应举这一行为本身就出于谋求官职的目的，故应当认为，在他们的意识中，官僚立场总是保持着相对于其他二者的优先性。其次，关于学者与诗人孰先的问题，在王安石的科举改革中有颇具象征性的表现。从他最重"经义"而废弃"诗赋"的做法可以推知，在北宋中期以降的官界，其时代性的趋势是重视学者立场尤过于诗人立场。与此相关，在文体层面上，从他们的价值意识来说，"策论"或"经义"之类所采用的文体，即散文的技巧，应该比韵文受到更高的重视。宋代的古文六大家都集中出现于北宋中、后期的事实，就与这种时代性的趋势有着某种联系。

为明确起见，将进士科考试的三种考题与官僚、学者、诗人之间的关系表示如下：① "帖经""墨义""经义"是考查作为学者的能力；② "策论"主要考查作为学者及官僚的能力；③ "诗赋"考查文学创作，即作为诗人的能力。

这样，即便三者之间存在着优先级，对当时的士大夫来说，"官—学—文"三种要素，应该是缺一不可的。所以，他们的理想范型应该如图 1 所示的三角形 S，这种构造反映了他们的理想。假如他们在后世是以作为官僚的功绩得到突出的评价，这个三角形就成了向官僚的一角伸长其锐角的形状，假如是作为学者或诗人的评价更为突出，那也将呈现同样的形状。不过即便在那样的场合，与其他两种要素合在一起构成的三角形，仍是宋代士大夫的基本构造。因此，这个三角形的更被期望的形状，是尽可能地接近于正三角形，而且可以想象，这正三角形的面积越大，就越能得到他人的敬仰。

三、宋代士大夫与社会、政治批判诗

图 2 表示了三者交叉的领域，即官僚与诗人(A)、诗人与学者(B)、官僚与学者(C)各自互相交叉的领域。更具体地说，A 可以列举出社会、政治批判诗，或与各种朝廷仪礼相关的诗等；B 可以列举出被评为“以学为诗”一类的多用典故的诗，或咏史诗等；C 可以列举出经学或史学等。

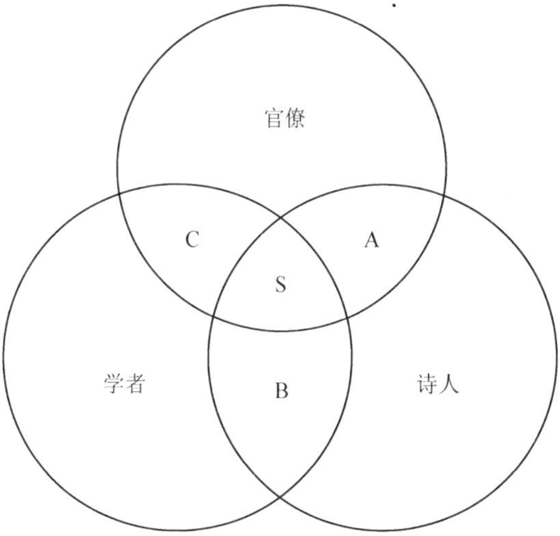

A: 社会、政治批判诗，与各种朝廷仪礼相关的诗等

B: “以学为诗”“以理为诗”类的诗，咏史诗等

C: 经学、史学等

图 2　三者的交叉领域

图 3 表示了诗歌题材上“公”与“私”的区别。其中，“公”的领域中例示的题材与图 2 的 A 相当。这些题材，不同程度地被作者作为官僚的一面规定了它的内容。爱国主义的题材在南宋具有特别重要的意义，当时国土只剩下南方的这一半，所以收复失地成为至高无上的命题。而在北宋时，虽也一直存在着

跟辽和西夏之间的紧张关系，但此种题材还没有担负像南宋时那样重要的作用。因此，在“公”的题材之中，为两宋士大夫所共同而普遍地创作，且最具象征意义的，是社会、政治批判诗。

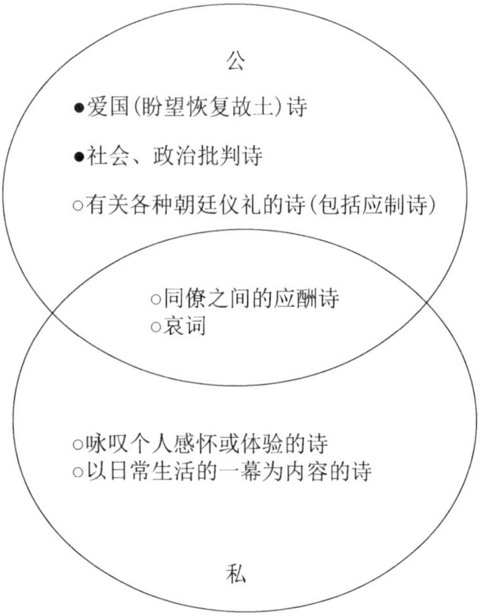

图 3　诗歌领域的“公”与“私”

当诗人把自己看作一个士大夫，即站在民众之上领导社会与文化的存在时，作为联系社会与自己的纽带，或者还作为保障此纽带的文化手段，社会、政治批判的题材就理应具有其他题材无法比拟的重要意义。这是他们为了表现作为公共人物的大丈夫气概，而不可缺少的题材之一。实际上，有相当数量的作品传至今日的士大夫诗人，几乎都留下了这一类的诗歌。今日的我们接触到这类诗歌时，由于它们往往带有类型化的表达方式，所以经常不怎么感觉得到它们的文学价值或独创性。然而根据上述的理由，应该认为，对当时的士大夫来说，这个题材所具有的意义，其重大的程度远远超越了习惯于狭义的文学范畴的今日我辈的价值意识。

创作这种题材的诗歌，其理论上的依据主要是《毛诗大序》所说的“上以风化下，下以风刺上，主文而谲谏，言之者无罪，闻之者足以戒”一节。对诗歌的讽谏作用或社会效能加以积极肯定的这一节，随着《毛诗正义》被指定为国子监以及州县学的标准课本，而成为唐宋士大夫间最为普遍的诗歌观之一。这样的诗歌观可以同时被理解为，作为士大夫的他们必须担负起把朝廷与民间联结起来的媒介作用。

这样，对宋代士大夫而言，社会、政治批判诗无论在理念上还是在实际创作上，都具有十分重要的意义。但是，概观他们的实际创作状况，就能注意到两种主要的、显著的倾向：第一，在整个生涯中一直都在大量创作此类题材诗歌的诗人几乎不存在；第二，其大量创作的年代大致都偏在青壮年时期。度过比较长寿的一生，又有较多诗作传至今日的宋代诗人，他们中的大多数都显示了这样的倾向，例如欧阳修、梅尧臣、王安石、苏轼、黄庭坚、张耒、范成大、杨万里等，即是如此。用图式来表示这样的倾向，就如图 4。

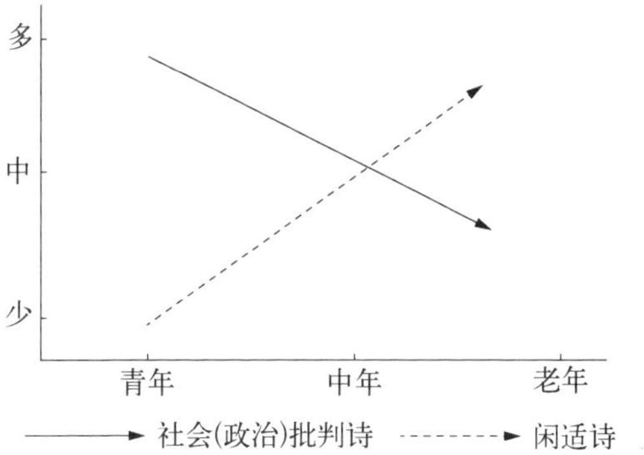

图 4

造成如此倾向的原因，可以合理地说明如下。

在科举应试过程中彻底地学习了儒教"兼济"理念的士子，一旦科举及第，通常先被指派为地方官的属员。心中燃烧着社会理想的少壮士大夫，在那里开始见闻到与理想有差异的种种充满于现实社会的矛盾。然而，刚刚走上仕途的他们能够行使的权力是极为有限的，对中央的发言权、影响力也肯定不大。因此，对他们来说，作诗是公义上被允许的唯一手段，却也是传统上被视为极具政治效能的手段。他们只能诉诸作诗这一手段，来揭示社会矛盾，努力唤起中央的更大关注（这是他们多作批判诗的主因①）。同时，只要这样的诗作被社会所肯定，那么多作这样的诗歌便意味着自身存在的魅力，此种实利的效用也不应该被忽略（这是他们多作批判诗的主因②）。

然而，这些少壮士大夫，几经官职迁转，渐渐就变成官界的中坚、官场的老手，其在政界的发言权也不断增大。曾经站在批判立场的他们随着地位的升高，不久便倒过来成为批判的对象了。而且，已经成为官界中坚的他们，在外任地方官的时候，大致都是作为州县的长官而赴任的。如果在赴任之地发生了社会问题，已经掌握了该地域之最高权力的他们所应该采取的行为，当然不再是多作批判诗而已了。行使给予的权力以适当地处理、解决问题，应是最为优先的职责。否则就不能尽职，会被烙上长官失责的印记。如此，作为官僚的职责上的变化，可以算作促成批判诗减少的主因之一（这是引起他们作风变化的要因①——保身）。

而且，在积累官界履历的过程中，他们不管自愿与否，都要学习现实社会的运作方式，不再只依理念、理想，以个人的气力来行事（这是引起作风变化的要因②——看破）。在此基础上，再加上公平地降临于所有人身上的从肉体到精神的衰老，使作为诗人的他们更多地转而关心个人的生死问题，以及与个人嗜好相关的事物(这是引起作风变化的要因③——身心的衰老)。

上述的内容,当然未必切合于所有的宋代诗人,但至少就士大夫诗人来说,可以视为十分合理的现象。因为既然士大夫的第一优先身份是官僚,那么其作为官僚的一面就规定了其作为诗人的存在方式,对实际的创作活动也施与了极大的影响,这可以视为很自然的归结。这样,主要与政治地位的升迁伴随而来的职责上的变化,与衰老伴随而来的个人关心的变化,其综合的效果,就产生了社会、政治批判诗的减少这一变化。

在以上各节所清理的理念性内容的基础上,下面几节将针对个别的文学现象,加以更为具体的分析。

四、苏轼"白俗"之评意味着什么

"元轻白俗,郊寒岛瘦",是今日广泛流传、脍炙人口的评语,以至于被收入了现代汉语的成语辞典。此语出自苏轼的《祭柳子玉文》:

> 猗欤子玉,南国之秀。甚敏而文,声发自幼。从横武库,炳蔚文囿。独以诗鸣,天锡雄味。元轻白俗,郊寒岛瘦。嘹然一吟,众作卑陋。凡今卿相,伊昔朋旧。平视青云,可到宁骤。孰云坎轲,白发垂脰。才高绝俗,性疏来诟……①

原是祭文的一节中,用来称赞故人柳瑾(字子玉)生前诗作的评语,被后人从中割取,作为苏轼对"元白郊岛"的评论而被诗话笔记类书籍断章取义地引用。唐代后期的代表诗人元稹、白居易、孟郊、贾岛的诗风,被各用一字加以酷评,这多少是有点牵强的总括,但即便如此,后世的诗人或评论家们不但没有非难

① 《祭柳子玉文》,《苏轼文集》卷63,中华书局,1986年。

这个短评，而且一面把这样的评语咏入诗中，一面以此为前提来展开各自的议论[①]。他们之所以不能无视这个评论，不仅因为苏轼在后世拥有崇高的评价，也因为这样的一字评语确实道出了四位诗人的特质的核心部分。

不过，苏轼本人对于这四人，至少对其中的白居易，时时表达出敬慕之意。比如，元祐六年（1091）任杭州知州时，他的诗题中就有以下的一节[②]：

> 予去杭十六年而复来，留二年而去。平生自觉出处老少，粗似乐天。虽才名相远，而安分寡求，亦庶几焉。……[③]

而且，苏轼的别号"东坡"，被认为起因于忠州刺史时代的白居易，此说在南宋时颇为盛行[④]。只此两点，就容易推知白居易对于苏轼来说的重要意义。然而另一方面，上述的"白俗"评语，虽其表达目的是称赞故人的诗作，却明明白白是对白居易诗的否定评价。此间的龃龉，是我们必须作出解释的。

关于这个问题，在管见所及的范围内，已经有两种主要的

---

① 诗评类：许顗《彦周诗话》、张表臣《珊瑚钩诗话》卷1、方回《瀛奎律髓》卷24姚合《送李侍御过夏州》诗评、《水东日记》卷36等。诗句：宋·张扩《东窗集》卷4《次韵徐端明师川清明见访小集》诗、李弥逊《筠溪集》卷22《舍人林公时旉集句序》、王十朋《梅溪集》后集卷8《陈阜卿书云，闻诗筒甚盛，可使流传江西否，戏用竹萌韵以寄》诗、朱熹《晦庵集》卷10《和西江月》词、喻良能《香山集》卷3《都丞李侍郎叔永和予小园二十六诗，因成古风一首奉谢》诗、卷10《李大著惠示诗卷，次韵首篇为谢献之》诗等。

② 此外，类似的表达还见于《轼以去岁春夏侍立迩英……》（《苏轼诗集合注》卷28，上海古籍出版社，2001年）、《赠李道士并叙》（卷29）、《赠善相程杰》（卷32）、《次京师韵送表弟程懿叔赴夔州运判》（卷32）等诗中。

③ 《苏轼诗集合注》卷33，上海古籍出版社，2001年。

④ 参周必大《二老堂诗话》"东坡立名"、洪迈《容斋三笔》卷5"东坡慕乐天"。不过，关于"东坡"命名的由来，也有以陶渊明《归去来兮辞》的"东皋"作为典据的异说，见村上哲见《东坡词札记其二》（收入村上哲见《宋词研究——唐五代北宋篇》，创文社，1976年）。

说法。一种是说苏轼本人的诗人观、诗歌观发生了变化。[①] 另一个说法是，他只是遵从当时的伦理性规范，而表达了最普遍的诗歌观而已。[②] 前者是基于如下的事实导出的结论：《祭柳子玉文》是熙宁十年(1077)苏轼42岁时的作品，而一系列表达了对白居易之敬慕的作品则集中在元祐二年至六年(1087—1091)，中间隔了“乌台诗案”和贬谪黄州等左右苏轼人生观的大事件。至于后者，是为了解决矛盾，所以不视为苏轼个人的诗歌观，而理解为他对当时一般舆论的遵从。

但是，无论哪一种说法，都不能充分地说明这样一个事实存在的理由：苏轼曾在其壮年时期一度明确地否定了白居易的诗风。这里应该注意的是苏轼对白居易的微妙的选择态度。确实，从50岁以后，苏轼开始具体地表达出对白居易的敬慕，但那都是针对白居易作为士大夫的出处进退之姿态而言，并未像他晚年对待陶渊明诗那样，以对其诗歌表达或者诗风的绝对共感为基调。因此，严格来说，苏轼40多岁时作出的“白俗”之评，不能被50岁以后的一系列言行所完全打消，即便到50岁以后，这个评语仍未失效。

那么，令苏轼作出“白俗”之评的动因究竟何在呢？如前所述，作出“元轻白俗”这种否定性评价的背景，是为了称赞故人柳瑾的诗歌，这是原因的一个方面。但是归根到底，无疑也潜在着苏轼的价值意识方面的原因。由此不难领会，在苏轼的意

① 西野贞治《关于苏东坡诗的源流——特别围绕其与白乐天诗的关系》(《日本中国学会报》第16集，1964年12月)。

② 上注西野论文，依据许颉《彦周诗话》“论道之语”的记述而提出此说。又，川合康三《有关“白俗”的检讨》(收入川合康三《终南山的变容——中唐文学论集》，研文出版，1999年；中译本，上海古籍出版社，2007年)介绍了另一种说法，认为苏轼写此评语的目的，是批判北宋当时盛行的模仿“元白郊岛”诗的风潮(吴小如《苏轼所说“元轻白俗，郊寒岛瘦”指的是什么》，《文史知识》1991年第7期)。此外，张海鸥在《苏轼对白居易的文化受容和诗学批判》(阿部顺子译，《橄榄》第11号，2002年12月)中，也详细地论述了苏轼对白居易的敬慕。

识深处，对元白诗价值的估量是较自己的作品为低的。对于元白(郊岛)诗的这种轻视，换言之就是对于自己的这种矜持，究竟何所依凭呢？我们可以根据前面的图示，来作某种程度上的合理说明。

以新乐府为中心，用歌行体创作的社会、政治批判诗(图 2 中的 A)，在“元白”作品中为数不少。就如上一节说的那样，对宋代士大夫而言，这一点正是值得表彰，而并非要加以痛骂的对象。在这方面，“元白”的新乐府等作品恰恰成为宋代士大夫的创作典范。但是另一方面，“学—文”交叉领域的要素(图 2 中的 B)在“元白”诗中却是相对缺乏的(在“郊岛”诗中，A、B 两者都缺乏)。

按白居易本人的主张，社会、政治批判诗往往具有“质而径”“直而切”(《新乐府序》)的表达特征。与此相反，代表着“学—文”交叉领域的、“以学为诗”型的诗歌，却具有多用典故、回避直言的表达形式。可以说，两者正处在对立的位置，而宋代士大夫对此两极是同等看重的。特别是在北宋中期以降，作为学者的姿态比作为诗人的姿态更受重视的时代趋势之中，“以学为诗”型的诗在士大夫诗人间无疑提高了比重。事实上，无论王安石还是“苏黄”，都是如此。同时，在学问方面显得薄弱的“元白”诗之价值相对降低，且被轻视，此种发展的动因，是容易理解的。

可以间接地证明此点的，是对于跟“元白”同时代的韩愈和柳宗元的评价。苏轼在这里没有把“韩柳”纳入批判的对象，是最具说明性的。其原因无疑是基于宋代士大夫中的多数都把他们当作规范来景仰的事实[1]。那么，“元白”与“韩柳”的区别

① 不过，苏轼也并非无条件地对韩柳二人加以礼赞和接受。比如，其《韩愈论》(《苏轼文集》卷 4，中华书局，1986 年)批判韩愈说：“于圣人之道，盖亦知好其名矣，而未能乐其实。”对于柳宗元，也在《柳子厚论伊尹》《柳子厚诞妄》(俱见《苏轼文集》卷 65)等文中给予了严厉的批判。

是什么呢？明确地说，就是古文家身份的有无，和对古文所应载之“道”即学问的态度相异。正是这种差异，产生了视“韩柳”为“重”“雅”，而视“元白”为“轻”“俗”的正反两种评价的基础。

苏轼的“白俗”之评，如果单独取出来看，作为诗评言辞，是自我完整的。但这个评语实际上被安置在称赞故人诗作的文脉之中，而这故人又是一位士大夫诗人。因此，更为恰当的理解是，作为其比较对象的“元白郊岛”，也是作为士大夫诗人的一种（不完全的）范型而出场的。也就是说，从中可以读取这样的构图：评价的背后首先存在着的，是未必基于纯诗学见地的价值观，它决定了总体的框架，对诗评本身也作出了规定。

就宋代士大夫而言，理想的诗人形象，是包含了构成士大夫的另两种要素（官与学）的存在。一旦把士大夫诗人当作这样的复合体来看待，则“元白”就因其诗中“学”的要素（图2中的B）的稀薄，而被他们视为不完全的范型（至于“郊岛”，连“官”的要素A也同样欠缺，故成为更不完全的范型）。笔者认为，使苏轼轻易地作出如此自大的批评——用仅仅一个字的判语就把那些前辈的诗一笔抹煞了——其心理上的原因就在于此。换言之，它反映了以苏轼为代表的北宋中、后期士大夫诗人面对“元白郊岛”时，心中暗暗抱有的优越感。

如果以上推测是正确的，那么苏轼所采用的批评尺度，就包含了从今日的看法来说未必基于纯粹诗学观点的侧面（从而，在上述两种已经存在的说法中，本章的立场更接近于后者，即“遵从了伦理性的规范”的说法）。但是，既然士大夫诗人这种存在本来就是由“官—学—文”三要素构成的复合性存在，那就不妨把这样的双重标准看作他们的言行中一直贯穿的、不可避免的要素之一。

五、黄庭坚及向江西派的发展

在北宋诗歌史上，“苏黄”即苏轼(1037—1101)和黄庭坚(1045—1105)可说是最为重要的继承关系之一，两人的诗风在大体的框架上可以看出较多的类似之点，然而，一旦注意到个别的作品或表达方式，那么更为引人注目的毋宁是其相异之处，而且简直是本质性的区别。①

他们的区别之中，最为明显的就是对于社会、政治批判诗的不同态度，以及在“以学为诗”型诗歌的表达方式上的差异。

首先，就前者来说，黄庭坚在年轻时也曾担任地方官，也曾写下《虎号南山》(熙宁元年，黄庭坚 24 岁)、《流民叹》(熙宁二年)、《上大蒙笼》(元丰五年，38 岁)、《劳坑人前城》(元丰五年)、《雕陂》(元丰五年)等诗。但是，相比于苏轼“乌台诗案”中的各篇，黄诗中的批判性在质和量两方面都是比较轻的，作者的姿态也远为被动而稳健。

现存黄庭坚 50 岁以后写给周围后辈们的书简或题跋，有的谈到了自己的诗论，其中对社会、政治批判诗的创作表示了明确否定态度的，有以下的文字：

> 诗者，人之情性也，非强谏争于廷，怨忿诟于道，怒邻骂坐之为也。其人忠信笃敬，抱道而居，与时乖逢，遇物悲喜，同床而不察，并世而不闻，情之所不能堪，因发于呻吟调笑之声，胸次释然，而闻者亦有所劝勉，比律吕而可歌，列于羽而可舞，是诗之美也。其发为讪谤侵陵，引颈以承戈，披襟而受矢，以快一朝之忿者，人皆以为诗之祸，是失诗之旨，非诗之过也……②

---

① 关于“苏黄”的异同，请参考拙文《黄庭坚与王安石——黄庭坚的心灵轨迹》(《橄榄》第 10 号，2001 年 12 月)。

② 《书王知载朐山杂咏后》，《黄庭坚全集》正集卷 25，四川大学出版社，2001 年。

上引题跋文的末尾，有“元符元年八月乙巳，戎州寓舍退听堂书。江西黄庭坚谪授涪州别驾、戎州安置，年五十四”的识语，据此可知，上文作于哲宗亲政期的戎州（四川省宜宾）谪居时代。这里当然不是完全否定社会、政治批判诗，其所针对的恐怕是白居易《新乐府序》所谓的“质而径”“直而切”的表达方式。但无论如何，当时的黄庭坚似乎把任由怒气倾诉露骨的批判一类的诗，看作诗的本来形态之外的歧途。而在陈述这种“温柔敦厚”的诗歌观时，回旋在黄庭坚脑里的身边的反面教师，无疑正是苏轼。可以证明这一点的是，写作上述题跋的约一年之前，黄给外甥洪刍（字驹父）的书简中有如下的一节[①]：

> ……老夫绍圣以前，不知作文章斧斤，取旧所作读之，皆可笑。绍圣以后，始知作文章，但已老病，惰懒不能下笔也。外甥勉之，为我雪耻。《骂犬文》虽雄奇，然不作可也。东坡文章妙天下，其短处在好骂，慎勿袭其轨也。[②]

洪刍的《骂犬文》虽未传至今日，但恐怕可以推测为痛骂当时政局的寓言类文字。读到此文的黄庭坚忠告他的外甥决不要模仿苏轼的表达方式，他断定那是苏轼的缺点。——这样，在对待社会、政治批判诗的态度上，苏黄之间存在着积极或消极的显著差异。

第二种差异表现在典故的运用方式上，即如何把学识充入诗歌。两人都爱在诗中大量用典，但苏轼总的来说是在明快的议论之中、在明确的意义上使用，所以容易理解他使用典故的表达意图，而黄庭坚则原本具有一种强烈的倾向，喜欢在诗歌作品中表现逻辑上的曲折或飞跃之类，因此多取暗示的方式来

---

① 据郑永晓《黄庭坚年谱新编》（社会科学文献出版社，1997 年），《答洪驹父书》作于绍圣四年（1097）。

② 《答洪驹父书》其二，《黄庭坚全集》正集卷 18。

使用典故，令其用典的意图动辄被晦涩的面纱深深包裹，极为难解。黄庭坚所提出的用语方法之中，有“点铁成金”一说[①]，这无非是公开宣称，在运用“古人之陈言”时，务必加上自己独有的迷彩。这种迷彩使用典的意图越来越难以索解。关于他这样的用典方法，钱锺书曾用巧妙的比喻形容了它的特征：

> “读书多”的人或者看得出他句句都是“古人陈言”点铁成金，明白他讲些什么；“读书少”的人只觉得碰头绊脚无非古典成语，仿佛眼睛里搁了金沙铁屑，张都张不开，别想看东西了。……黄庭坚有着着实实的意思，也喜欢说教发议论；不管意思如何平凡、议论怎样迂腐，只要读者了解他用的那些古典成语，就会确切知道他的心思，所以他的诗给人的印象是生硬晦涩，语言不够透明，仿佛冬天的玻璃窗蒙上一层水汽、冻成一片冰花。[②]

对照本章提示的理想范型，将以上所述苏黄间的两种差异一言以蔽之，便是它们意味着：黄庭坚诗的最大特征是它存在于“学—文”交叉的领域。也就是说，在黄庭坚那里，作为“官—文”交叉领域(A)之代表性题材的社会、政治批判诗，其重要性被降低，而“以学为诗”型的诗风(B)则显得更为突出。

接下来更重要的事实是，这种“A弱B强”型的诗论和诗风，被黄庭坚的下一辈所接受、继承，而进一步盛行于北宋末期直至南宋初期。假如这样的现象仅仅见于黄庭坚的诗中，问题就可以归结到黄庭坚的个性；但既然在他死后的数十年间，一直受到支持，并风靡一世，那就不能只当黄庭坚个人的嗜好来处理这个问题了。

黄庭坚本人直接谈及他持论之背景的话并不多，但应该充

① “点铁成金”之语，见《答洪驹父书》其三(《黄庭坚全集》正集卷18)。
② 《宋诗选注》，人民文学出版社，1989年第2版，第97—98页。

分关注的事实是，他的上述诗论，都写在他给周围门生或后辈的书简、题跋之中，而写作时间都在绍圣年间以后，即旧党官僚遭受贬谪的哲宗亲政期，也就是新法政权的时代。考虑到这一点，就可以感受到，上引的言论中隐藏了黄庭坚的深谋远虑：他鉴于当时的时代状况，想把后辈引导到更为安全的道路上。

笔者已由另文论述了绍圣、元符年间（1094—1100）的言论环境[①]，即便还不到后来的徽宗亲政期那样的程度，也已相当恶劣。经过元丰年间的“乌台诗案”（1080）和元祐年间的“车盖亭诗案”（1089）这两次疑狱，围绕着诗歌创作的环境确实不断恶化。“乌台诗案”是新法政权引起的，而“车盖亭诗案”则是旧法政权所引起。因此，无论政治上的主义、主张为新法抑或旧法，都意味着这个时代的诗歌已经被当作政争的工具。然后，两次疑狱的结局（被弹劾的苏轼和蔡确都未无罪赦免，而被处以流放之刑），明确地显示出：毛传所谓“言之者无罪”的条文，已经不是金科玉律，不能再完备地发挥它的功能。

黄庭坚本人也受“乌台诗案”的连累，被处以轻微的惩罚。而且在元祐年间，作为编修官而光荣地参与了《神宗实录》的编纂，但到绍圣元年政局一变，反因在《实录》中写入了批判性的言辞而被问罪，远远地贬谪到了黔州（今四川省彭水）。这样，黄庭坚作为一个官吏，亲身见闻了从熙宁、元丰直至绍圣的诸多政争，而且最终连自己也卷入了其中。这种亲身的体验，无疑是他告诫周围的后辈不要用诗进行攻击性的露骨批判，而强烈劝导其养成谨严诗风的直接原因。当然，作为诗人，黄庭坚本人的个性比苏轼远为内向和慎重，对其诗风、诗论也有甚大

① 请参考拙文《东坡乌台诗案考——北宋后期士大夫社会中的文学与传媒（下）》（《橄榄》第 9 号，2000 年 1 月），以及《东坡乌台诗案流传考——围绕北宋末至南宋初士大夫间的苏轼文艺作品搜集热》（《横滨市立大学论丛》人文科学系列第 47 卷第 3 号，1996 年 3 月）等。

影响。

神宗朝以降，直到北宋灭亡的前夜，士大夫社会的言论环境随着时代的前行而一味地走向恶化。在这种沉闷的言论环境产生以前，苏轼已经作为年轻的官僚积累了十年有余的资历。其间，嘉祐六年(1061，苏轼 26 岁)参加制科“贤良方正能直言极谏科”考试，获得最优等的成绩，而被期待为将来的言事官。因此，他确实拥有这样的体验：充分呼吸着自由的空气，背负着周围人的期待，而积极、舒畅地展开自己的议论。

但黄庭坚的情况却与此不同。在他开始走上官途的同时，朝廷成立了新法政权，从此以后，官界真正被一分为二，此方强硬地责难彼方，彼方则弹劾和贬谪此方，到处都可以看到冷酷的政治斗争展开于眼前。自然，官界的全体都被压抑的空气所包围，言论也陷于沉滞。

这样，“苏黄”作为官僚的出发之点，是处在明显相异的言论环境之中。客观地说，黄庭坚是在比苏轼更须慎重地选择言词的条件下开始其官僚生涯的，而且可以说，终其一生，情况都没有得到显著的改善。妥当的看法是，虽然先后仅差十几年，但曾在自由的言论空气中讴歌的苏轼，与全无此种体验的黄庭坚，在认识的起点上存在显著的差异。因此，对于理应最为浓厚地反映出作为官僚之立场的社会、政治批判诗，二人采取了明显不同的姿态，也是顺理成章的事。从而，在笔者看来，对这类题材的态度的差异，超越了个性上的差异，超越了个体的层面，其最具决定性的原因在于官界全体的言论环境的变化。

接着，黄庭坚去世后，江西派流行的北宋末期至南宋初期，言论环境也只有恶化，没有根本上的改善。在北宋灭亡前夕的靖康年间(1126—1127 年五月)虽然暂作改善，但其时正值金兵南侵，朝廷已经无法正常运作。南渡之后的十数年内，又为王朝的存亡而与金国之间攻防相续，朝廷总是处在临战状态。到了绍兴和议(1142年)达成,好不容易恢复安定局面,却又被秦桧(1090—1155)所施行的强权政治长期封锁了言论的自由。[①]因此,从北宋末期延绵至南宋初期,黄庭坚及江西派诗风盛行的时期,正好跟官界被剥夺了言论自由的时代完全重合。

社会、政治批判诗本来就以宣传为主旨。为了达到目的,像白居易《新乐府序》主张的那种平易、直接的表达才是最具效果的。但是从作者的立场来看,如果遭到批判对象(即权势者)的反击,这样的表达特征会令他们难作遁词,其包含的危险性也将迅速殃及自己的政治立场。因此,这种题材的创作需要一个绝对的前提条件,即《毛诗大序》的理念成为士大夫社会中根深蒂固的共识,稳定地发挥作用。但北宋后期以降政治斗争的激化,招来的结果是从根本上动摇了这个前提条件。从而,黄庭坚之所以对这类题材的诗采取消极态度,也有其不得不然的一面(即便苏轼,在"乌台诗案"以后,也尽可能少作这类题材的诗)。

至于"苏黄"的第二个差异,即用典、用语的晦涩化,也可以解释为此种言论环境之恶化的间接影响。如前所述,黄庭坚的用典法比苏轼更具暗示性和内向性。继承了他的诗歌观和方法论的江西派诗当然也带有同样的倾向。他们主观上的表达倾向,跟社会、政治批判诗的表达倾向正好完全相反。多用典故,并且在典故的运用上还施加自己独特的迷彩,这样的手法本身就倾向于把读者限定在狭窄的范围,本身就包含了内向的、排他的性格。换言之,就是一种非开放的作诗方式,那些诗只为能够理解他们的诗歌观和作诗技法,能够与他们的审美意识产生共鸣的对象而作。考虑到他们置身其中的当时的诗作环境,这样的风格无疑是他们通过刻苦的诗艺修炼而作出的、

① 参考沈松勤《南宋文人与党争》,人民出版社,2005年。

有利于自我保护的终极选择。这样说的原因也在于，他们的作诗方式在某种意义上是将诗歌的政治、社会效能基本排除后才能成立的。

黄庭坚 50 岁以后写给后辈的书简中，经常谈到学问的修炼、读书的重要性以及对于经典（儒学、史学和诗文方面的典范作品）的彻底学习[1]。举出一例如下：

> 士大夫多报吾甥择交不妄出，极副所望。诗政欲如此作。其未至者，探经术未深，读老杜、李白、韩退之诗不熟耳。[2]

就像这封书简那样，黄庭坚反复教导身边的年轻士大夫诗人（或其候补者），通过学问的修炼来提高诗作的质量，并且自己也留下了运用古人成语或句法的“以学为诗”型的创作实例，为他们提供模范。

不过，黄庭坚为什么如此固执地喜好“以学为诗”型的表达形态呢？依笔者的想法，这如实地表现了黄庭坚对于其作为士大夫诗人的基本姿态的顽强守护。在构成士大夫诗人之共同特征的两大要素，即图 2 所示的 A 和 B 中，对士大夫来说最具象征性的题材（社会、政治批判诗）已经难以创作，在此前提下，要在诗歌中强调其作为士大夫的姿态，便势必只能依赖另一种要素，也即“学—文”交叉的领域了。否则，就跟站在纯粹私人的立场上作诗没有多大差异，士大夫诗人的面目便将失去。关于此点，钱锺书的如下提示颇具启示：

> 我们知道，黄庭坚是极瞧不起晚唐诗的：“学老杜诗，

① 《与王观复书》其一，《答洪驹父书》其二、其三（以上见《黄庭坚全集》正集卷 18）、《与徐师川书》其一，《与潘子真书》其一，《与徐甥师川》其一、其二，《王立之承奉》，《与徐彦和》其二，《答曹荀龙》其一、其二，《与济川侄》，《与宜春朱和叔》（以上见正集卷 19）等。

② 《与徐师川书》其一。

所谓'刻鹄不成尚类骛'也；学晚唐诸人诗，所谓'作法于凉，其敝犹贪，作法于贪，敝将若何'。"所以一个学江西体的诗人先得反对晚唐诗。[1]

上文指出，黄庭坚强烈反对晚唐诗，江西派的诗人们也效法他的这种态度。黄庭坚所谓的"晚唐诸人诗"，恐怕是指以贾岛、姚合为中心的诗人。这些晚唐诗人与他们的最大差别，就在于对待典故的态度。总的来说，晚唐的诗人们并不执着于典故的运用（社会、政治批判的要素也显得薄弱）。黄庭坚的嫌恶恐怕就由来于此。

按今日的文学观，晚唐诗就其明确的表达方式而言，也具有充分的典范意义。但是，以"士大夫诗人"的标准来审视他们的诗作，就会因其既缺乏作为官僚的视点，又缺乏作为学者的视点，而被认为远离了"士大夫诗人"的理想，落到负面的评价。所以，黄庭坚必须死守留给当时士大夫诗人的最后领地（"学—文"交叉的领域），并加以强化，从而强调自己作为士大夫诗人的身份，与此同时，对于后辈们，也通过反复地训示作为"士大夫诗人"的正道，来教导他们不要踏出正道之外。

如本节的开头所述，"苏黄"之间存在多方面的差异。但本章所讨论的，无论是苏轼的"白俗"之评，还是黄庭坚对"以学为诗"型诗的倾倒，实际上都立足于完全相同的诗歌观。如果本章的推论是正确的，那么苏轼是对白居易诗中学问性要素的缺乏表示不满，而加以"白俗"的酷评。黄庭坚也是出于同样的理由而嫌恶晚唐诗，并固执地偏好"以学为诗"型的诗歌。这样，士大夫诗人的诗歌观，恰如贯穿一首协奏曲首尾的"通奏低音"(generalbass)一般，流淌在"苏黄"之间。结果，黄庭坚也没有

① 《宋诗选注》，人民文学出版社，1989年第2版，第160页。

选择“元白”或“郊岛”作为自己尊仰的典范。由此可以看到[illegible]两大诗人“苏黄”的稳固继承关系。

六、从江西派到南宋三大家

黄庭坚以及江西派的诗论和诗风，自北宋末流行至南宋初年。但在秦桧去世的宋高宗绍兴二十五年(1155)前后，跟江西派相异的诗风开始兴起，其间起到关键作用的就是南宋三大家：陆游(1125—1210)、范成大(1126—1193)、杨万里(1127—1206)。三人的诗风当然各有不同，但比之黄庭坚及江西派那种爱好屈折、飞跃，多用典故的晦涩诗风，便无一不显得远为放达和明快。

范成大与杨万里同年进士及第(绍兴二十四年，即1154年，范29岁，杨28岁)，陆游也跟范、杨一起参加了该年的礼部省试，结果却落第了，八年后(绍兴三十二年，即1162年，陆游38岁)才被孝宗赐予“进士出身”。据《宋史・陆游传》，其落第出于秦桧的旨意。无论如何，此三人开始走上官途，名副其实地作为士大夫诗人而活跃起来，是在秦桧死后，这一点是极具象征性的。

关于黄庭坚及江西派的诗风在北宋末至南宋初流行的原因，笔者已在从前的论文中阐述了私见。一言以蔽之，就是与政争的激化相伴随的作诗环境之恶化，在此种局面之下，士大夫诗人为了自我保护和坚持，而选择了如此这般的表达形态。

这里还想补充从前的论文里不曾提及的一点，那就是江西派内部在时间轴上呈现的变化。江西派流行的时间，从北宋末期至南宋初期，长约半个世纪，因此，被后世一概视为江西派的诗人之间，也因年辈的不同而自然地存在诗风的差异。而且，即便同一位诗人，在北宋末期与南渡之后，也多有诗风上的微妙变化。就其大致的倾向而言，年辈越晚的，或者南渡之后经历时间越长的，诗风便越是由晦涩转向放达。此种变化的轨迹不难体认。

例如，从年辈的差别上说，比之北宋灭亡（1126年）前死去的洪朋（1072—1109）和谢薖（1074—1116）等人，更多地活跃于南渡之后的陈与义（1090—1138）和曾幾（1084—1166）便更具放达的诗风。就同一诗人的前后变化来说，徐俯（1075—1141）、韩驹（1080—1135）、洪炎（？—1133）、吕本中（1084—1145）等人都是甚好的例子。

这一系列的变化，完全用偶然性的一致来加以说明，是十分困难的。应该认为，由于王朝南渡这一重大事件的发生，士大夫的言论环境或作诗环境也产生了巨大的变化，由此才引发了上述的现象。紧接南渡之后的十数年间，是士大夫们上为国家存亡，下为一家平安，粉骨碎身奋斗努力的时期。从而或许可以说，他们并没有一心埋头于诗歌创作的条件。然而，尽管在如此窘境之中，南宋初期的江西派诗人却在总体上获得了比北宋末期更为放达的诗风，这恐怕就要考虑到如下的背景：

第一，对于以苏黄为代表的元祐诸人之学问与文学的禁锢，在北宋末年（靖康元年）被解除，到南渡之后，朝廷还进一步为旧党官僚恢复名誉，言论方面的弹压也得到缓和。江西派诗人无一不是跟苏黄有关的旧党士大夫，所以，虽然国家的全体进入了王朝倾覆的最坏之状态，但他们身边的空气却变得比徽宗朝的时候远为良好。

第二，跟第一点密切相关，由于延续到北宋末的激烈党争分裂了士大夫阶层，进而使北方的一半国土陷落，南宋初的朝廷在如此反省的基础上，为了尽快地建立举国一致的态势，而在政治上产生了跟北宋末相异的另一种动力结构。近年的研究表明，南宋初期的政权内部虽也明显存在激烈的权力斗争[①]，但至少在秦桧专权以前，与北宋后期至末期以意识形态上的对立为中心，官界被划分为两半的党争情形相比，政治斗争以远为缩小的规模被限制在局部范围内。即便经历了秦桧专权的时代后，也没有重新燃起和激化新法与旧法之间的意识形态之对立。南渡以后，面临着恢复安定和夺回失地这样绝对至上的命题，北宋后期以来的意识形态对立便完全地消退了，代之而起的是对金政策上的“主战”抑或“讲和”，成为第一优先的政治课题。

始终坚持内向型的作诗姿态的江西派诗人们，也因为感受到祖国分崩离析的激烈外在刺激，而不得不像他们所尊崇的杜甫那样，把亲身的所见、所闻咏入诗歌。这样可以判断，因了王朝南渡的非常事态，朝廷内部开始呈现跟北宋末相异的氛围，再加上降临到诗人们头上的许多强烈的外在刺激，这成为他们诗风变化的直接原因。

不过，他们的诗风毕竟还达不到此后的三大家那样放达的程度，其原因在于：第一，原先的晦涩诗风，正是他们从年轻时代开始就作为追求的目标，经过了漫长岁月的刻苦锻炼而获得的，要在一朝一夕之间舍弃，自然并不容易（这是内部的原因）；第二，朝廷内虽然出现了相异的氛围，但国家全体却处在异民族进攻的威胁包围之下，处在闭塞的令人感觉窒息的时代（这是外部的原因）。而且，在秦桧掌握政柄（绍兴八年至二十五年，1138—1155）的大约十八年间，共计三十八次文字狱相继发生，此种强权政治的展开[②]，说明当时还不具备令诗人们可以充

① 参考沈松勤《南宋文人与党争》第一章《从靖康之乱到绍兴更化》、第九章《高压政治与谄谀之风》等，人民出版社，2005年。

② 参考沈松勤《南宋文人与党争》第九章《高压政治与谄谀之风》，人民出版社，2005年。

分表达其所思的言论环境。

南宋三大家的活跃,其最为首要的保障,就是秦桧那种强权的、高压的政治被解除。因此,秦桧的死成为南宋三大家的士大夫历程之起点,这个事实对于三人来说可能只是偶然而已,但从宋代诗歌史的视点来看,却极具象征意义。一个绝对权势者的死亡,使被压抑的言论空气获得解放,由此奠定了三大家活跃的基础。

如本章第二、第三节所述,对于宋代的士大夫诗人来说,为了确认和强调自己作为士大夫的立足点,包含了官僚以及学者之视点的作诗姿态,是他们特别看重的。但是,从北宋后期至南宋初的冷酷政治现实,剥夺了他们站在官僚的视点上积极作诗的条件。

那么,南宋三大家何以能够再度获得黄庭坚以前的放达诗风呢?首先应该指出的是,如前所述,随着秦桧的死亡,政界沉闷的言论环境被解除这一点。被秦桧的强权所封锁的"主战"意见,在他的死后再度复活,由此使政界的议论走向活跃。因了此种环境的变化,士大夫诗人们可以毫无惧怕地将收复失地的愿望写入爱国主义的诗篇了。

在南宋这样的半壁天下,收复失地的主题容易得到多数人的共鸣,是一个最为朴素的命题。因此,从理念的或者心情的层面来说,这也是士大夫中的任何一人都不能公开否定的命题。即便是强烈主张"讲和"的官僚,也不能例外。他们之所以主张"讲和",恐怕是出于建立在冷静的战力分析之基础上的高度的政治判断,而不会是希望北方的一半国土永远延续其被敌支配的现状。而且,他们理应十分明白:不经战争而从敌人的手中夺回失地,乃是近乎不可能的事。因此,虽然在决定政策的最终场合,有人主张"讲和",但从心情上说,南宋的士大夫们都是"主战"派。这一点跟北宋后期至末期的党争具有本质的差异。笔者以为，以三大家为代表的南宋中期士大夫诗人能够重新开始按照士大夫诗人的理想范型(图1)来作诗，其最大的动因正在于此。

也就是说，随着秦桧的死去，产生了“主战”的意见可以展开的言论环境，以此为一种保障，士大夫诗人拥有了积极创作爱国主义诗篇的作诗环境。本来，这个题材的诗歌所面对的读者并不限于士大夫阶层，它应当是向更多阶层的无数读者发出信息的作品。所以，平易放达的诗风与此题材最为适应。如前所述，对此题材的诗歌持公开否定之态度的士大夫，在当时应不存在。如此，以爱国主义诗篇为突破口，酿成一种基础，使放达诗风再次成为主流。

爱国主义题材一旦成为士大夫诗人最为重要的创作对象之一，那么具有类似表达特征的社会、政治批判诗也就同样地被大量写作。在收复失地成为优先于一切的至上命题的南宋士大夫社会，阻碍这一愿望之达成的东西被视为共同的敌人。因此，在社会、政治批判诗交融着爱国的心情而被歌咏的场合，即便被批判的一方，也不会贸然付以弹劾之举。

南宋三大家何以能与江西派诗人相别，而获得放达的诗风？其最大的原因在于：爱国主义题材的重要性在士大夫社会被广泛公认。换句话说，在南宋三大家的时代，特意利用晦涩的诗风进行韬晦已无十分必要。笔者以为，正是这个原因促成了诗风的变化。那么，存在于现象深处的根本的诗歌观念，仍不外是北宋中期确立的士大夫之诗歌观。在三大家的时代，爱国主义题材的意义被整个社会所认知，其结果是，以此为突破口造成了一种氛围，使诗人们重新回到官僚的立场积极地创作诗歌，由此也确保了“官—学—文”三者在诗歌领域的平衡。从江西派的晦涩到南宋三大家的放达，这种诗歌史上的变化，必须如此说明才最为切近实态。三大家恐怕并未把江西派看作必须克服的对象,或必须摆脱的桎梏。笔者的结论是:从北宋末期至南宋初期的江西派内部诗风之变化,然后延续为南宋三大家的变化,就其主要方面来看,都是围绕士大夫的作诗环境或者说言论环境的产物。

七、江湖派的诗歌观意味着什么

自12世纪末至13世纪初,南宋三大家相继去世,诗坛上出现了新的流派,其标榜的诗风跟江西派和三大家都不相同,而风靡一世。这便是"永嘉四灵"以及继他们而起的江湖派。

据张宏生教授《江湖派研究》(中华书局,1995年),如果把"四灵"计入江湖派中,则此流派的诗人数达到138名。而且,该书还附录了这138人的名单和简历(附录一"江湖诗派成员考")。以此为基础进行考察,则138名江湖派诗人中,有当官经历的计72位,无当官经历的是66位。在有当官经历的72位中,进士及第者42名,约占全体的30%。不过,跟"江湖"派的名称未尝相违的是,他们几乎都没有升到中央的显官,除了刘克庄和林希逸[①]等仅有的例外,即便是进士及第者,也大都只做到地方的县级长官(知县)或州级次官(通判)。这也就是说,此一集团的成员,正如"江湖"之名所示,大半是低级官员或在野的民间人士。

关于他们的诗风特征,参考已有的研究[②],大致可以概括如下:

---

① 刘克庄以恩荫得官,晚年在理宗朝升为工部尚书兼侍读,以宝章阁学士知建宁府致仕。林希逸于端平二年进士及第,历任翰林权直兼崇政殿说书、直秘阁、知兴化军。

② 除张宏生《江湖派研究》外,可参考的还有:胡俊林《永嘉四灵暨江湖派诗传》(吉林人民出版社,2000年),钱锺书《宋诗选注》(人民文学出版社,1958年),程千帆、吴新雷《两宋文学史》第十章(上海古籍出版社,1991年),孙望、常国武《宋代文学史》下册第十三、十四章(人民文学出版社,1996年)等。

① 江湖派受到“四灵”的强烈影响，其诗风多有共同之处；

② 这两个团体都把晚唐诗人，尤其是贾岛和姚合崇为典范，都属于在字句的锻炼上倾注全力的苦吟型诗人；

③ “四灵”与江湖派都反对江西派，总的来说不太运用典故。不过，在江湖派诗人中，也包含了一部分像刘克庄那样多用典故的诗人；

④ 相比于古体，他们更喜欢近体，特别是五律、七律、七绝等短篇的诗体，利用较多。

⑤ 虽然也存在爱国、忧国之诗，与系统地写作社会诗的诗人，但大多数诗人创作的大多数作品，是以浅近的日常生活为题材，其佳作也多属此类作品。

以上特征，如跟本章的主题“宋代士大夫的诗歌观”相对照，那么一言以蔽之，此种诗风所欠缺的正是图 2 所示的 A、B 领域，即诗人作为官僚的要素与作为学者的要素。也就是说，在四灵和江湖派所追求的诗歌观与宋代士大夫的诗歌观之间，可以看到本质上的显著差异。

在本章前面论述的基础上，可以相当容易地探究其中的原因。最深刻的关系，在四灵和江湖派成员的特质上。这两者的成员，约有半数是无位无官的布衣，即便具有当官经历的，其压倒多数也止于地方属官而已。也就是说，他们跟士大夫文化的中心部分相距甚远，是处于其边缘位置的一群诗人。

当然，在一种文化磁场的边缘界线上，向心力和离心力两方都起着作用。向心力要求他们靠近士大夫诗人的理想范型，而离心力则相反，促使他们脱离那种理想范型。那么，向心力与离心力何者的作用更为强烈呢？就士大夫文化的情形来说，那就要看中央政权显示的是何种姿态了。

在四灵和江湖派活跃的时代，恣行权力十四年之久的韩侂胄于开禧二年（1206）春乘金国的衰运发动北伐，结果大吃败仗，于开禧三年遭到暗杀。翌年即嘉定元年，宋金达成和议，暗杀韩侂胄的史弥远代之掌握了政柄，此后擅权约二十六年。其间，北方的蒙古变得强大，并在史弥远死去不久(1234年)，消灭了金的政权。

这样，其时的中央政治正处在从韩侂胄到史弥远的强权政治时代。这是一个压抑言论、盛行腐败的时代。而且，对外的方面不但被金国所大败，还被不断增强的蒙古势力所威胁，所以也是一个被闭塞感所包围的时代。处在这样的时代，中央的凝聚力自然变得弱化。因此，在当时士大夫阶层的边缘，离心力的作用超过了向心力。

正如以上列举的特征③和⑤所记，这个团体中也有的诗人显示了接近于士大夫理想范型的倾向。比如，刘克庄留下了不少多用典故的诗作，刘过、高翥、利登、罗与之、许棐、赵汝鐩、戴复古等也写有爱国、忧国的诗，或社会批判诗。但是，刘克庄已走到士大夫文化的中心位置，在这个团体里属于例外中的例外，不能把他看作这个集团的典范。此外，留下上述那种诗篇的诗人，多数拥有为官的经历，或者就是被称为"清客"或"谒客"[①]的那种与当时有力的士大夫交往密切的诗人。也就是说，他们原本就是具有强烈的士大夫志向的诗人。因此，他们受到中央文化的凝聚力之感召，而留下此种作品，绝非不可理解的事。但是即便如此，他们也还写作了许多缺乏图2所示A与B之要素的脱离社会、非学究式的诗篇，这一事实不可忽视。可以将之视为：处在士大夫阶层之边缘位置的他们，随着离心力的作用而创作的许多诗篇。

限于现存的作品而言，显示了接近士大夫诗人的理想范型

① 详细请参考张宏生《江湖派研究》第二章《文化传统的倾斜》，及附录二《南宋江湖谒客考》。

之倾向的诗人，在多达138名的江湖派诗人(含四灵)中，实际上不足以构成多数，原本就不能把他们的诗风看作四灵和江湖派最具代表性的诗风。

也就是说，四灵和江湖派最具特点之处，是他们脱离了士大夫诗人的理想范型。如果本章的推论是正确的，那么其首要的原因，就由于其成员的多数是处于士大夫文化边缘位置的下层官吏甚或布衣，其次则由于时代状况的作用，促使他们进一步远离士大夫文化。

特别是对于布衣诗人来说，士大夫诗人的理想范型并不是他们必须追求的绝对目标。当然，拥有《诗经》以来之传统的诗歌，乃是士大夫文化的最重要表现手段之一，所以即便是处于士大夫文化之外侧的作者，要完全切断士大夫文化的传统而进行创作，也是困难的。故而即便是布衣诗人的他们，也写作了政治、社会批判诗。但是，江湖派诗人的真本领，毕竟并不在这些站在与朝廷官僚相似的一本正经的诗上。他们的诗风之所以得到当时的广泛支持，是由于他们在诗中真实地表达了自我，巧妙地表现了日常生活的亲切光景。他们的存在意义在于：把诗歌当作一种手段，专门表现自己非社会的私人一面。

也许，从题材多样性的观点来看，他们的诗世界确实是狭小的，而且也缺乏雄大的构想力和壮伟的气势。但是，在生活于市井的民间风雅之人眼里，他们的短篇近体诗充满了纤细的观察力和表现力。杭州的书商陈起把他们的诗编成《江湖集》《江湖后集》《江湖续集》等，出版以后博得了好评。结果引起了权臣史弥远的憎恨，禁止了诗集的发行，并处罚了陈起、刘克庄等人。不过，正像"乌台诗案"的情况，此种诗祸事件如果没有主谋者，往往反而令诗歌更为流行。不难想象，到史弥远去世(宝庆六年，即1233年)后，他们的诗益发受人关注，而风靡一世。

历代以至今日的评价之中，一贯地把他们的题材狭小和脱离社会的性质视为问题①，那几乎等于所谓“缘木求鱼”。笔者以为，那种把士大夫诗人的理想范型当作绝对的标准来评判其诗的方法本身，使探讨他们的存在意义变得困难。

他们的存在意义应当从下述点上去寻求：在中国诗歌史上，处在士大夫阶层外侧的一个诗人群体第一次以明确的姿态展现了他们的诞生。他们的实际创作教导了当时的市民阶层：古今体诗决不是一种跟市民们无缘的存在，而可以自由地用作表达的手段。他们以实例显示：即便不议论天下国家之事，不暴露社会的丑恶，或者不表现作者的学识，只要写入了真实的感受，就能成为诗歌。他们的成功，在某种意义上等于高声宣示：诗歌可以从士大夫的框架中被解放出来，作为纯粹的个人抒情之工具，或者作为适应于各种场合的真实的抒情工具，而发挥作用。就此而言，他们的诗歌给了接下来的元明清近世社会中的市井诗人们巨大的启示。

（朱刚　译）

① 例如，沈德潜《说诗晬语》卷下第八则，钱锺书《宋诗选注》“徐玑”（人民文学出版社，2002年，220页），孙望、常国武《宋代文学史》下册第十三章（人民文学出版社，1996年）等。

第二章　苏轼的杭州时代

——骚客与太守

一、导言

杭州作为大运河的南方起点，其发展始于隋唐①，自五代十国置为吴越国都，不只在经济方面，在文化上也作为中国东南部的一个中心点引人注目。柳永的《望海潮》就生动地描写了北宋中期的杭州：

> 东南形胜，江吴都会，钱塘自古繁华。烟柳画桥，风帘翠幕，参差十万人家。云树绕堤沙。怒涛卷霜雪，天堑无涯。市列珠玑，户盈罗绮，竞豪奢。　重湖叠巘清嘉。有三秋桂子，十里荷花。羌管弄晴，菱歌泛夜，嬉嬉钓叟莲娃。千骑拥高牙。乘醉听箫鼓，吟赏烟霞。异日图将好景，归去凤池夸。

前阕主要描写都市的繁华，后阕描写西湖游兴。据薛瑞生考证，《望海潮》作于皇祐五年（1053）②。

翻开柳永写作《望海潮》之后，再过三十年成书的《元丰九域志》，杭州的级别是"大都督府"，即杭州被赋予了州的最高等级。和六朝古都江宁（今江苏省南京）相比，虽然级别不及（江宁为"次府"，即级别仅次于"四京"［"京府"］，在"州"的最高级别的"府"里，也处于第二位），但是拥有二十万户，这在当时已

---

① 有关唐代杭州勃兴的多角度考察专著，有周祝伟的《7～10世纪杭州的崛起与钱塘江地区结构变迁》（社会科学文献出版社，2006年）。

② 《乐章集校注》下卷，中华书局，1994年，169页。

经是江南首屈一指的大都会了(江宁的户数为十六万)。众所周知,宋王室南渡后,选择杭州为首都,这并不单是军事性、政治性的理由,在北宋约一个半世纪里,这个都市从"东南之都会"进一步发展,已经具备了与"王朝都市"相应的种种基础。

杭州除了是中国东南文化经济中心之外,还另有一个惹人羡慕的魅力。正如柳永《望海潮》的下阕所歌颂的那样,城市西侧伸展的西湖和耸立于西湖三边的青山织成了美丽的山水。如果从唐宋诗人中各举一位被这山水魅力深深吸引的代表诗人的话,我们可能立刻联想到唐朝的白居易(772—846)和宋朝的苏轼(1037—1101)。如果更进一步问两者间谁和杭州的关联更加密切的话,那么先后两次来杭州并在杭州滞留过的苏轼,可能更多一些胜算吧。

苏轼在30岁以后和50岁以后两次作为地方官客居杭州。在两次赴任之间,约间隔十五年的岁月,其间他体验了"乌台诗案"和"黄州安置"这两次苦难。因此,虽然两次都是"杭州和苏轼"这一组合,但是两度客居杭州之间又有一些已经变化的和未变的东西。

苏轼并非是以游客的身份与"东南形胜"相对的。他是作为中央派遣的士大夫担任了这个地域的所有行政事务。因此,对于他来说官吏才是其主要面目,作为诗人的面孔怎么说都仅仅处于附属位置,且在很大程度上被官员立场所左右。第二次到杭州赴任时期,苏轼眼前展开的风景依然是与十五年前没有太大差异的杭州山水,但是面对同样风景的苏轼却和十五前不同了。在这一章里,笔者企图一边着眼于这里的变与不变的要素,一边比较考察苏轼的两个杭州时代。本章并不以研究苏轼传记为主要目的,正如第一章所述;本章是以苏轼的杭州时代作为事例来展开研究,对官吏职责的变化给诗歌创作带来的影响,以及伴随诗人年龄变化而产生的诗作的质变等,这些作为宋代诗人无论谁都会体验的问题，加以考察。本章中有关诗歌将采用《苏轼诗集合注》(清·冯应榴辑注，黄任轲、朱怀春校点，上海古籍出版社，《中国古典文学丛书》本，2001年。以下略称为《合注》)，关于文章则采用《苏轼文集》(明·茅维编，孔凡礼校点，中华书局，《中国古典文学基本丛书》本，1986年。以下略称为《文集》)。

二、两度杭州时代

本节将试图以苏轼的两度杭州时代以及为官的基本状况为中心，从三个侧面加以整理概观：第一，赴任的具体时期和每次赴任时的中央政治的状况。第二，赴任对苏轼官僚人生的意义。第三，两度任期的事迹。

1. 赴任期间和政治环境以及所任职务

苏轼首次赴任杭州，是在神宗熙宁四年(1071)十一月到熙宁七年(1074)九月之间的三年，即苏轼36—39岁间。此时，促进王安石首创之新税法的新法党掌握了政局，官场一分为二成为新法对旧法的局面，激烈的党争全面展开了。苏轼于仁宗嘉祐六年(1061，26岁)以最优异的成绩及第贤良方正直言极谏科，年纪轻轻地就被期待成为谏官。而在新法政权成立不久的熙宁二年(1069，34岁)，他真的被推荐去做谏官，成为言事官的有力候补者之一。然而，与周围的期待相反，苏轼作为旧法的支持团体的年轻论客，常常非难新法的不是。特别是对新法激进的改革手法大声提出异议，从而主张渐进的改革主张。但是这一切不合时宜，结果苏轼为了逃避和政权之间的摩擦，请求外任，调往杭州职掌通判。

第二次赴任杭州是哲宗元祐四年(1089)七月到哲宗六年(1091)二月之间大约一年半时间里，苏轼54—56岁，正值因元祐更化名声高扬的宣仁太后高氏（英宗皇后，哲宗之祖母）垂帘听政之时，政局为反新法集团即旧法党所掌握。但是，旧法党在领袖司马光去世后（元祐元年［1086］九月），分裂为洛党（程颐、朱光庭、贾易等）、朔党（刘挚、王岩叟、刘安世等）、蜀党（苏轼、苏辙、吕陶等）三个朋党，三个朋党间相互攻击责难，彼此牵制阻碍对方。苏轼主张存续新法中的免役法，和其他党对立，而在远离政策论议的地方，正如著名的"洛蜀党议"一样，由程颐等道学家组织的洛党，集中火力攻击，苏轼终因"欲少逃于满盈"（《杭州谢上表二首》其二，《文集》卷二三）得外任，职掌知事，兼两浙西路兵马钤辖。

2. 于苏轼人生的意义

苏轼 21 岁进士及第，至 66 岁去世，大约在 45 年间，从不曾辞官，一生都坚持了为官的立场。其间或是因由新旧法两党角逐，或是因由旧法党内的派别抗争，将"中央官——地方官——谪居"这一落魄轨迹，前后两次铭刻在了他的人生轨迹里。

其中，第一次的落魄轨迹为熙宁年间的官历，如下：

中央官　掌开封府推官
↓
地方官　杭州通判、密州知州、徐州知州、湖州知州　36—44 岁
↓
（约有一百日的御史台入狱）
↓
谪　居　黄州安置　45—48 岁

此后，推进新法的神宗去世，宣仁太后高氏代替年幼的哲宗执行政务，旧党官吏一下子全部都得以复权，被召回中央。苏轼也在量移汝州后，被任命为登州知州，且很快被召还，元丰八年（1085，苏轼 50 岁）十二月拜命礼部郎中。其后一年间，历

任起居舍人、中书舍人、翰林学士知制诰。

第二次赴任期间(元祐—绍圣)的官历如下:

中央官　翰林学士知制诰兼侍读

↓

地方官　杭州知州、a、颍州知州、扬州知州、b、定州知州　54—59岁

↓

谪　居　惠州安置、昌化军安置　59—65岁

只是第二次历任地方官的时候,杭州和扬州之后,被中央召还两次,担任要职: a. 翰林学士承旨知制诰兼侍读,b. 兵部尚书兼侍读、礼部尚书。但是,这个时期合起来只有短短的一年零两个月时间,从杭州知州到定州知州的这一时期,实际上还是被看作是代表地方官的时期。

如上所述,两次赴任杭州都是在苏轼离任中央官职之后,杭州是其最初的赴任地,两次赴任,在作为几年后流谪的落魄人生之第一步上,也是一致的。

3. 在任期间的业绩及其他

熙宁时期有三年时间,大概因由苏轼职掌通判这个次官级别,而中央政权又为对立党派所掌握,和元祐时期的一年半一样,苏轼没有兴办显著的大规模的事业。从现存诗文里我们可以窥视到苏轼的主要事迹是:先后六次去杭州领县及邻近州县视察旅行①,处理裁判案件②以及有关乡试的事务③等。视察旅

① 具体是以下六次:(1)熙宁五年,在汤村监督运盐河建设以及在盐官县视察制盐;(2)同五年十二月视察湖州;(3)同六年一—六月视察富阳县、新城县;(4)同六年夏视察於潜县、临安县;(5)同六年十一月—七年六月视察常州、润州;(6)同七年八月于临安县、於潜县视察蝗害。

② 参照本章引用的"前诗"以及篇目题。

③ 参照《合注》卷八《催试官考较戏作》,"八月十七日,复登望海楼,自和前篇,是日榜出,与试官两人复留五首"。

行兼游赏山水、寻访寺观、与熟人交游等，我们可以从其不少数量的诗歌里推测，苏轼熙宁时期的杭州赴任，无论在心理上还是时间上都是比较从容的。

另一方面，在元祐时期的一年半里，苏轼作为当地的最高行政官员，施展了无愧于职责的三头六臂的才能。他不断对持续两年的自然灾害（元祐四年的大旱和翌年的大雨）采取救荒措施[①]，兴办整治疏通城内水路[②]、疏浚西湖、修筑湖堤（建筑"苏公堤"）[③]等水利、水运、土木事业，同时还设置了病坊[④]等福祉事业。当然，元祐时期的种种事迹的发端都是自然灾害，如果追究一系列措施得以实现的主要原因，可能还是会归结于围绕他的政治环境的变化上。这个时期，他呈给朝廷的多数奏书流传至今[⑤]，从中可以窥见，他的要求也并不都是顺利被接受的。虽然当时政局的内部斗争正处于白热化中，但依然由与苏轼具有相同利益关系的旧党官僚经营，而朝廷内也有他的同志（蜀党官僚），因此可以想象，和熙宁时代相比，他的意见更加容易受到重视。虽说不够充分，但是他的政策和措施最终得以认可。苏轼能够兴建几项大规模的事业，可能就是因为这样的缘故吧。

---

① 详细内容参考近藤一成《知杭州苏轼的救荒策——宋代文人官僚政策考》（《宋代社会和文化》，汲古书院，1983 年）。

② 苏辙《亡兄子瞻端明墓志铭》（《栾城后集》卷 22），有"公始至，浚茅山、盐桥二河。以茅山一河专受江潮，以盐桥一河受湖水，复造堰闸，以为湖水畜泄之限"。据孔凡礼《苏轼年谱》，运河开浚事业终了时间和西湖开浚相同，为元祐五年九月之事（第 930 页）。

③ 有关西湖的开浚和苏堤的建设，参照本章的整理。

④ 苏辙《亡兄子瞻端明墓志铭》（《栾城后集》卷 22）里有"公又多作饘粥药剂，遣吏挟医，分坊治病，活者甚众。……乃裒羡缗得二千，复发私橐得黄金五十两，以作病坊，稍畜钱粮以待之"。据孔凡礼《苏轼年谱》，病坊（安乐坊）开设于元祐五年三月（第 911 页）。

⑤ 收录于《文集》卷 30、31。前注的近藤氏的论文里有关于适当与否的分析。

三、流连西湖

苏轼自己对于杭州这个城市以及西湖的山水究竟怀着怎样的思念呢？在离开杭州以后，他不时触及并具体表现出对杭州的怀念。

① 西湖天下景，游者无贤愚。深浅随所得，谁能识其全。……所至得其妙，心知口难传。至今清夜梦，耳目余芳鲜。……（《合注》卷13，《怀西湖寄晁美叔同年》，五古，于密州）

② 前生我已到杭州，到处长如到旧游。……（《合注》卷13，《和张子野见寄三绝句》中《过旧游》，七绝，于密州）

③ ……轼于钱塘人有何恩意，而其人至今见念，轼亦一载率四五梦至西湖上，此殆世俗所谓前缘者。在杭州尝游寿星院，入门便悟曾到，能言其院后堂殿山石处，故诗中尝有"前生已到"之语。……（《文集》卷49，《答陈师仲主簿书》）

④ 平生所乐在吴会，老死欲葬杭与苏。过江西来二百日，冷落山水愁吴姝。新堤旧井各无恙，参寥六一岂念吾。别后新诗巧摹写，袖中知有钱塘湖。（《合注》卷34，《喜刘景文至》，七古，于颍州）

⑤ 居杭积五岁，自意本杭人。故山归无家，欲卜西湖邻。（《合注》卷36，《送襄阳从事李友谅归钱塘》，五古，于开封）

①—③为熙宁时期赴任后的作品，④和⑤为元祐时期赴任后的作品。

诗歌①开头就用"西湖天下景"高歌西湖风景甲天下，同时表达西湖不可估量的魅力：不论观者贤愚，都能切身感受、愉快享受西湖的出色美景，但是要想知道全貌却又“谁能识其全”呢？作为诗人，本来应该由他来对此加以形容，可是苏轼却用了“心知口难传”，犹如放弃了表现者责任似的表现手段，率直地表现了被西湖所吸引的自己。进而，在离开杭州一年的今天，仍然“耳目余芳鲜”，由此歌咏了岁月也不曾使其褪色的深厚余味。

诗②和诗①差不多是同时期的作品，熙宁八年(1075)冬作于密州知事在任时期。③作于元祐四年(1089)夏[①]，为赴任杭州旅途中的书信。诗②里“前生我已到杭州，到处长如到旧游”，将杭州和自己的联系，歌咏为是超越现世，可一直追溯到前世的。在③的书信里，谈到了导致歌咏②的杭州寿星院里的事件。宋代有几种笔记记录了这一逸事[②]。④是元祐六年(1091)冬，颍州知州在任中的诗作。⑤是元祐八年(1093)春，从扬州召还至京师时的作品。如果说④里一样也有西湖的话，这西湖是比杭州西湖逊色几分的颍州西湖，如诗句“平生所乐在吴会，老死欲葬杭与苏”，咏唱着：自己格外喜欢的是江浙之地，将来老死的时候，希望葬于苏杭。⑤里歌咏到“自意本杭人”，反复歌咏着与②和③相同的感慨，最终讲述了希望在西湖畔修建住所的愿望。

以上五个例子，是苏轼直抒思念杭州的代表作的一部分，在他的诗文里赞美杭州的词语不胜枚举。但是即便仅仅从这五个例子，我们也可以窥视到苏轼对杭州，特别是对于西湖，所寄予的不同寻常的思念。经过两次杭州滞留，可以明显看出苏轼对于杭州的留恋，可谓有增无减。

---

① 孔凡礼《苏轼年谱》卷28，中华书局，1998年，第881页。

② 何薳《春渚纪闻》卷6《寺认法属黑子如星》、陈善《扪虱新话》上集卷1《自悟前身》。

四、杭州时代的诗作

第二次滞留杭州期间，在苏轼的意识里，有着对不变的杭州风土的亲切感，他的眼前也有同样不变的作为诗歌创作素材的山水。但是，置身同样环境的苏轼本人，却和十五年前不一样了。正如前一节所整理，苏轼面临了生死关头（乌台诗案），作为官员也体验了最底层的感受，同时作为作家又得以成长。虽然两次赴任在政治环境、宦游人生方面的挫折有相同之处，但在官场的地位和影响力上却有差别。如果是这样，那么，这些不变和可变的要素在他的诗歌创作上又有怎样反映的呢？

如表 A 所示，熙宁时期，苏轼留下了古近体诗共计 320 多首。在任三年期间、特别是熙宁六年（1073），留下 154 首，这个是他一年作诗最多的数值记录。

表 A　杭州时代的作诗状况

		熙宁时期		元祐时期	
诗　体		作诗数(%)	次韵数(%)	作诗数(%)	次韵数(%)
近体	五言绝句	2　(0.6)	2(100)	4(2.6)	1(25)
	七言绝句	126(39.0)	25(19.8)	58(37.3)	39(67.2)
	六言绝句	0　(0)	0　(0)	8(5.2)	3(37.5)
	五言律诗	12(3.7)	6(50)	9(5.9)	4(44.4)
	七言律诗	100(31.0)	35(35)	37(24.2)	23(62.2)
	五言排律	1　(0.3)	1(100)	2(1.3)	0　(0)
	小　计	241(74.6)	69(28.6)	118(77.1)	70(59.3)
古体	五　言	34(10.5)	8(23.5)	25(16.3)	12(48)
	七　言	25(7.7)	3(12)	9(5.9)	1(11.1)
	杂　言	23(7.1)	8(34.8)	1(0.7)	1(100)
	小　计	82(25.4)	19(13.2)	35(22.9)	14(40)
作诗总数		323	88(27.2)	153	84(54.9)
年平均		114		92	

※　据冯应榴辑注《合注》（上海古籍出版社校点本），《他集互见诗》《补编诗》的诗未计算在内。

而如果将熙宁时期的诗歌创作数量换算到年平均值，一年平均有114首，这几乎是苏轼一生年平均创作诗歌56首(24/2 439)的一倍。

一方面，元祐时期的大约一年半的时间里，创作了150多首，年平均为92首，各自显示了很高的数值。虽然和熙宁年间比较的话，多少有些逊色，但可以判断两个时期都是作诗意欲旺盛的时期①。从选择的诗体这一视点看，两个时期相比较的话，近体诗对古体诗的比率都是七比三。同时，两个时期的共同点还有近体好作七言，古体好作五言。

但是，如果把视点移至两个时期选择的题材(素材、主题)上，则可以看到明显的差异。显示的最明显的差异是，和杭州风土密切相关题材的作品的多少。表B中的④—⑨对应这一点，在熙宁时期的数字远远超过百首，是作品数量占了半数的最主要的题材，可是到了元祐年间大幅度减少，只有不到二成的比例。不仅在数量上减少，从近年中日编选的苏轼诗选类②里，未被选入元祐时期这一题材的作品这点来看，我们还可以认为，其在质量上的重要性也减少了。

就这样，当元祐时期的苏轼，再一次面对着曾经频繁在诗歌里歌咏过的山水时，却没有表现出他要再次将这山水作为题材更多地加以使用的积极姿态。但是，就像前一节里确认过的

① 本章没有提到，实际上苏轼是从熙宁时期正式开始词的创作的。这一点也说明苏轼在熙宁时期文学创作欲望的旺盛。

② 参看的选集有以下七种：(1) 陈迩冬《苏轼诗选》(人民文学出版社，1957年)；(2) 刘乃昌《苏轼选集》(齐鲁书社，1980年)；(3) 吴鹭山、夏承焘、萧湄《苏轼诗选注》(百花文艺出版社，1982年)；(4) 王水照《苏轼选集》(上海古籍出版社，1984年)；(5) 小川环树《苏轼》(岩波书店，1962年)；(6) 近藤光男《苏东坡》(集英社，1964年)；(7) 小川环树、山本和义《苏东坡诗选》(岩波书店，1975年)。如果记下元祐时期这一题材的诗入选数，如下所示，顺序为：元祐时期这一题材的诗的入选数/元祐时期诗的入选数/各个选集收录的诗歌总数。(1) 2/19/332、(2) 1/7/195、(3) 2/11/323、(4) 2/12/230、(5) 0/3/119、(6) 1/10/184、(7) 2/4/101。

一样，元祐时期赴任前后，苏轼对杭州风土的留恋本身，却是有增无减的。

表 B　杭州时代不同题材作诗状况

题　　材	熙宁时期	元祐时期
① 寄赠、酬答	79(24.5%)	49(32.0%)
② 送别、留别	15(4.6%)	10(6.5%)
③ 哀悼	7(2.2%)	5(3.3%)
①—③小计	101(31.3%)	64(41.8%)
④ 纪行、游赏、宴饮	67(20.7%)	10(6.5%)
⑤ 山泉	9(2.8%)	5(3.3%)
⑥ 亭榭、楼台、园林	19(5.9%)	1(0.7%)
⑦ 寺观	38(11.8%)	6(3.9%)
⑧ 节序	23(7.1%)	3(2.0%)
⑨ 风雨雷雪	8(2.5%)	1(0.7%)
④—⑨小计	164(50.8%)	26(17%)
⑩ 咏花	23(7.1%)	32(21.0%)
⑪ 咏物	19(5.9%)	12(7.8%)
⑫ 音乐	2(0.6%)	3(2.0%)
⑬ 书画	5(1.5%)	3(2.0%)
⑭ 其他	9(2.8%)	12(7.8%)
⑩—⑭小计	58(18.0%)	62(40.5%)
	323	153

※　以诗题为中心的分类，分类参照《增刊校正王状元集百家注分类东坡先生诗》(汲古书院，和刻本汉诗集成，宋诗11)

有关这个问题，清代王文诰留下了很有趣的评论：

> 公凡西湖诗，皆加意出色，变尽方法。然皆在《钱塘集》中。其后帅杭，劳心灾赈，已无此种杰构，但云“不见跳珠十五年”而已。[1]

评论里提到的《钱塘集》，是收入了熙宁时期诗歌的诗集，苏轼

---

① 《苏文忠公诗编注集成》卷9《饮湖上初晴后雨二首》诗后的评语。

生前已经付梓。具体指乌台诗案中，作为证据对象呈上的《(元丰续添)苏子瞻学士钱塘集》。只是，原本已在清代失传，王文诰恐怕是概括指熙宁时期所作的诗歌。

“此种杰构”是指接下来举出的《饮湖上初晴后雨二首》之二的构想：

> 水光潋滟晴方好，山色空蒙雨亦奇。欲把西湖比西子，淡妆浓抹总相宜。

诗的后半部分将西湖比喻为春秋战国时代越国美女西施的新奇构思，正是“此种杰构”的具体内涵。

在以上分析的基础上，再看王文诰的评语，我们可以看出他有两个基本立场：第一，苏轼西湖诗的佳作全部集中于熙宁在任中；第二，元祐时期少佳作的缘由是“劳心灾赈”，也就是说，此时苏轼在救荒措施上竭尽全力了。

第一点，可以说是将从表B统计数据得到的结论，用诗评的言辞明确表示出来的。王文诰受到清代考证学的熏陶，奉献其一生考证苏轼作品(《苏文忠公诗编注集成》四十六卷)，考证传记(《苏文忠公诗编注集成总案》四十五卷)，这样的学术前辈对两个时期的西湖诗进行总括定位，是更加具有倾听价值的。第二点是谈到其原因的部分，王文诰在苏轼为官的忙与闲上寻求着原因。

王文诰的评语是否合适，包含着这一问题，笔者必须发表私见，这里想着眼于前面引文最后加了一句短评“但云‘不见跳珠十五年’而已”这一事实，在不断明确这一短评所示内容的同时，在下一节里，笔者想更具体地考察苏轼元祐时期作诗的实态。

五、不见跳珠十五年

苏轼元祐时期的西湖诗里，已经没有这样构想奇拔的诗存在了，只是留下了“不见跳珠十五年”这一句。——王文诰如此简短地概括了元祐时期的诗。那么，这个评语到底暗示了什么呢？从文脉上判断，“不见跳珠十五年”这句诗，无疑在诗的构想上存在着什么特征。

这句诗，出现在下面这首七言绝句中（《合注》卷31）：

与莫同年雨中饮湖上

到处相逢是偶然，梦中相对各华颠。还来一醉西湖雨，不见跳珠十五年。

据说这首诗作于元祐四年（1089），即苏轼到杭州一个月之后的八月（同见孔凡礼《苏轼年谱》卷28，890页）。“莫同年”即莫君陈，字和中，吴兴（今浙江省湖州）人，与苏轼同年（嘉祐二年）进士及第，当时在杭州任两浙提点刑狱。

“不见跳珠十五年”位居结句，在理解全篇上最有分量。而且可以说句中的隐喻“跳珠”是关键诗语。不过，“跳珠”并不是苏轼独创的诗语，唐代钱起、白居易已经留下使用先例：

a. 濯锦翻红蕊，跳珠乱碧荷。（钱起《苏端林亭对酒喜雨》，《全唐诗》卷237）

b. 水石相薄，磷磷凿凿，跳珠溅玉，惊动耳目。（白居易《三游洞序》，《白居易集笺校》卷43）

钱起的使用诗例，形容雨滴打落在莲叶上绽开的情形，白居易的例子是形容泉水滴在洞窟里的岩石上的样子。进入宋代以后，沿袭两位唐代诗人的使用例子的有以下几首：

c. 晚雨跳珠万盖匀，红房高下照池新。（宋祁《荷花》，《全宋诗》卷212）

d. 幽谷有飞泉，入溪知几里。跳珠溅木叶，激雨霏岩趾。（梅尧臣《和端式上人十咏·幽谷泉》，《全宋诗》卷

251）

e. 竹风寒扣玉、荷雨急跳珠。（司马光《闲中有富贵》，《全宋诗》卷 510）

c 和 e 两个例子，在雨水与莲叶组合这一点上，是沿用钱起的使用例子。d 在形容瀑布水花上类似白居易的例子。

苏轼这首诗，也基本上和以前的这些例子相同，是作为形容水花（大雨的雨脚）的诗语使用的。但是与此同时，又并非是用来形容随处可见的大颗雨滴的，这一点从此句乃至全篇的构成上，可以清晰看出。这是因为，紧挨着的前句，将场所特定为了“西湖的雨”，而且，此句“不见…… 十五年”以十五年中未曾见到，来对时间也进行了限定。也就是说，这首诗里的“跳珠”和苏轼“十五年”前在“西湖”见到的“雨”景必须是同一事物的理由。

由于这样的时空上的限定，读者可能会想起熙宁时期苏轼创作的《六月二十七日望湖楼醉书五绝》其一（这首诗作于熙宁五年，即 1072 年），实际上，两首诗之间相隔了十七年，苏轼可能是因为优先考虑到诗歌的效果，在这里使用了概算“十五年”。

黑云翻墨未遮山，白雨跳珠乱入船。卷地风来忽吹散，望湖楼下水如天。

这首诗准确地抓住了湿润温暖的气候带所特有的、晚夏至初秋可以见到的骤雨的特征，是熙宁时期西湖诗歌的代表作之一。——骤然间满天密布的乌云（起句），瞬息间大颗的雨滴开始降落（承句），雨下大了，隔着这一阵雨，刮起的风开始吹散雨云（转句），片刻后天空转晴万里无云，再次回到寂静（结局）。这样一个大自然编制的戏剧，被苏轼大胆巧妙地收入在了起承转结之中。

苏轼诗里使用"跳珠"的作品除了本节举出的两例之外，不再有别的。基于这一事实，元祐时期的诗《与莫同年雨中饮湖上》里的结句所包含的"跳珠"，只能是指熙宁年间的代表作《六月二十七日望湖楼醉书五绝》其一里的"跳珠"。这就是说可以这样考虑，元祐时期的苏轼，有意识地将熙宁时期用过的隐喻嵌入新诗里，给眼前的景色添入了"十五年前的记忆"这一色彩，从而尝试了作品的多层次化。

我们重新回到前面提到的王文诰诗评上。王文诰指出的不正好是这一"构想"吗？也就是说这个构想是：在元祐时期的西湖诗里，引入熙宁时期使用过的诗语作为典故，并让读者对此加以体会。实际上，除了诗语"跳珠"以外，苏轼在元祐时期的作品里，还有一个活用熙宁时期作品诗语的创作的系统性存在。在接下来的两节里，笔者想探讨其实例，同时阐述关于其意义的私见。

六、元祐时期次韵熙宁时期自作的诗

元祐时期的苏轼，将现状与熙宁时期相比较而歌咏，最典型的作品例子是下面的诗(《合注》卷32)：

熙宁中，轼通守此郡。除夜，直都厅，囚系皆满，日暮不得返舍，因题一诗于壁，今二十年矣。衰病之余，复忝郡寄，再经除夜，庭事萧然，三圄皆空。盖同僚之力，非拙朽所致。因和前篇，呈公济、子侔二通守。

前诗

除日当早归，官事乃见留。执笔对之泣，哀此系中囚。小人营糇粮，堕网不知羞。我亦恋薄禄，因循失归休。不须论贤愚，均是为食谋。谁能暂纵遣，闵默愧前修。

今诗

山川不改旧，岁月逝肯留。百年一俯仰，五胜更王囚。

同僚比岑范，德业前人羞。坐令老钝守，啸诺获少休。却思二十年，出处非人谋。齿发付天公，缺坏不可修。

这组诗，“前诗”作于熙宁五年(1072)，苏轼 37 岁，“今诗”作于元祐五年(1090)，苏轼 55 岁。“前诗”为苏轼除夕宿直，见到很多犯法系狱的百姓后慨叹歌咏的诗。面对为了每日的食粮不得不明知故犯的百姓，苏轼联想到为了生活抱紧官职的自己，对百姓抱有深厚的同情。写作背景里恐怕有苏轼对新法的不满，诗中可以读出诗人以为囚人和自己都是新法被害者的愤懑。“今诗”正好与此成为最好对比，歌咏了牢房平安无事、空空如也的状态。“岑范”指后汉岑晊和范滂。两人都是替代太守执行所有职务的有能力的书记官。这里，苏轼是写自己部下的两个通判：公济(袁毂)和子侔(未详。《合注》里说有可能是梅子明)。苏轼歌咏道：因为有像岑晊、范滂一样的有能力的部下，自己才能不用做那么多的工作，优哉游哉度日。

不过，“今诗”是在相隔“二十年”(严格说是十八年)的时光后，次韵“前诗”的。苏轼常常使用不同于传统手法的形态(次韵)，这首诗也是非传统的。即传统手法是次韵同时代的其他人送来的新诗，而这首诗是次韵自己过去写的作品，在这一点上明显不同。

苏轼不时使用这一非传统的次韵，如果我们着眼于使用这些次韵的场景，可以大致看出以下的共同点。这种式样就是：在脱离苦境之后，对苦境中歌咏过的诗歌进行次韵。前面提到的创作例子正好符合这种样式，“前诗”和“今诗”之间，由明与暗、疲惫与安乐这样明确的对比构成，可以说这种对比才是“今诗”的表现意图吧。而这一点又与本章第三节里所整理的内容相吻合，成为可以确证官员苏轼在两个时期心理状态上的差异的创作例子。

但是，从作诗姿态这一立场上重新把握“今诗”时，显露出使用了“次韵”这一手法的事实，诗人没有从零开始创作，而是依赖着熙宁时期的作品，这里可以看到一种消极性。——几乎点评过苏轼的所有诗歌的清代纪昀对“前诗”给予了很高评价，说其“语语真至”，可是对于“今诗”却判下了“此首殊不佳”的最坏评价[1]，这也许是因为元祐时期苏轼精神上的余裕、心理上的安乐，抑或是其被动性的作诗姿态，使得作品的“真至”(即真挚)反而减少了。

七、西湖真西子

除了前两节中提出的作品例子以外，还存在一个可以让我们看出元祐时期苏轼的作诗姿态的作品。这些作品(下面 a—c 的作品)是近似于前面提到的诗句“不见跳珠十五年”的情况的例子。

> a. 泽国梅雨余，衰年困蒸溽。……清风信可御，刚气在岩麓。始知共此世，物外无三伏。长歌入云去，不待弦管逐。西湖真西子，烟树点眉目。……(《合注》卷 32《次韵刘景文登介亭》)
>
> b. 坡陀巨麓起连峰，积累当年庆自钟。灵运子孙俱得凤，慈明兄弟孰非龙。河梁会作看云别，诗社何妨载酒从。只有西湖似西子，故应宛转为君容。(《合注》卷 33《次前韵答马忠玉》)
>
> c. 使君不用山鞠穷，饥民自逃泥水中。欲将百渎起凶岁，免使甑石愁扬雄。西湖虽小亦西子，萦流作态清而丰。……(《合注》卷 35《再次韵赵德麟新开西湖》)

c 为元祐七年(1092)夏，离任颍州知州赴任扬州时的作品，

① 《纪文达公评　苏文忠公诗集》卷 32，宏业书局影印。

诗中的“西湖”指颍州西湖，而非杭州西湖。因此不太适合引用在这里。但是这首诗在构思上也同 a、b 两个例子一样，因此作为参考在这里一并提出。

这三个例子的共通点是都将西湖比拟为西子。西湖——西子，这一组合在音韵上说都是以同一个字开头的双音节词的效果，同时，两者都是越国当地美的象征意象，因此有组合上的巧妙。不过，虽然两者的共通之处是美，但毕竟一方是人，另一方是湖，无法否定是出奇的组合。因此，这三个例子里，下一句分别与“烟树点眉目”“故应宛转为君容”“萦流作态清而丰”相配，以消除本来不同性质的两个形象之间的空隙，从而企图使两个意象连接起来。

不过，当时乃至今天的读者，在第一次读到这三首诗歌时，并没有觉得特别不协调，自然地接受了这样的组合。因为古今的读者都毫无例外地知道苏轼最初使用过这组意象组合的熙宁时期的代表作。

饮湖上初晴后雨二首　其二

水光潋滟晴方好，山色空蒙雨亦奇。欲把西湖比西子，淡妆浓抹总相宜。

以这首七绝为典故的元祐时期的作品，并不是仅仅只有 a、b、c 三个例子，此外还有下面这样的作品例子：

d. 宝云楼阁闹千门，林静初无一鸟喧。……水光潋滟犹浮碧，山色空蒙已敛昏。乞得汤休奇绝句，始知盐絮是陈言。(《合注》卷 33《次韵仲殊雪中游西湖二首》其二)

从朝廷南渡到置都，杭州明显成了政治、经济、文化中心地，也成了不用说是士大夫诗人，就是布衣诗人，一生中也期待着能够作一次访问的都市。实际上，无数文人墨客访问并面对过西湖。他们为西湖的美景触动，写下了许多西湖诗，在这个过程中，上面的《饮湖上初晴后雨二首》之二得以彰显，出现了很多以这首诗为典故的作品。下面我们看看有哪些代表作品：

① 长爱东坡眼不枯，解将西湖比西子。（释德洪［惠洪］《读和靖西湖诗戏书卷尾》，《全宋诗》卷1342）

② 风前柳作小垂手，雨后山成双画眉。何必娉娉仍袅袅，西湖应便是西施。（周紫芝《湖上戏题》，《全宋诗》卷1518）

③ 西湖天下应如是。谁唤作、直西子。云凝山秀，日增波媚，宜晴宜雨。（杨无咎《水龙吟·赵祖文画西湖图，名曰总相宜》，《全宋词》二-1177）

④ 输与骚人知胜趣。醉临流、戏评坡句。若把西湖比西子，这东湖、似东邻女。（杨无咎《夜行船》，《全宋词》二-1203）

⑤ 山色绿如染，湖光青似磨。峰高捧日久，波阔浸天多。瑞气浮城阙，春光醉绮罗。能将比西子，妙句有东坡。（王十朋《春日游西湖》，《全宋诗》卷2022）

⑥ 满目江山富一堂，公余身在水云乡。遥岑更作有无色，西子为谁浓淡妆。（王十朋《题谋野堂》，《全宋诗》卷2033）

⑦ 十里西湖，淡妆浓抹如西子。藕花簪水。清净香无比。（王十朋《点绛唇·清香莲》，《全宋词》二-1352）

⑧ 旅愁底物堪破除，闲出西湖弄妍靡。苍山为鬟水为鉴，烟幕霓裳秀而绮。兴酣剧饮醉如泥，妄意将湖比西子。（史尧弼《春晚饮西湖上归借榻吴山睡起偶作》，《全宋诗》卷2340）

⑨ 莫言老子无人顾，犹有西施作淡妆。（陆游《湖中微雨戏作》，《全宋诗》卷2206）

⑩ 蹇予小疾独不至，诗伯索诗殊未已。笔已老矣何能为，但诵西湖比西子。（喻良能《二月二十四日，杨廷秀郎中诸友约游西湖……》，《全宋诗》卷2345）

⑪ 西湖到眼真西子，莫信温柔别有乡。（陈造《泛湖十绝句》其四，《全宋诗》卷2440）

⑫ 旧说西湖比西子，君言西湖似贤士。（楼钥《同倪正甫尚书游西湖》，《全宋诗》卷2540）

⑬ 雪寒映湖湖水明，西子淡妆仍浅颦。（滕岑《游西湖五首》其二，《全宋诗》卷2553）

⑭ 说与西湖客，观水更观山。淡妆浓抹西子，唤起一时观。（辛弃疾《水调歌头·三山用赵丞相韵……》，《全宋词》三-1951）

⑮ 君不见若把西湖比西子，淡妆浓抹总相宜。（刘过《古诗》，《全宋诗》卷2700）

⑯ 坡谓西湖，正如西子，淡妆浓抹临镜台。（刘过《沁园春·寄稼轩承旨》，《全宋词》三-2143）

⑰ 西湖之景天下无，万句千言空满纸。……因思古人比西子，又见今人比贤士。东坡诗句脱尘凡，不比今人较形似。（张侃《游西湖》，《全宋诗》卷3110）

⑱ 除却淡妆浓抹之句，更将何语比西湖。（武衍《正元二日，与菊庄汤伯起归隐陈鸿甫泛舟湖上二首》其一，《全宋诗》卷3269）

⑲ 漫将西子比西湖，溪边人更多丽。（吴文英《西河·陪鹤林登袁园》，《全宋词》四-2890）

⑳ 妙分西子争妍态，绝想东坡得句时。（董嗣杲《总宜园》，《全宋诗》卷3571）

这些丰富的创作例子，显示出进入南宋以后，苏轼的《饮湖上初晴后雨二首》其二，成为“西湖定评”[1]的过程。清代查慎行评道：“多少西湖诗被二语扫尽，何处着一毫脂粉颜色。”[2]而王文诰则说：“此是名篇，可谓前无古人，后无来者。”[3]就这样，清朝在苏轼诗注上留下了集大成业绩的两位学者，出乎意料地统一着口径，将苏轼这首诗歌评为空前绝后的绝唱。

苏轼将西湖比喻为西子，以及第五节里提到过的反复使用“跳珠”，另外还有上一节里提示的对自己作品的次韵，诸如这些，在间隔一段时间后，对自己的作品再次积极使用这一点上，都有共同特点，参看文学史，这些都是有些特殊的创作例子。

对自己过去的作品次韵，是苏轼之前我们未曾见到的创作方式。

诗语“跳珠”的创作例子，从加入了“西湖雨”“不见……十五年”这样的限定地域和时间的诗语来看，明显是基于熙宁时期七绝“六月二十七日……”的，可以断定是以自己的作品为典故的作品例子。

关于诗歌的典故，前野直彬分为了三种类型[4]，简短归纳他的分类有以下三点：

> Ⅰ 如果不知道典故，意思就不明确，或者是明显无法全面理解作品的意思。
>
> Ⅱ 不知道典故也能大致理解作品的意思，但是如果知道典故，理解就会更深一层。
>
> Ⅲ 作者无意识地使用典故。

这些也可以从对典故的依存度来换而言之。在Ⅰ的情况

---

① 陈衍《宋诗精华录》卷2。

② 见曾枣庄、曾涛编《苏诗汇评》卷9（文史哲出版社，1997年，第二册，316页）所引《初白庵诗评》卷中，为对此诗前两句的评语。

③ 《苏文忠公诗编注集成》卷9。

④ 《中国文学史序说》第二章，东京大学出版会，1982年，32页。

下，如果不知道典故就会陷入无法全面理解的处境，作品对典故的依存度很高。Ⅲ的情况相反，不知道典故也能完全理解作品，对典故依存度很低。如果依照这个分类法，“跳珠”的使用例子应该看作是Ⅰ类。

另一方面，就将西湖比作西施这个比喻来说，因为这是构思层次上的反复使用，很难明确判断是否是典故。但是如果认真地注意元祐期间的a、b、c三个例子，三个例子各自仅仅用了一句诗来补充说明，由于比喻本来是人和湖两者之间意外出奇的比拟，所以难以消除因为有点唐突而显得无法说清的印象。但是，如果假设读者知道熙宁年间的《饮湖上初晴后雨二首》其二，那么虽然只有这样不近情理的简单句子，但是也已经是足够的补充说明了。因此更为自然的是，我们可以认为：这三个例子也和“跳珠”的使用例子相同，作者以熙宁时期的诗为典故，期待读者阅读时想起这个典故，并将典故和这些句子连接起来。如果需要把它也和上面的分类相对应的话，应该是属于其中的Ⅱ类。

以自己过去的作品为典故的手法，与次韵自己的作品一样，是没有先例的稀有创作现象。没有先例当然是有原因的。也就是说，如果将作诗这一行为看作对他人进行自我表现的手段，那么如果不让他人理解自己的表现意图，是无法达到这一目的的。对自己作品以次韵方式作诗，或用自己作品的典故，这在理论上是谁都能做到的。但是，为了达到其表现目的，前提必须是读者已经知道次韵或作为典故的作者的作品。而在各种传播媒体还不发达的当时，如果专门面向特定团体内的少数伙伴创作的话还好，而要考虑到同时代的并不特定的多数读者的话，事实上是很难满足这样的前提条件的。因此，如果以前面的分类来议论的话，不用说Ⅰ类，连Ⅱ类这样以自己的作品为典故的手法，也不得不以抑制性的方式来使用。

那么,为什么对于其他诗人来说不可能的事,在苏轼就成为可能的了呢?其原因可能是一个社会性的变化,即像本章第四节里论述过的一样,苏轼生活时代的前后,民间出版印刷业的急速发展开始变得引人注目了。熙宁时期的诗在苏轼离任杭州后两年内,通过民间出版业者的手编纂印刷并售卖《苏子瞻学士钱塘集》,在这本《钱塘集》中,应该也收入了此七绝二首作品。另外,因诗入狱(乌台诗案)的缘故,苏轼的诗名不仅仅停留在士大夫圈子了,毫无疑问已经渗入到了江湖的各个角落。而且,在御史台被作为审议对象的熙宁时期的作品群,也应该成为引起人们的广泛注意的地方。因此,苏轼自己可能也切身体会到熙宁时期的作品,对于同时代起到了怎样大的影响力,以及怎样地被广泛爱读的。可以判断这一特殊的情况[①],成为使苏轼自然地想起并运用起这种在他之前不存在的创作手法。

如上所述,西湖比拟为西施的奇特设想,并不是到了南宋才得到诗坛认同的,在苏轼元祐重访杭州时,这一认同的基盘已经得以完成了。

八、元祐时期的作诗姿态

在前三节里,对元祐时期的三个具体创作例子进行了探讨。这三个例子的共同点如前所述:新作品的创作没有从零开始,依存于熙宁时期的佳作,是一种被动的作诗姿态。熙宁时期和元祐时期之间,可以看出苏轼在作诗姿态上有了明显的变

① 元祐时期,苏轼的诗不仅在国内,还流传到了国外。可以从他自己如下的话语中确认这一点:"余与子由入京时,北使已问所在。后余馆伴,北使屡诵三苏文。"(《合注》卷31《次韵子由使契丹至涿州见寄四首》其三的自注)已经发表过的全面论及苏轼生前已经编纂了诗文集的论文有:村上哲见《关于苏东坡书简的传来与东坡集诸本的系谱》(京都大学《中国文学报》第27号,1977年4月);曾枣庄《苏轼著述生前编刻情况考略》(《中华文史论丛》1984年第4期)。

化，正如前面提到的王文诰指出的，应该这样考虑：这一变化与其说是因为苏轼作为诗人的变化带来的，不如说是政治环境和为官立场的变化促成的。

苏轼是宋代典型的士大夫。作为士大夫诗人的常态，构成“士大夫”的其他要素，直接或间接地影响着他作为诗人的状态。就像第一章里整理的一样，宋代士大夫，主要是“官僚—学者—诗人”三副面孔的融合体，特别是为官的立场必须优先于其他所有的立场。

在这里重新确认一下本章在第二节所整理的内容。熙宁时期的苏轼为官的环境和状况是这样一个组合体：通判——30来岁——拥有不同政见的中央政府。而元祐时期则是：知州——50来岁——拥有相同政见的中央政府。熙宁时期，虽然说还只是通判，年纪也才30来岁（关于年龄变化引起的题材变化，请参考第一章的图4以及有关说明的部分），围绕他的政治环境使他的注意力更多地转向诗歌创作。而在元祐时期，连年的自然灾害无疑是使他的注意力转向行政的决定要因。但是，即便没有自然灾害，恐怕也不会像熙宁时期那样热衷于诗歌创作。此时的苏轼已经是过了50岁的老练成熟的官员，和中央政府也有密切的关系，加上是当地的长官，因此，这时候的苏轼作为行政官、政治家，被要求具有最强的手腕，相反没有人期待他成为成功的诗人。

甲天下的西湖山水与稀世天才诗人的这一组合，经过波澜壮阔的十五年，再次联系在一起的事实，对于苏轼的诗歌，或者对于西湖诗史，添加了怎样的新面貌呢？无论如何，这个事实都会勾起这一文学上的注意力。实际上，这一疑问都只是以空洞的回音为结果。但是，当然也可以说，这一结果也毫不隐晦地告诉了我们，当时的士大夫诗人们都置身于其中的官僚和诗人两个身份之间的优先关系。

(1) 葑合平湖久芜没，人经丰岁尚凋疏。(《合注》卷31《去杭十五年，复游西湖，用欧阳察判韵》)

(2) 卷却西湖千顷葑，笑看鱼尾更莘莘。(《合注》卷32《次韵林子中见寄》)

(3) 我凿西湖还旧观，一眼已尽西南碧。(《合注》卷33《与叶淳老、侯敦夫、张秉道同亲视新河，秉道有诗，次韵二首》其一)

这三个例子，都是元祐时期的作品。(1)是到杭州不久的元祐四年(1089)八月前后的作品。“葑”是指菰，和菱等一起群生于水不深的湖沼，茂盛的时候，其腐烂的草根沉淀于水底，最终泥土化。作品(1)是歌咏因由菰的繁茂，西湖很长时间处于“芜没”状态。诗歌表现了诗人面对眼前的一片荒废，心痛的样子。此时，苏轼的胸中可能已经在描绘西湖开浚的计划。

根据孔凡礼的《苏轼年谱》，(2)是元祐五年(1090)五月的作品[①]。同年四月下旬，苏轼开始兴办西湖开浚事业，五月前为了请求资金援助，不断向朝廷上奏书状，(2)表现了想象除去覆盖在上面的菰之后的美丽湖面的苏轼。诗句大概反映了资金筹集有了眉目，事业前景明亮的现实。顺便说一下，西湖的开浚事业结束，与完成苏堤是同年九月的事[②]。

(3)是元祐六年(1091)春三月的作品[③]。诗里充满了对疏浚事业的结束、西湖重新恢复美丽湖面的喜悦以及实现了这个目标的自我满足和成就感。

在上面三个例子里，苏轼已经不是单纯地作为审美对象接触西湖了，作为对景观存在的状态负有责任的现场管理者(行政责任者)的意识很明显地表现出来了。如果说熙宁时期的苏

---

① 《苏轼年谱》卷29，918页。

② 同上书，卷29，930页。

③ 同上书，卷30，955页。

轼尽情享受真实的西湖美，获得江山之助而创作了大量佳作，从而使诗名高扬的话，那么元祐时期的苏轼作为士大夫，可以说是充分发挥了应该最优先考虑的行政官的本领，是奔波救助州民于苦境的时代。熙宁时期，曾经用许多佳作表现西湖山水之美，并加以宣扬的苏轼，到了元祐时期，虽然写诗有些被动，但是他以拥有的政治影响力为背景，采取救荒措施，救济州民于苦境，同时在自己热爱的西湖，兴建了值得纪念的“苏公堤”。于是，苏轼的名字不只是作为诗人，也作为有能力的知州，永远被铭刻在了在杭州这一土地上。

心似已灰之木，身如不系之舟。问汝平生功业，黄州惠州儋州。

前面的六言绝句，创作于建中靖国元年(1101)五月，在海南岛的北归途次访问镇江金山寺时，是其最晚年的作品[①]。据说寺中僧人请求苏轼为自己的肖像画写赞，于是他写下了这首诗[②]。诗的后两句，是苏轼对自己一生的总结，将自己的功绩歌咏为黄州、惠州、儋州。众所周知，这三个州都是苏轼被流放发配的地方。也就是说，苏轼到了晚年最后的日子，将为官的最大挫折和苦境，一笑置之，称为“功绩”。的确，在这三个州，苏轼被置身于罪人的立场，其环境是为官之身最大的不遇。但是，我们知道他的文学活动的高峰正好是黄州、惠州和儋州。政治境遇最不佳的时候，苏轼作为诗人的业绩却闪现着耀眼的光芒。诗人苏轼的功绩，毫无疑问地在这三州。而在苏轼身上可以看到的这个显著的对比，恐怕也不是局限于苏轼一个人的特殊现象。虽然会有程度上的差别，但是可以认为这是宋代士大夫诗人都有的共同倾向。

---

① 《苏轼年谱》卷40，1403页。

② 《合注》卷50《自题金山画像》。

政治性的绝顶时期和文学性的绝顶时期，期间安置着苏轼的两次杭州时代，分别窥视与这两极的距离，从而思考两个时代的意义，士大夫和政治、士大夫和文学，对于士大夫诗人来说的重要命题便浮现出来了。而本章论述的内容，难道不能说是用极其明了的形式，提示了各自在当时的相关关系吗？

（益西拉姆　译）

第三章 苏东坡与黄山谷的万里交情

——围绕《黄州寒食帖》

一、“石压虾蟆”与“树梢挂蛇”

苏东坡的《寒食帖》又来到东京了。众所周知,《寒食帖》命途多舛,在关东大地震时险些化为灰烬,是与日本有着特殊奇缘的绝品,时隔约七八十年,如今再度来日。

《寒食帖》的珍贵之处无疑在于东坡诗的纯熟苍劲和充满个性、恣意挥洒的字体,而附于其后的黄山谷题跋也提高了《寒食帖》的价值。《寒食帖》是“宋四家”中的两家“苏黄”在一卷书轴中交相辉映的现存唯一真迹。

在专业书法家眼中,《寒食帖》宛如“神品”,而对于外行的笔者来说,比起超凡绝俗的书法神妙,更能体会到苏黄二人的温暖情谊,历经千年时光幽幽传来——彰显着“人品”的极致。而在欣赏这幅书法作品时,总会浮上心头,令我不禁莞尔的是下面这段逸话:

> 东坡与山谷一日论书。东坡道“鲁直近字虽清劲而笔势有时太瘦,几如树梢挂蛇”。听闻此语,山谷道“公之字固不敢轻议,然间觉褊浅,亦甚似石压虾蟆”。言毕二人大笑。

这则逸闻记录于北宋末南宋初人曾敏行的《独醒杂志》卷3。《寒食帖》里也的确处处可见“石头压扁的虾蟆”和“挂在树梢的蛇”[①]。

① 苏黄所用比喻,基于相传书圣王羲之所撰《笔势论十二章》的《节制章第十》(收录于南宋陈思编《书苑菁华》)中的叙述。认为太长、太短的字是大忌,形容过长“似死蛇挂树”,过短“似踏死蛤蟆”。

二、《寒食帖》的书写时期

山谷跋文的书写背景能大致确定在元符三年(1100)秋冬之间,地点是与东坡故乡眉山紧邻的青神县。[①] 但确认东坡诗的书写时间却极为困难。只能够肯定上限为作诗的元丰五年(1082)春,下限为山谷书写跋文的元符三年,期间约二十年(不过最后五年东坡身处岭南和海南岛,作书的可能性极低)。

当时的文人习惯于把新近的作品抄寄亲友以代替报告近况,所以同一篇作品往往被抄写多次。而且东坡生前乃文名甚高的书法家,其书法作品常为人们所希求。即使获罪闭门蛰居黄州之时,也不乏故旧求其书作[②]。因此,东坡提笔书写这篇《寒食雨二首》也当不止一次两次。

一种看法认为笔势逼真,故而书与诗乃同时所作。当然不能否认这种可能性,但也不能仅仅因为笔势而下定论。何以言之?即使在处于政治巅峰期的元祐年间(1086—1093),如若东坡书写此诗,由于言出肺腑,握笔在手之际,作诗时的心境将重现胸中,彼时思绪也定然现于笔端。

与苏轼诗帖不同,前文所言山谷跋文的书写背景则非常明确。山谷在此五年之前(绍圣二年)由于遭受新法党人的报复,被贬谪到黔州(四川省彭水),过了两年又被迫转向更远的戎州(今四川省宜宾)贬所,过着流放生活[③]。然而元符三年初,推行新法的哲宗驾崩,皇太后向氏摄政,减轻了对旧党官员的处罚,山谷也获得赦免。同年五月,奉命前往鄂州(湖北省武昌)赴任。但他并未立刻奔赴任地,而是乘船沿长江溯流而上,经过

① 参看近藤一成《东坡〈黄州寒食诗卷〉与宋代士大夫》(同氏《宋代中国科举社会研究》Ⅲ部第四章,汲古书院,2009年,384页)。

② 例如参考《与子安兄七首》其一(《苏轼文集》卷60)。

③ 苏东坡也与山谷几乎同时先被流放到岭南惠州,其后又流放到海南岛儋州。

大约一个月，来到岷江边的青神县。

青神住着山谷的姑母和姑夫张氏一族，山谷的堂妹也嫁入张家，他们与山谷有着不浅的姻戚关系，亲戚的款待疗愈了山谷五年流放生涯的疲惫。其时，收藏着《寒食帖》的张浩在离青神二百多公里外的梓州盐亭（四川省盐亭）当事务官，得知山谷长期逗留青神，他携《寒食帖》远道而来，请求山谷题跋其上（张浩与青神张氏别为一族）[①]。当时山谷56岁，乃去世前五年。

三、万里交情

山谷书写跋文之时，东坡也因相同缘由获准离开海南岛，准备渡海北归。此际旅程刚刚开始，东坡正在从大陆最南端的廉州（今广西壮族自治区合浦）去向广州（今广东省）的路途中。横亘在苏黄二人间的直线距离超过一千公里。

面对《寒食帖》，山谷究竟想到了什么？令人怀念的"石压虾蟆"样的字迹跃然在眼，如见东坡其人。贬谪生涯的冷落寂寥流露在字里行间，有着同样经历的山谷想必能更痛切地体会吧。然而斯人远在万里，不在眼前。《寒食帖》诉说着他与东坡的距离，这正是东坡与故乡的距离，山谷是把突然出现在自己面前的《寒食帖》当作东坡的分身了吧？

山谷当时的行踪尚有一点不太为人所知，那便是他曾到青神邻县眉山，拜谒东坡父亲苏洵之墓。这件事被与东坡、山谷两人交情甚笃的李之仪（1048—1127）记录下来[②]。苏洵之墓在离眉山县城东北十多公里的田园地带，伫立于斜坡缓丘之上，笔者曾经前往参谒，从县城徒步往返要花费半日，实乃偏僻之

① 关于山谷和青神张氏，以及持有《寒食帖》的张氏的关系，前注近藤一成的论文进行了详细考证。

② 李之仪《姑溪居士文集》卷39《跋山谷帖》中有"既得罪，迁黔南，徙戎，凡五六年而后归。展转嘉眉，谒苏明允墓，上峨嵋山礼普贤大士，下巫峡访神女祠……"（线装书局，收于《宋集珍本丛刊》，2004年）。

四川眉山郊区苏坟山的苏洵墓(笔者摄影,1989 年 9 月)

所。且附近也并无其他名胜古迹,则山谷此行自然是专为扫墓。山谷为何要特意参谒此处呢?不用说他从未见过苏洵。

笔者推测扫墓之行是由《寒食帖》促发的。东坡《寒食雨二首》其二有两句:

君门深九重,坟墓在万里。

这是东坡身为流罪之人,没有行动自由,对四面受阻、公私怠责的现状的感慨。于公,虽身仕天子,但都城远隔,无计报君恩;于私,故乡万里,无法祭拜亡父。山谷是触动于《寒食帖》中的断肠之思,才主动代替无法回乡的东坡,前去拜谒其父苏洵之墓的吧。

自从步入仕途,东坡只回过故乡两次。第一次是为母亲程氏服丧,第二次也即最后一次是治平四年(1067),回乡归葬父亲并服丧，当时东坡 32 岁。因此，他在《寒食雨二首》中倾诉了一直未能实现的回乡扫墓的心愿。山谷书写跋文的次年（建中靖国元年，即 1101 年）七月，东坡客死常州（今江苏省常州）。从《寒食雨二首》创作之初到看到诗帖的此际——大约二十年间东坡的心中所念——山谷当完全懂得了吧。

山谷跋文里尽是对东坡诗与书的赞誉之辞，而并无一深切怀念之语[①]。但如果上面的推测成立，受到《寒食帖》触动，山谷采取了移足苏洵墓前的实际行动。以东坡的分身《寒食帖》为媒介，此时身处南海之滨和蜀地青神，隔着万里之遥与二十年悠长岁月的两人瞬间飞越时空联结在一起，实现了真切的情感交流。

四、东坡与山谷的关系

山谷是苏门四学士之一（另外三位为秦观、张耒、晁补之），常被称为东坡门下，但两人之间与一般的师生关系明显不同。事实上他们同处一地，有过直接交游的时间仅为元祐年间的几年。两人初次见面也是在元祐元年（1086）东坡 51 岁、山谷 42 岁以后。山谷当时为官已有十余年，在文艺方面也有了成熟的思想和价值观，具备独立的风格与个性。

两人初次会面之际，虽然官位和年龄相差较大，但东坡以山谷为诗友，从对等的立场加深了交流。因此，以师徒这一纵向关系来理解他们两人不大符合实情。

作为同一时代文艺潮流的引领者，两人自然有不少共通之处，但稍作细致比较的话，两人的区别也是一目了然。两人的书风已成对比，即便是后世评价甚高的诗歌，东坡以古体诗为主，山谷则擅长近体，而且诗风完全不同。两者皆有独特个性，

① 对山谷跋文的内容进行详细论述的有衣若芬《苏轼〈黄州寒食试卷〉山谷题跋新解》（《书法汉学研究》第 9 号，大野修作译艺术生活社，2011 年 7 月）。

当然，正因为不同才使得两人相互认可和予以好评。

最具象征性的不同表现在于对王安石（1021—1086）的态度①。众所周知，王安石是东坡的政治对手，虽然没有直接插手，但也是造成他入狱、流放等人生悲剧的重要人物。东坡虽然对王安石的文采和学问致以敬意，对其为人则肯定抱着极其复杂的感情。

与此不同，山谷对王安石始终怀有单纯的仰慕之情。相较于东坡，他的诗和诗论也更近于王安石。在书法方面，东坡对王安石之书持否定态度，认为不可学；与其相反，山谷却盛赞之，甚至透露自己曾经学习王安石的笔法。山谷对东坡的文艺创作时有批评，对王安石却无任何微词。

那么为何山谷最终选择了东坡，而不是王安石呢？恐怕与苏王二人对文艺的态度不同有关吧。王安石不论在政治、学问还是文艺方面都排除异己，有强势推行己意的倾向。而东坡喜爱自由阔达的言论，对异己也决不排斥。而且王安石居于政治权力中心，在山谷看来，难以拂去其政治家的印象吧。与此不同，东坡的建树总归在于文艺。他的身边渐渐聚集起爱好文艺之士，形成了文人集团。山谷认为相对于官员而言，自己本质上更近于文人。因此，不难理解他会走近能够更好地引导出自己个性与能力的东坡。

东坡和山谷由"文人"这一坚韧纽带相联结，由于两人强烈自觉到这一点，都允许多样价值观存在，尊重自由之精神。正因如此，苏黄迥异的个性并未相互排斥，而相反得以融合。

《寒食帖》正是将苏黄之间宽广、自由的交游足迹传递到今天的最佳明证。

（刘静　译）

① 关于山谷和王安石的关系，敬请参考拙论《黄庭坚与王安石——黄庭坚的心路历程》（收于拙著《苏轼诗研究：宋代士大夫诗人的结构》第十五章，研文出版，2010年）。

Ⅱ

诗人与江湖

第四章　长淮诗境

——从《诗经》至北宋末之演变

一、前言

淮河是河南湖北两省的界线，源于桐柏山，向东奔流一千余公里注入黄海，是中国第四条大河。此河在自然地理意义上是中国的南北分界线，以此为界，风土发生很大变化。北边延伸着干燥的大地，一般农业以小麦为代表的旱田作物为主。与此相对，淮河以南属多雨湿润的气候地带，散布着大小各异的无数河川湖沼，一般农作物以水田种植水稻为主。从衣食住开始，相异的风土不同程度地影响居民的生活样式和行动方式。为此，古往今来不止是在自然地理上，在人文地理上淮河也成为南北之分界线。而在一统的政治崩溃时，淮河也屡次成为军事的边界线，也就是说曾经成为过国界。就仅看纪元之后，从5世纪前期到6世纪末的南北朝时代、10世纪前期的五代十国时代、12世纪前期到13世纪后期的南宋时代，这里至少也前后三次在比较长的时期里成为军事性的边界线。边塞并不仅仅存在于中国和外国之间，近乎地处国土中央位置的淮河，也屡次变成了边塞。若是将中国史看作是分裂和一统的反复，淮河流域便是这一变化中频临极端变化的地域。其北面、西面边塞的对外军备常常不能懈怠，而与这种总是处于紧张状态的处境相反，平时的淮河流域却是完全不需要处于如此紧张处境的非军事之地。因此与任何边塞相比，这里都是更能显示出和平与战乱的唐突而激烈的逆转的地方。

面对虽然说程度不同，却几度变成了边界地的淮河，先秦到宋代之间的诗歌是如何表现和歌咏的呢？这是本章的着眼点。

二、先秦至六朝诗歌中的淮河

“淮水”一名早见于《诗经》。《小雅·鼓钟》有这样的诗句（四章之中只摘录前两章）：“鼓钟将将，淮水汤汤，忧心且伤，淑人君子，怀允不忘。鼓钟喈喈，淮水湝湝，有新且悲，淑人君子，其德不回。”但只用表示水量丰富的“汤汤”“湝湝”等词来形容，从中难以概括出淮河作为文学意象所特有的个性。

在以《诗经》为代表的先秦北方文献中，淮河一带多被描述为“淮夷”的生活空间，其文化形态与中原相异（《诗经·鲁颂》之《泮水》《閟宫》，《尚书·夏书》之《禹贡》及《周书》之各篇等）。作为中国北方系统的古代诗集，在《诗经》所展开的世界里，淮河及其流域明显属于化外之地。

另一方面，在传为屈原或宋玉所作的《楚辞》早期的篇章中，也只有《九章·悲回风》提到过一次“江淮”，直到西汉王褒的《九怀·尊嘉》，才出现了单独一个“淮”字的用例。战国末期之时，楚在与秦之最后的攻防战里，迁都于淮河流域的寿春（今安徽寿县），若从及至5、6世纪的整体楚国史来看，这段时期极其短暂（公元前241—前223），且考虑到这是具有浓厚军事意味的紧急避难的迁都的话，即便说是安置了首都，寿春（也就是淮河流域）明显不是楚文化的中心。因此淮河流域在楚文化中也是被分离了的边缘地带。

无论《诗经》还是《楚辞》都很少提到它。这个事实说明，正像这条大河的地理位置那样，它既不属于以河南为中心的《诗经》或黄河文化圈，也不属于以湖北、湖南为中心的《楚辞》或长江文化圈，而恰恰是这两者之间的缓冲地带。

降及魏晋六朝时期，淮河作为诗歌题材被单独咏唱的机会仍然极其稀少。虽然作为历史舞台的淮河，已成了南北朝的国境线，具备了军事上的重要意义，但从文学史上看，作品本身极其稀少，还没有成熟为一个具有特定个性的描写对象。虽然如此，在这样的趋势里也有一两个值得提起的用例。

首先被看作南朝宋的南平穆王刘铄（文帝第四子）作品的乐府《寿阳乐》（《宋书》卷19乐志有记载），作为专门歌咏了淮河流域土地的最初作品，在淮河诗史上具有很大意义。据《南史》（卷14宋宗室及诸王传下）的记述，刘铄上任南豫州刺史是嘉元二十二年（445）的事情，因而此乐府就是5世纪中期的作品。《乐府诗集》（卷49）里，属于"清商曲辞"中的"西曲歌"，是南朝新声乐府，也是舞曲。[①]《乐府诗集》引用的《古今乐录》里，则说是"叙伤别望归之思"的组诗。是以两句五言之间插入一句三言的形式为主，是一首（一曲）十三字的短诗型，共传下九首（九曲）。这里举其中四首来看看：

其　一

可怜八公山，在寿阳，别后莫相忘。

其　三

梁长曲水流，明如镜，双林与郎照。

其　七

长淮何烂漫，路悠悠，得当乐忘忧。

其　八

上我长濑桥，望归路，秋风停欲度。

① 增田清秀《乐府之历史的研究》（创文社，1975年）第六章《清商曲之源流和南朝吴歌西曲》第二节《西曲和宋齐宫廷人》中提到（141页）。王运熙《乐府诗述论》（上海古籍出版社，1996年）里收录了几种有关"西曲"的论点。此外，作为早期作品有刘宋汤惠休乐府《江南思》里的句子"留戍淮阳津"，但是因为不能确定这个淮阳津（有可能指现在的河南省淮阳县），本章不涉及此作品。

其一里的“八公山”是与寿春之北相连的山名，被看作是西汉淮南王刘安与八公共登过的山。淝水之战(382年)中，前秦苻坚(与苻融)登城北望，误将山上草木当作晋兵而心怀恐惧的故事，也是以此山为舞台的。而其三的“梁”和其八的“长濑桥”所指不详，由于没有当时的记录说明在淮河上架了桥梁[①]，因此也许是指架在北绕寿春城而西注淮河的东淝河上的桥。不管怎样，“寿阳乐”是将淮河流域的都市作为题材引入诗歌的最初例子，在其对个别景点进行了描绘这一点上说，是值得特写的乐府。

刘铄上任南豫州刺史和其功绩，与寿春及其淮河流域成为对北战略的前线基地的时代背景有着密切关系，但是“寿阳乐”里并没有作为边塞特有的沉重。或许其原因在于，在南朝诸王朝里，刘宋的国境线例外地在比较靠北的位置，即在黄河和淮河的中间地带。

但是接下来齐之谢朓(464—499，陈郡阳夏[今河南太康]人)的诗，虽然不是专门歌咏淮河，却包含了以淮河或边塞为前提的表现：

和江丞北戍琅邪城诗

京洛多尘雾，淮济未安流。岂不思抚剑，惜哉无轻舟。夫君良自勉，岁未勿淹留。

此诗开头两句里提到了“京”“洛”“淮”“济”四个地名，作为联想被敌方占领下的北方场地之一，数到了淮河。南朝齐永明六年(488)，琅邪郡被迁移到了现在南京的西北城外，诗中的

① 只是宋祁(998—1061)有《寿州重修浮桥记》一文(《景文集》卷46，《文渊阁四库全书》本)，依据此文，最迟10世纪中叶，五代后周时期，寿春有过浮桥，后周世宗时，移到了下蔡。张耒有题为《晚发寿春浮桥望寿阳楼怀古》(《张耒集》卷21，中华书局，上册374页)的律诗，有诗句“桥跨长淮百舰牢”。

“琅邪城”好像直指这里[①]。在印象领域和山东琅琊也有重合，是作为让人联想北方大地的构造创作的。此诗——似乎实情并不如此——内容正好像是在鼓舞一直与敌军对峙着保卫北疆的指挥官。

南朝梁的吴均(469—520，吴兴故鄣[今浙江湖州安吉]人)，也访问过寿春，歌咏有《初至寿春作》《登寿阳八公山》《寿阳还与亲故别》等诗(《先秦汉魏晋南北朝诗》梁诗卷10)，从开拓淮河固有的文学风土的视点说，几乎没有值得提到的地方。而吴均的同时代人何逊(472?—519?，东海郯[今山东郯城县东]人)也有诗《望新月示同羁》(《先秦汉魏晋南北朝诗》梁诗卷8)，此诗具备了后来淮河诗的基本特征，作为早期淮河诗的一例，值得特别提起：

> 初宿长淮上，破镜出云明。今夕千余里，双蛾映水生。的的与沙静，滟滟送波轻。望乡皆下泪，非我独伤情。

何逊诗里描写的淮河，是一条映着明月静静流淌的清澈大河。不过，这决不是令人心生怀恋的地方，而是无论愿意与否，都让你感觉到与故乡的距离，产生寂寞、忧愁之思的空间。何逊的故乡是处于齐梁时期南朝最北疆的东海郯，与淮河的直线距离在150公里以上。

如上，先秦到六朝，作为诗之素材的淮河在整个诗歌里的比重绝对不高。篇数极少，很难抽出特定的文学个性。特别是5世纪前半到6世纪后半的南北朝，在诗歌史上是山水诗的萌芽时期，但是诗人的关心似乎并没有投向淮河及其流域地区。其结果可以说是：军事性关心的增加并没有唤起文学性的关心。

① 参照曹融南校注《谢宣城集校注》卷4(上海古籍出版社，1991年，320页)。

二、唐诗中的淮河

经过了隋进入唐代后，淮河也有了新的转机。随着汴河成为南北交通的最主要之干线，较多的诗人开始漂浮到淮河上，咏唱诗歌，其数量超过了 60 首。淮河诗的历史总算迎来了黎明期。

但是，诗意的基调仍然是上面何逊诗中已经出现的望乡、旅愁等消沉的意绪。下面举出其典型的作品（①—③），以及中唐后期诗人对此题材的新的发展（④、⑤）：

① 宋之问（656？—712？），汾州西河（今山西汾阳）人，一说虢州弘农（今河南灵宝）人。

初宿淮口

孤舟汴河水，去国情无已。晚泊投楚乡，明月清淮里。汴河东泻路穷兹，洛阳西顾日增悲。夜闻楚歌思欲断，况值淮南木落时。（《全唐诗》卷 51）

② 常建（？—？开元十五年[727]进士，一说是京兆人）。

泊舟盱眙

泊舟淮水次，霜降夕流清。夜久潮侵岸，天寒月近城。平沙依雁宿，候馆听鸡鸣。乡国云霄外，谁堪羁旅情。（《全唐诗》卷 44）

③ 韦应物（737？—791？），京兆万年（今陕西西安）人。

夕次盱眙县

落帆逗淮镇，停舫临孤驿。浩浩风起波，冥冥日沉夕。人归山郭暗，雁下芦洲白。独夜忆秦关，听钟未眠客。（《全唐诗》卷 191）

④ 温庭筠（812？—870？），太原祁（今山西祁县）人。

旅次盱眙县

离离麦擢芒，楚客意偏伤。波上旅愁起，天边归路长。孤烧投楚驿，残月在淮樯。外杜三千里，谁人数雁行。(《全唐诗》卷582)

典型的作品只举出了①—④四例，其他五十余首也大同小异，以旅愁或望乡为主题，以悲哀或忧愁为基调。本来，应该写出面临淮河的时刻各自不同的个人情怀，但在这些作品中，都已经升华为更普遍性的情感(望乡、旅愁)，因此从作品里很难读出与诗人各自的个别体验相关的心情。换句话说，如果掩起诗人的姓名去鉴赏这些诗作，便觉无一不相近似，甚至让人觉得有类型性。

在此情形下，⑤白居易和⑥李绅的作品则与淮河作为激发旅愁、乡愁的空间这一传统意象保持了一定的距离，以比较中立的态度，歌咏了淮河或其流域的景观，展示了新的变化。

⑤ 白居易(772—846)，下邽(今陕西渭南)人。

渡　淮

淮水东南阔，无风渡亦难。孤烟生乍直，远树望多圆。春浪棹声急，夕阳帆影残。清流宜映月，今夜重吟看。(《全唐诗》卷447)

⑥ 李绅(772—846)，无锡(今江苏无锡)人。

寿阳罢郡日，有诗十首，与追怀不殊，今编于后，兼纪瑞物

a.初出淝口入淮

东风百里雪初晴，淝口冰开好濯缨。野老拥途知意重，疾夫抛郡喜身轻。人心莫厌如弦直，淮水长怜似镜清。回首夕岚山翠远，楚郊烟树隐襄城。(《全唐诗》卷480)

b. 入淮至盱眙

山凝翠黛孤峰迥，淮起银花五两高。天外绮霞迷海鹤，日边红树艳仙桃。岸惊目眩同奔马，浦溢心疑睹抃鳌。寄谢云帆疾飞鸟，莫夸回雁卷轻毛。(《全唐诗》卷480)

白居易的诗⑤，虽然不能称为佳作，但它以类似日记的方式按时间顺序来吟咏其渡过淮河的体验，可以视为下一节要讨论的宋诗的先驱作品。

⑥是李绅离任从大和四年到大和七年[1](830—833)作为刺史滞留了四年的寿州时，吟咏的组诗十首(现只存八首)之二首，a是初春一月，淮河水面的冻冰开始融化可以航行后，从寿春启航后的作品。b是歌咏从这里出发驶向盱眙的淮河乘船旅途的作品。背景里有离开寿州前往新赴任地的喜悦，但是在李绅的两首诗里，丝毫看不到其他唐诗里普遍具有的旅愁、乡愁等要素。李绅在对眼前景色进行几分夸张的同时，对此作了善意的描写。

如上，白居易和李绅的诗里可以看到的表现倾向，到了宋代可以普遍看到了，但在唐代的淮河诗里还属于少数的例外作品。

唐人咏淮河诗呈现的类型化现象，无论从歌咏主体(作者)或歌咏对象(淮河)的哪一方来考虑，都有其必然产生的基础。首先就作者方面来说，应该指出的一个事实是，唐代诗人中北方出身者占压倒多数[2]。在上引六位诗人中，南北出身者的比率是一比五，就唐代淮河诗的作者全体而言，比率也几乎如此。

---

① 参照郁贤皓《唐刺史考全编》卷130，第3册，第1783页(安徽大学出版社，2000年)。

② 参考陈正祥《中国文化地理》图6—8(生活·读书·新知三联书店，1983年)；曾大兴《中国历代文学家之地理分布》第五章(湖北教育出版社，1995年)。

对于北方出身的诗人来说，淮河流域是远离故乡的偏僻之地，其风土与自己的生长之处有甚大差异。进一步，根据他们作为士大夫的意识，南迁而至淮河，便意味着从政治中心决然远离。因此，在这样两重意义上，淮河成了增长其不如意之感的风景设置。

从淮河方面来说，可以举出的一点是，其流域内缺乏富有文化历史积累的大城市。淮河流域的城市分布，从上游到下游为：寿州、濠州、泗州（临淮、盱眙）、淮阴（楚州）等。根据新旧《唐书》的“地理志”的记载（参考下表），除了寿州是比较大的城市外，其余都只有中小规模。即便是寿州，若同其他大河流域的城市，如黄河流域的洛阳、长江流域的江宁（南京）、汾河流域的太原、渭水流域的长安、湘水流域的潭州（长沙）、灨江流域的洪州（南昌）、钱塘江流域的杭州相比，其在政治上、文化上发挥的作用估计也要低下得多，因为那些城市都是唐代各“道”的人、物集散地，具有极大的向心力，而淮河流域的几个城市，虽然作为南北交通中人流、物流的中转站起到了一定的作用，但它们并非最终要到达的目的地。所以，对诗人们来说，这些城市也缺乏促使他们长久滞留于此的文化魅力。以上这些原因，导致了唐代淮河诗缺乏个性。

作诗主体和作诗对象各自不同的特殊处境，大概可以算作唐代淮河诗没有个性的一个重要原因。

表 1　淮河流域各城市与其他大河流域主要城市的等级和户口

※　“旧”=《旧唐书·地理志》，“新”=《新唐书·地理志》，“太”=《太平寰宇记》，“九”=《元丰九域志》，“舆”=《舆地广记》，“宋”=《宋史·地理志》。

※　关于新旧《唐书·地理志》的记载，参考了吴松弟《两唐书地理志汇释》（安徽教育出版社，2002 年）；关于《宋史·地理志》的记载，参考了郭黎安《宋史地理志汇释》（安徽教育出版社，2003 年）。

※　户口与人口数，分别为天宝年间、（乾元年间）、[元和年间]的数字。[　]内的数字据《元和郡县图志》。

			等级	户口	人口	所属路
寿州		旧	中	35 581 (2 996)	187 587 (14 718)	淮南道
		新	中都督府			
		太	—	33 503	—	淮南道 淮南西路
		九	紧	122 768	—	
		舆	紧	—	—	
		宋	紧	126 383	246 382	
濠州		旧	下	21 864 (2 660) [上 20 702]	138 361 (13 855)	淮南道 河南道
		新	上			
		太	—	18 311	—	淮南道 淮南西路
		九	上	47 314	—	
		舆	上	—	—	
		宋	上	64 570	157 351	
泗州		旧	中	37 526 (2 250) [上 4 015]	205 959 (26 920)	河南道
		新	上			
		太	—	21 926	—	河南道 淮南东路
		九	上	53 965	—	
		舆	上	—	—	
		宋	上	63 632	157 351	
	临淮	太	—	—	—	河南道 淮南东路
		九	上	—	—	
		舆	上	—	—	
		宋	上	—	—	
	盱眙	太	—	—	—	河南道 淮南东路
		九	紧	※ 盱眙为宋代泗州的州治所在县。虽原属楚州，但北宋初期成为泗州辖县。南渡后，改称淮平，置招信军。		
		舆	紧			
		宋	上			

（续表）

		等　级	户　口	人　口	所属路
楚　州	旧	中	26 062 (3 357)	153 000 (16 262)	淮南道
	新	紧			
	太	—	24 417	—	淮南道 淮南东路
	九	紧	61 745	—	
	舆	紧	—	—	
	宋	紧	78 549	207 202	

		等　级	户　口	人　口	所属路
① 京兆府	旧	西京	362 921 (207 650) [241 202]	1967 188 (923 320)	关内道
	新	上都			
② 开封府	九	东京	235 593	—	京畿路
	宋	东京	261 117	442 940	
③ 扬　州	旧	大都督府	77 105 (23 199)	467 857 (94 347)	淮南道
	新	大都督府			
	九	大都督府	53 932	—	淮南东路
	宋	大都督府	56 485	107 579	
④ 太原府	旧	北都	128 905 (97 874) [124 000]	778 278 (200 936)	河东道
	新	北都			
	九	次府	106 138	—	河东路
	宋	大都督府	155 263	1 241 760	
⑤ 润　州	旧	上	102 023 (25 361) [上 55 400]	662 706 (127 104)	江南东道
	新	望			
江宁府	九	次府	168 462	—	江南东路
	宋	上	120 713	200 276	

（续表）

		等级	户口	人口	所属路
⑥ 潭　州	旧	中都督府	32 272 （9 031） ［中都督府 15 444］	192 657 （40 449）	江南西道
	新	中都督府			
	九	上	357 824	—	荆湖南路
	宋	上	139 988	962 853	
⑦ 洪　州 隆兴府	旧	上都督府	55 530 （15 456） ［中都督府 91 129］	353 231 （74 044）	江南西道
	新	上都督府			
	九	都督	256 234	—	江南西路
	宋	都督	261 105	532 446	
⑧ 杭　州 临安府	旧	上	86 258 （30 571） ［上 51 278］	585 963 （153 720）	江南东道
	新	上			
	九	大都督府	202 816	—	两浙西路
	宋	大都督府	203 574	296 615	

四、北宋前期的淮河诗

经过大约半个世纪的五代分裂期，到了宋代，重造一统之世，作为联结南北的水路干线的汴河以及淮河水系便再现生机。因了安史之乱、藩镇之跋扈，再加上五代之战乱，作为主战场的北方沦为废墟，促使北方的经济越来越依存于东南。京师从长安、洛阳向东移动到汴河的起点上，由此亦可明白，以汴河为首的蔡河、颍水、淝水、涡水、涣水等东南流向而注入淮河的河流或运河的重要性，比之唐代更为提高了。

随着科举制度的完备，士大夫阶层中南方出身的官僚也不断增加，迨第四代皇帝仁宗之时，朝廷上北人与南人的比率几相颉颃。自然，南人官僚的崛起也极大地影响了存在于中心文坛的价值观或审美意识之类。

如上所述，对唐代诗人来说，离开黄河流域南下渡过淮河，不但意味着远离政治中心，多数情况下也意味着远离故乡。但是，对于占有北宋诗人之半数的南方出身的诗人而言，那就意味着返回生我养我的故土，故从理念上说，若与唐代诗人相比，其不如意之感应减去了一半。作为一种风景设置，淮河曾经一味地挑动羁旅的哀愁，牵引望乡的心绪，除此之外别无意味。但经过时代背景的这番变化后，似乎也就开始令诗人们以与唐代相异的新视线来审视。

至第三代皇帝真宗朝(998—1022)的前后，变化已经非常显著。比如梅询(964—1041，宣州宣城[今属安徽]人)就如此歌咏：

濠州四望亭闲眺

南北舟行互掷梭，长淮混混接天河。石梁景绝虹垂渚，桐柏春深雪作波。四望空明无俗翳，数声欸乃有渔歌。谁言此地殊幽僻，自我今来风味多。(《全宋诗》2-1120，本章中以下简称《全》)

此诗恐怕作于大中祥符三年(1010)的春天[1]，当时梅询在濠州任知州。首联的二句写出淮河上舟船交织的热闹景象，中间的二联是从"四望亭"上眺望所见。如第五句"无俗翳"所示，作者眼里的淮河并未呈现唐诗中普遍可见的消极映象，毋宁说应视为积极的正面映象。这样，到了尾联，作者就在评价上与传统的"殊幽僻"立异。

与此相类的例子还有下面这些诗句：

映淮风月供吟笔。(王禹偁《送王司谏赴淮南转运》，《全》2-699)

---

① 参考李之亮《宋两淮大郡守臣易替考》，巴蜀书社，2001年，314页。

应爱淮流上，聊逢月色新。（林逋《怀长吉上人北游》，《全》2-1198）

长淮月色秋宵好，应助诗人思转清。（杨亿《史馆陈太丞知寿州》，《全》3-1356）

以上都是不在淮河流域的作者想象着淮河而歌咏的诗句，王禹偁（954—1001，济州巨野［今属山东］人）和杨亿（974—1020，建州浦城［今属福建］人）把淮河看成中饱诗囊的空间，林逋（968—1028，杭州钱塘［今属浙江］人）也将月夜的淮河描写成让人心生怀恋的场景。

五、淮河诗在北宋中后期的发展

由真宗朝诗人们赋予淮河的这种积极映像，被接下来的仁宗朝诗人所继承，而表达得更为明确。其中，梅尧臣（1002—1060，宣城人）可以说是决定了淮河诗之质变的最初的关键人物，他的《初见淮山》真诚地表达了淮上连山初入眼帘时的喜悦之情：

游宦久去国，扁舟今始还。朝来汴口望，喜见淮上山。断岭碧峰出，平沙白鸟闲。南归不厌远，况在水云间。（《全》5-2745）

特别是尾联，简直袒露了梅尧臣作为南人官僚的真面目。前文说到的梅询是他的叔父，这两人对淮河山水的歌咏都充满善意，值得注意。因为这恐怕不能视为偶然的一致，而可以说是南方出身的诗人开始成为中央文坛之重心的佐证。唐代诗人因袭着传统的意象，将淮河一般化、客体化地吟咏为僻远之地，与此相对，宋代的特别是南方出身的诗人们则舍弃了那样的偏见，主动地面向淮河的景观，以自己的全部感觉为基础，进行个别的、具象的描写。随着此类作品的增多，人们对于淮河作为文学素材的认识也产生了变化，不妨说，那便促成了淮河诗的多样化。

梅尧臣还写了题为《淮上杂诗六首》的组诗，皆五言律诗，将所见之景一一具体描写。例如下面这首：

> 轻舟晚投处，聒聒渚禽嘶。橡子随薪束，蔬科带土携。岸幽云满石，潮落蚌生泥。客思无憀极，唯将鲁酒迷。（《全》5－2804）

时为康定二年（1041），梅尧臣赴监湖州盐税任，离开京师南下，正在途中。依朱东润之说，他这次赴任似乎不太合意，故在尾联有所慨叹。[①] 但无论如何，像中间二联这样细致的描写，在唐代淮河诗中是从未出现过的。颔联并未直接点出樵夫和农夫，而是注目于他们搬运的柴薪和蔬菜，以附在上面的橡子和泥土为焦点来描写。即便是在不愉快的赴任途中，梅尧臣也决不像唐代诗人那样，把眼前的景象置换为心象，进行抽象式的吟咏。他始终凝视着对象，从个人的视点出发，作出具象性的描写。这样的写作姿态，在一定程度上体现了全部宋代诗人的共同倾向。

再看梅尧臣下一代的作品。沈遘（1025—1067，钱塘[今属浙江]人）的《淮山》一诗，将首都开封与淮河流域对比，相比于黄河浊流的沿岸，和满天尘埃的开封，作者对山紫水清的淮河流域更有好感：

> 淮山万重紫，淮波千里清。聊兹快吾目，又以洁吾缨。夷门多尘埃，黄河自泥浊。我行何迟迟，回望未央阁。（《全》11－7524）

因为尾联表达了对首都的眷恋，所以这明显不是单纯的淮河赞美诗。但是，悲哀或忧愁的情调被抑制，淮河在唐诗中普遍的

---

① 参考朱东润《梅尧臣集编年校注》卷11卷首事迹解说（上海古籍出版社，1980年）。

消极映像确实大大淡化。在下面的郑獬(1022—1072,安州安陆[今属湖北]人)《淮上》诗中,便对这样的现实有所慨叹。因为汴河从黄河引水,使黄河的浊水流入淮河,把淮河也污浊了。

> 桐柏山中草木灵,淮源潏潏绕山鸣。谁人凿出浑河水,污却长波万丈清。(《全》10-6884)

此诗完全逆转了对于黄河与淮河的价值体认,虽然黄河之水是文明的摇篮,但作者认为淮河的清水更美。

北宋的首席诗人苏轼(1037—1101,蜀眉山人)的情况如何呢?因为新旧党争的缘故,他曾经几度跨越淮河,往来南北。熙宁四年(1071),在朝廷内外因新法政权的成立而引起的一片喧闹之中,他前往杭州担任通判,旅途中写了下面这首诗:

出颍口初见淮山,是日至寿州

> 我行日夜向江海,枫叶芦花秋兴长。长淮忽迷天远近,青山久与船低昂。寿州已见白石塔,短棹未转黄茅冈。波平风软望不到,故人久立烟苍茫。(《全》14-9144)

即便考虑到当时苏轼所处的政治境况来鉴赏此诗,也难以从诗中读出他的不如意或者忧愁。诗中的淮河被描写为一贯悠闲的场景,仿佛时间在这里停止了一般。再看别的例子:

次韵孙巨源寄涟水李盛二著作
并以见寄五绝(其五)

> 胶西未到吾能说,桑柘禾麻不见春。不羡京尘骑马客,羡他淮月弄舟人。(《全》14-9207)

淮 上 早 发

> 澹月倾云晓角哀,小风吹水碧鳞开。此生定向江湖老,默数淮中十往来。(《全》14-9464)

前一首作于熙宁七年(1074),终杭州通判任,赴密州(今山东诸城)知州任的途中。表达的情怀是：与其在首都过着劳碌的官员生涯，还不如在月色晴朗的夜晚，到淮河上弄舟。与上引沈遘的诗一样，这首诗里也出现了淮河跟京师的对比，作为一个与京师风尘无缘之处，淮河引起了作者的好感。

后一首作于元祐七年(1092)春，作者在赴扬州知州任的途中。此年苏轼57岁，临近晚年，当他浮舟淮河之上时，回顾自己的生平，已经好几次渡淮往来了。其实不光是苏轼，当时几乎所有的士大夫都渡过这条河流而往来于南北。对他们这些士大夫诗人来说，淮河就是南来北往的象征。因此，这个地方总会给他们机会去回顾自己的宦游生涯。位于南北交界之处的淮河，也作为联结诗人们的过去和未来的界线而存在。顺便提及，此后的苏轼又一次渡淮，北上京城，而到了元祐九年五月，贬向岭南的途中，他还是要渡过淮河，这才是最末一次。就在最末一次渡淮后的不久，苏轼依然如此歌咏：

> 过淮风气清，一洗尘埃容。水木渐幽茂，菰蒲杂游龙。可怜夜合花，青枝散红茸。(《过高邮寄孙君孚》诗开头部分，《全》14－9496)

诗人依然以他终始不变的姿态亲近着淮河的山水，歌咏着淮河诗。

与苏轼同为北宋诗人之代表的黄庭坚(1045—1105，洪州分宁[今属江西]人)，也把淮河视为与自己归心所寄的故乡相同的一方风土。对他来说，泛舟于淮河之上，似乎颇为一种适性之举，使心灵获得解放。下面引述的作品写于他进士及第后不久(治平四年，即1067，黄庭坚23岁)，已经表现出这样的特点：

新息渡淮

京尘无处可轩眉，照面淮滨喜自知。风里麦苗连地

起，雨中杨树带烟垂。故林归计嗟迟暮，久客平生厌别离。落日江南采苹去，长歌柳恽洞庭诗。（《全》17－11051）

黄庭坚的这首作品明确表露：对于南方出身的诗人来说，淮河表示着自己回归到了应该回归的疆域。

淮河的山水恰如一幅绘画般被摄入写景诗。在这方面，北宋时代的诗人中具有代表性的，当数苏舜钦和秦观。苏舜钦（1008—1048，梓州铜山［今属四川］人，生于开封）的诗作于庆历五年（1045），在他遭遇了以所谓"一网打尽"的故事而著名的事件，失去职务后不久，走向苏州的旅途之中①。作品的全体弥漫着萧索寂寞之感，也许是因为失意而造成的吧：

淮中晚泊犊头

春阴垂野草青青，时有幽花一树明。晚泊孤舟古祠下，满川风雨看潮生。（《全》6－3943）

秦观（1049—1100，扬州高邮人）的诗作于元丰元年（1078），为了应开封府试而进京的途中②：

泗州东城晚望

渺渺孤城白水环，舳舻人语夕霏间。林梢一抹青如画，应是淮流转处山。（《全》18－12111）

此外，在发掘淮河一带的景点并使其意象定型化的过程中，米芾（1051—1107，襄阳人）也起了不小的作用。传达出这个信息的早期资料中，有胡仔《苕溪渔隐丛话》后集卷35的记述：

苕溪渔隐曰：淮北之地平夷，自京师至汴口，并无山，惟隔淮方有南山。米元章名其山为第一山，有诗云："京洛风尘千里还，船头出没翠屏间。莫能衡霍撞星斗，且是东

① 据傅平骧、胡问陶《苏舜钦集编年校注》卷3（巴蜀书社，1991年）。
② 据徐培均《秦少游年谱长编》卷2（中华书局，2002年）。

南第一山。”[①]此诗刻在南山石崖上。

延绵于泗州(今江苏盱眙)城南的连山,对于沿汴河南下的人们来说,恐怕起着陆上标志的作用。望见了这些山,便可确定泗州城已在附近了。正如胡仔解说的那样,在到达淮河之前,汴河的两岸全无一座像样的山,直至泗州,才出现一带连山。此种地理上的特征,应该从隋唐之时就已被认知,但这些山却从未被单独吟咏。本章前引梅尧臣的诗中,他初见的“淮山”,恐怕是指这个山脉。而用“都梁”这一固定名词歌咏的,则是比他晚一辈的苏轼、孔武仲(1042—1098,临江新喻[今属江西]人),以及张耒(后述)所最初使用的。根据其地理上的特征,米芾将此山形容为“东南第一山”,又亲自挥毫,将笔迹刻在山间断崖。因了米芾的命名和笔迹,“第一山”成为泗州的象征,自南宋以降,引得大量的诗人墨客造访此地。

米芾还另外写了题为《都梁十景诗》的组诗(《全》18-12277)。笔者曾对以潇湘八景为代表的宋代“八景”现象作过专门的论述,当时曾怀疑这批组诗的可靠性,故未列入考察的对象[②]。现在看来,如果它们真为米芾所作,那么就属于宋代“八景”现象的最早的实例,同时也成为淮河景点发掘史上具有划时代意义的例子。

不管怎么说,米芾是宋代具有代表性的一位画家,因此,都梁山被他咏入诗歌,也就意味着淮河的景观已经名副其实地成为绘

---

① 米芾此诗在《全宋诗》以《题泗滨南山石壁曰第一山》为题(《全》18-12254)。文字上有异同,《全宋诗》里“尘”作“沙”,“能”作“论”,“撞”作“冲”。

② 拙稿《宋代八景现象考》(《中国诗文论丛》第20集,2001年10月),收入拙著《传媒与真相》(上海古籍出版社,2005年)。一般以为米芾本来有《山林集》一百卷,因为靖康之变而散佚,其孙米宪辑佚《宝晋山林集拾遗》八卷为现存最古别集,《都梁十景诗》未收入此《宝晋山林集拾遗》,初见于清末丛书《涉闻梓旧》所收的《宝晋英光集》的补遗一卷。一般说来,作为书画家驰名的文人的诗文,基于里巷里流传的书画真迹,后世补辑的居多,总是带有真赝问题,因此对于米芾的佚诗可能也得慎重对待。关于米芾的别集,参照祝尚书《宋人别集叙录》(中华书局,1999年,上册,537页)。

画的对象。这里暗示着一种可能性，就是淮河的山水超越“诗中有画”式的诗歌境界，开始被绘画这样的具象艺术加以真实的描绘。

以上概观了北宋中后期的淮河诗，对此时的诗人们来说，淮河已不再是引起羁旅忧愁或望乡心绪的物象。淮河的山水使他们疲于宦游的心灵变得柔和，并且割断了他们对于翻滚在欲望漩涡中的首都的依恋。因此，他们多具好感地将淮河描写为肯定性的意象。当然，这并不是说北宋的所有淮河诗都是如此，比如，也有些诗写到靠近淮河的时候，因激烈的逆风或巨大的波浪而不能航行，无奈只好滞留于此。在这样的诗里，当然多有不如意的想法被吐露出来。另外，也有的诗表露了与唐人相似的情怀，如下面所引的诗句：

> 病骨忧南土，孤怀念北迁。（宋庠《涉淮泝清迫于冰涸舟次下邳先寄彭门赵侍御二首》其一，《全》4－2186）
>
> 旅愁无处避，春色为谁来。（苏舜钦《淮亭小饮》，《全》6－3944）

不过，就前者来说，并不直接关联到淮河给人的印象，在通常情况下，那至多是根据个人经验而采用的日记式表达。而如后者那样的例子，在数量上本来极少，就北宋诗的总体来说，不妨视为例外。而且，这里还必须考虑到，宋庠和苏舜钦都是在开封出生和长大[①]的北方诗人。

这样，北宋的淮河诗完全剥离了唐诗以来的传统意象，从

---

① 宋庠生于九江，22岁时父亲去世，他在湖北安陆准备参加科举考试。容易以为此间他可能几乎没有在北方滞留，但是可以推测他的籍贯在开封雍丘这一事实将自己是北方士大夫的意识深深地灌输给了他。而其弟弟宋祁从庆历元年(1041)到次年间就任寿州知州，留下了《寿州十咏》（《全》4－2336）、《寿州风俗记》（《景文集》卷46，《文渊阁四库全书》本）等作品。有关宋庠兄弟的行迹，王瑞来的《二宋年谱》（《中国典籍与文化论丛》第10辑，北京大学出版社，2008年）比较详细。苏舜钦则与宋庠兄弟的实情相反，将绵州盐泉（今四川绵阳）作为了祖籍，但是开封生长的北方士大夫。

主导方向上说，淮河作为描写对象已变成肯定性的意象。而使这种变化成为可能的，就是非北方出身的诗人们的活跃。

六、淮河流域出身的诗人所作的淮河诗

到了北宋的中后期，淮河流域出身的诗人也出现了，徐积（1028—1103，楚州山阳人）和张耒（1054—1114，楚州淮阴人）两人可为代表。对他们来说，淮河就是故乡，那么他们将如何描写淮河呢？

（一）徐积的赞歌

徐积和张耒都是进士及第的士大夫，但二人及第后的经历却不同。张耒就像当时一般的士大夫那样，作为地方官而游历各地，留在故乡的时间较短，而徐积则自中年起患了耳病，无法出仕，所以几乎所有时间都在故乡度过。下面的作品写成于元祐年间，当时60多岁的徐积担任楚州教授，正在家乡努力培养后进[①]：

淮之水示门人马存

君不见淮之水，春风吹，春雨洗。青熏衣，绿染指。渔不来，鸥不起。滟滟滟滟天尽头，只见孤帆不见舟。斜阳欲落未落处，尽是人间今古愁。今古愁兮将奈何，莫使骚人闻棹歌。我曹自是浩歌客，笑声酒面春风和。（《全》11-7569）

---

① 依据清人段朝端的《宋节孝先生年谱》（吴洪泽、尹波主编《宋人年谱丛刊》第四册收录，四川大学出版社，2003年），元丰七年（1084），徐积57岁时，耳病恶化，出仕变得困难，元祐元年（1086），除为扬州司户参军，被特别任命为楚州州学教授（同书2276页），其后，崇宁二年（1103）去世，终年76岁。基本上在培养后生，没有离开楚州。

《淮之水》是赠给“门人马存”的诗，但马存的卒年是绍圣三年（1096），因此此诗也是徐积在楚州任职教授时候的元祐元年到绍圣三年之间的作品。

清澈的流水，无边无际的河面，只能看到远处的一点帆影。就在夕阳将要落下的瞬间，胸间怀着自古以来的愁绪，听到了船歌的骚人沉浸在悲情中。不过，我们却是“浩歌客”，唱起响亮的歌声，一边喝酒一边大声谈笑，与春风融为一体。——这样的吟咏鲜明地反映出宋诗的特征：对悲哀的扬弃。

获赠此诗的门人马存（？—1096，乐平〔今属江西〕人），写了如下的答诗：

长淮谣为徐先生咏

长淮之水青如苔，行人但觉心眼开。湘江岂无水，鱼腹忠魂埋，但见愁云结雨猿声哀。浙江岂无水，鸱革漂胥骸，但见潮头怒气如山来。孤臣词客到江上，何以宽心怀。长淮之水绕楚流，先生家住淮上头。黄金万斛浴明月，碧玉一片含清秋。酒花入面歌一曲，淮上百物无闲愁。（《全》13－9061）

诗中说，淮河之水如此清澈，让接触它的旅人只会感到“心眼开”。因为湘水和浙江弥漫着屈原、伍子胥的怨愤，一站到河岸就会有悲愁逼身而来，但淮河不是那样，所以站在淮河的边上时，跟愁绪一点无缘。这里深具意味的是，缺乏文化传统的积累本是淮河的缺点，现在却反过来成为值得赞美之处。虽然这首诗的主要目的是赞美其师所在的土地，但“淮上百物无闲愁”这样的结论，恰如对唐代的淮河诗完全加以颠覆，将宋代淮河诗的特征显著地表现出来。①

除了《淮之水》，徐积还有下面这样的长古诗：

望淮篇示门人

闲花落尽春无有，脚踏青红望淮走。到淮适值晚潮

① 被回赠此诗的徐积，又写下了《和马秀才并序》，其中将清风吹渡淮河和自己昨夜意气轩昂地咏诗联系在一起，歌咏道：我的歌声泛起天上银河的波浪，浪摇动了月中的桂枝，变成清风下到淮河。

来，满淮鼓吹风波吼。传声急唤钓鱼船，船未到时洗双手。买得船中双白鱼，便访村前五青柳。旋烹野茗问村醪，五柳阴中坐良久。此行大略类陶潜，但乏黄花白衣酒。操舟人去一点鸥，帆入云开何处收。孤鸥浴处依浅滩，修竿放饵投深流。岂无野妇荷而汲，亦有老翁行且讴。君看此景直几钱，此时正是夕阳天。便教金印大如斗，何似鱼庵共钓船。有人问君莫要说，怀中取出吟翁篇。(《全》11-7567)

渔船上买来的鲜鱼，携带着去访问朋友，共同举杯共饮——此诗是悠悠自适生活的赞歌，是对使之成为可能的“偏僻”的淮河流域人与自然融为一体的风土的无比爱恋之情。“便教”以下的句子则反过来使用晋之周颛故事[①]，大意是说：“纵然被授予大金印，被最高的待遇召回都市，也远远赶不上这里的生活。”在此基础上这样结尾：“若有人问起其理由的话，就从怀里取出此诗交给他好了。”也许可以说此时的徐积与其“神”陶渊明一边遥望夕阳中的南山，一边歌咏“此中有真意”(《饮酒二十首》)的境界没有一点变化。

(二) 张耒的抒情

张耒在熙宁六年(1073)，20岁时进士及第，此前大半时间在故乡度过。而且，其初任官职亦为临淮主簿。临淮是泗州的属县，与他出生的故乡甚近。他在临淮主簿任上的时候，父亲去世，便又返乡服丧。就在此服丧期间，他与上文说的徐积亲密交游。其与淮河相关的作品，多作于从临淮主簿到服丧期间，前后大约五年。

---

① 《晋书》卷69《周颛传》，或《世说新语》卷下之下《尤悔》第三十三里可以看到。“便教”之“教”字，是用张相《诗词曲语辞汇释》卷一“教(二)”“教犹给也”的用法来解释的。

在张耒与淮河相关的作品中，首先应该提到的是《涉淮》前后赋(《张耒集》卷1，中华书局，1990年)。下面各引其开头数句：

前　　赋

涉清淮之浩荡兮，聊以豁吾之幽忧。转峡石而下泛兮，观波涛之复流。何佛庙之巍峨兮，隐于两山之幽。眺东崖之飞阁兮，纳万里之清秋……

后　　赋

浩淮流之汤汤兮，荡余身以沿洄。嗟我居之不常兮，未期岁而再来……

《后赋》还有这样一篇序：

甲寅之秋，自正阳涉淮，作《涉淮赋》。既至泗之临淮，邑之东南皆淮也。朝游夕济，凡淮之惊畏风涛之变，无不历之矣。今秋又以事之东海，至涟水，入涟河。舟人告予曰："淮水自是入海矣。"予生二十有二年，吴楚秦蜀之国，来往殆遍。窃悲其迹之不常，作《后涉淮赋》以自广云。

对张耒而言，淮河本是司空见惯的光景，但在虽说是近邻却仍是异乡的临淮，尤其任临淮主簿后，每天面临淮河之水，怀里汹涌的是与此前完全不同的感情，神驰于古往今来的历史，反顾自己漂泊不定的人生。引他走向这种时间之旅的，无疑正是"浩荡""汤汤"的清淮流水。

作为本地的诗人，而且长期任职于此，张耒留下了大量无愧于这种身份的诗篇。这里录载其中有代表性的几首：

a. 淮上夜风

县郭初传柝，船窗已闭篷。星低春野路，月淡夜淮风。

烟水东南阔，渔盐吴楚同。久游谙里社，赊酒问邻翁。(《全》20-13165)

b. 都梁夜景

浩浩黄流注渺漫，南山峰岭对巑岏。青灯覆地严城夜，白月当天淮上寒。酒市歌呼迷客醉，画楼灯火暗更残。扁舟老客无余事，拥褐高眠夜未阑。(《全》20-13201)

c. 都梁雪天晚望

浮梁淮面欲飞腾，金碧浮屠间玉层。古岸萧条风卷雪，长河咽绝水浮冰。留连淮汴残年客，蹭蹬尘埃一老僧。闻道都梁梅未折，可随桃李畏严凝。(《全》20-13203)

b、c两首是歌咏都梁山的诗，也许比上述米芾的作品还要出现得早些。[①]

在父丧除后，张耒被任为寿安(河南宜阳)尉，元丰元年赴任。离开故乡远在北方的张耒怀念故乡，将官舍附近池塘边的亭子改名为"思淮亭"，写下了《思淮亭记》(前引《张耒集》卷49)。此记里，张耒将淮河的状况从上游至下游毫无遗漏地作了记述之后，这样写道：

予淮南人也，自幼至壮，习于淮而乐之。凡风平日霁，四时之变，与夫蛟龙风雨之怪，无所不历。而今也得官于洛阳之寿安，而官居福昌。凡风俗之所宜、饮食之所嗜，与淮之南异矣。官居之西，有泉幽幽，出于北阜，沦而注之，有声淙然，聚为小潭。其上有亭，环以修竹。吾游而乐之，漱濯汲引，无一日不在其上，而时时慨然南望，思淮而莫见

① 依据清人翁方纲《米海岳年谱》(吴洪泽、尹波主编《宋人年谱丛刊》第五册收录，四川大学出版社，2003年)，指崇宁五年(1106)的事情(同书3282页)。本论提出的诗例《题泗滨南山石壁曰第一山》恐怕也是这个时期的诗作。另一方面，如果张耒的诗是在任临淮主簿时候的作品的话，就是熙宁七年(1074)到九年(1076)之间的作品，比米芾早约40年。

之也。于是易亭之故名，曰思淮焉。

上面这段文字之后，张耒就作为士大夫该如何与故乡相关联的命题提出了见解。——有人恋恋不舍，一生都不离开；也有人流浪他乡，彻底忘记故乡。张耒以为两者各有其罪。作为君子不能满足于个人的快乐，而应该出世为天下国家作出贡献。他又说：然而为此离弃故乡、丝毫不回想故乡的人极其薄情。

《思淮亭记》里，一方面不断意识到自己作为士大夫的立场，另一方面使思念乡土的情感不断增强，强烈牵挂故里的风土——张耒复杂的心情毫不掩饰地吐露着。写作此记时，张耒还是20多岁的青年，此后三十多年间，一直走在仕途上。期间几度往返南北，漂浮在淮河上，总是在诗歌里咏唱自己的心情。

和徐积一样，淮河对于张耒来说也是故土的象征。但是在南来北往的旅途中，他所咏唱的诗里，几乎没有徐积那样直抒对淮河风土赞美的作品。确切地说，他的淮河诗歌总是披着一丝阴影。对于张耒来说，淮河及其流域本来是诗人回归之地，因此每次只能作经由此地的士大夫的这种身不由己的命运，似乎更使此地成为让人铭心刻骨的痛苦之地。可能为此，他的淮河诗里才不时漂浮着悲哀或绝望。接着我们看几首正好表现出他的这种复杂心境的作品：

d. 题洪泽亭

三年淮海漂萍客，今日亭边再舣舟。人似垂杨随日老，事如流水几时休。闲于万事常难得，仕以为生最拙谋。此世定知犹几至，遑遑奔走欲何求。（《全》20-13209）

e. 望龟山二首　其一

淮上风高寒日西，龟山岭下白云归。游人苦憾日已晚，青山自与云为期。轻舟渔子犯烟去，照水白鸥窥影飞。

人间不作逍遥客，老去尘埃空满衣。(《全》20－13189)

f. 离泗州有作

舸艥大艑来何州，翩翩五两在船头。淮边落帆汴口宿，桥下连樯南与北。南来北去何时停，春水春风相送迎。沙岸飞鸥旧相见，短亭杨柳不无情。清歌一曲主人酒，主人寿客客举手。明日酒醒船鼓鸣，沙边破堠不知名。行人十里一回首，云边犹有塔亭亭。(《全》20－13146)

g. 将至寿州初见淮山二首　其二

晚系孤舟古岸隈，蒹葭风定渚鸥回。山兼野色苍茫去，月向淮心晃荡来。秋色解将愁并至，年华偏与客相催。青衫手板徒劳尔，富贵功名安在哉。(《全》20－13182)

h. 寿阳楼下泊舟有感

寿阳楼下清淮水，帆去帆来何日休。浮世十年多少事，风烟依旧别离愁。楼头夜静行人绝，楼下影斜淮月秋。不道孤吟不能寐，一声羌笛怨谁舟。(《全》20－13181)

d—f 三首是在淮河下游泗州周边创作的诗，几个地方离故乡都不太远，是张耒非常熟悉的淮河流域。

d 里的洪泽是镇名，同时也是湖名。此湖就在泗州紧挨着的下游，现在是湖面面积排在中国第四位的大湖。但是，据说主要是由于黄河因泛滥而改变河道，不断注入淮河[①]，结果黄河泥土在淮阴以下流域堆积成河床上升，使淮河水无法流下去，失去流路的河水形成了这一巨大的湖水。洪泽湖急速增大是 12 世纪南宋以后的事，但在北宋时期已经出现了兆头。虽然南北交通的主要干线是汴河，但是由于汴河取水于黄河，因此黄河的泥沙也通过汴河被运到了南方。这尤其在黄河决堤时候

① 有关黄河南流和淮河最下游的地形变化，吴海涛《淮北的盛衰——成因的历史考察》(社会科学文献出版社，2005 年)第三章二“黄河泛淮及其影响”中有详细论述。

更加明显。北宋150多年的历史里，熙宁十年（1077）秋的决堤灾害最大，此时汴河也将大量的黄河水运入了淮河。被淮河的水压推动的大量黄河水被运至淮阴下流，在这里沉淀了大量的泥沙。如此，洪泽湖也可以看作是到了宋代形成的巨大的人造湖。

e诗里的龟山是都梁山东北的山，山上耸立着佛塔。此塔正好成为汴河里南下旅人的旅途标志，因此不时在诗歌里出现。f诗末尾离开泗州的张耒频繁回首眺望的恐怕也是此塔。g、f两首是咏唱淮河中游寿春周边的诗。汴河因由黄河泥沙的缘故不时陷入航行受阻的状态，为此取代汴河成为南北交通的主要干道的是颍水及与之相连的运河。寿春在淮河和颍水交汇处不远的下游，因此有不少士大夫访问寿春，前面提到的苏轼诗就是其证明。当时（熙宁四年，1071）苏轼从开封去杭州，本来走汴河是最近的途径，可是苏轼此次是经颍水迂回着前往杭州的。可能是由于当时汴河水路不通吧。寿春下方紧挨着的东岸屹立着硖石山（八公山），此处风景也不时进入宋代士大夫的诗歌里。g诗题目所说的淮山便指此山。

上面五首诗歌里重复着同样的感慨，宦游人生的悲哀、悲观成为抒情基调，如同诗句“事如流水几时休”（d）、“南来北去何时停”（f）、“帆去帆来何日休”（h）。如前述，对于张耒来说，或许这种抒情是因由淮河景观的诱发得以放大的。

如上所述，虽然同是淮河流域出生的人，且还是同一个时代的士大夫诗人，徐积和张耒在描写淮河上有显著差异。对故乡的优点直抒胸臆进行赞美的徐积，将掺杂着悲哀、悲观的曲折思念写了出来的张耒，两者有着鲜明的对照。形成这种异同的重要原因可能在于诗人个性和为官立场的差异，尤其是后者起了决定性的作用。尽管说是因为生病，徐积的后半生几乎都是在故乡度过的，而张耒却因为奔赴新任地，总是不断路过故乡。如意与失意的差异，使两者在表现故乡时产生了很大的质的差别。

七、小结

本章以《诗经》到北宋士大夫为止的这一时间段为对象，考察了歌咏淮河的诗歌产生了怎样的变化。概括地说，可以将《诗经》到六朝前期视为“前史”，六朝后期到唐末视为“萌芽、成长期”，北宋视为“成熟期”。

直到六朝前期作品数量极少，可以确立的淮河独立性的文学个性还没有形成。从六朝后期到唐初，淮河诗的一个典型才产生——作为望乡的空间描写淮河。这一诗型一直被沿袭到唐末。在此可以确认的共通性是：并非基于个别性经验具象性地歌咏，而是普遍于“旅愁”“望乡”等一般性情感的表现风格。因此，作者的个性不能显示出来，类型性上容易让人感觉到大同小异。但也正是因为这一模型，“淮河＝引发乡愁的消极空间”这样一个确定的诗性意象才得以在唐代形成。

而这一固定的意象在紧接着的宋代受到毁坏。尤其是北宋中期以降，淮河的山水被许多士大夫诗人描写，获得了与唐诗相异的多种意象。一言以蔽之，宋诗中的淮河已呈现为个性化的、具象性的意象，就其主导方面来说，是被作者怀有好感地描写的对象。其广阔无涯的水面和南岸绵延安详的连山，被观照为一片与首都的喧哗或权谋策术相对立的空间，令士大夫心情舒畅，获得解放。当然也有类似唐代诗人那样展开抒情笔触的诗人，但多是将个人的思考用个性的写法进行表现，像唐诗那样用普遍化的方式歌咏的作品极少。

唐宋淮河诗里质的异同，也可以说是直接反映出了唐诗和宋诗的异同。吉川幸次郎曾提出，与唐诗相比，宋诗显著的个性特征有：“叙述性”“与生活的密切性”“连带感”“伦理性”“悲哀之扬弃”“平静之获得”等。[1] 这些特征在前面具体论述到的唐宋淮河诗里也基本体现到了。但是，若一定要在这里从不同的视点粗略地概括唐宋淮河诗的话，也可以看作是“对模型的尊重”和“对个性的尊重”之对比。是将个人的体验、情感进行普遍化，然后如同熔铸于铸型似的歌咏的唐代诗人，和每每将个人的心情直接投影于山水，依照各人的具体体验歌咏的北宋诗人进行对比。在这里北宋诗人表现了更加显著的主体意识。

这样，在北宋150多年间获得了新意象的淮河，却因1126年爆发的靖康之变，展示了新的变化。被定位于与人事完全相对的位置，成为使人精神解放之存在的淮河山水，以此为界被卷入最为冷酷的政治漩涡之中。以后的150年此地无可避免地成了冷酷的军事边界线，令人们心灵冻结。淮河的映像再次发生巨大的变化，成为迫使人紧张的象征物。

（朱刚　译）

① 吉川幸次郎《宋诗概说》序章各节（岩波书店，2006年）。初见于《中国诗人选集第二集》（岩波书店，1962年）。

第五章　长淮诗境(南宋篇)

——爱国、忧国的意识形态

一、前言

在前一章中,我们讨论了先秦至北宋的诗歌如何表现淮河,可概括为以下几点:

① 自先秦至汉魏淮河几乎未被视为诗歌题材;

② 南朝开始出现描写淮河的诗歌,但在诗歌史的意义远没有淮河的军事意义重要;

③ 淮河成为一个有明确个性的刻画对象是在唐朝。不过主要被描写成偏僻之地,是一个催生旅愁和思乡情绪的消极空间;

④ 北宋淮河虽然仍被视作偏僻之地,但以积极态度来描绘的作品却增加了。即作为一个区别于都城喧哗的,脱离了权谋和紧张,使身心获得解放的空间被善意地描绘;

⑤ 在描写方式上,唐诗写淮河的主导倾向是总体抽象式的,北宋则更倾向于个别具象性的描写。

这样,有关淮河的诗篇到了北宋,进入了更为个性化、带有具体印象的独特境地。作为一种风景,淮河山水被安顿在与世俗对立的位置,为诗人们消解紧张和忧愤。然而从靖康二年(1126)起其功能却突然改变了。直至蒙古统一南北的约一个半世纪,它变成了另一种风景,其功能与北宋正相反,强化了诗人们的紧张感,使他们益发悲愤慷慨。面对它的南宋诗人无不发出周颉的慨叹:“风景不殊,举目有江河之异!”本章联系具体作品来论述陷入战争的淮河是如何被南宋诗人们所歌咏的。

只是原则上，本章将对列举的作品作一定限制，即将列举作品限制在可以判断作者是亲临淮河岸边，并亲眼看见淮河风景的作品，或者是在题材层次上可以判断为歌咏淮河流域的风土、风俗的作品。因此，即便作品言及淮河，可是如果在整个作品里作为素材的淮河的地位不高的话，不会作为作品例子加以提示。同时，如果作品没有将地域特定为淮河流域，而仅仅歌咏广范围的淮南风土和淮民，这样的作品也将被排斥在本章之外。因此，本章极力通过以淮河作为重要题材的作品，显示其与到北宋为止的诗歌之间的异同，探索其变化的轨迹。

二、成为边塞的淮河

南宋约150年间，淮河成了宋朝与北方政权的军事边界线。隔河对峙的，前一个世纪是金朝，后半个世纪则是蒙古。

宋金间军事的高度紧张主要有四个时期[①]：

（一）靖康元年（1125）至绍兴十一年（1141）是延绵时间最长的全面战争期。战争导致宋金以淮河为界南北对峙，最终缔结了“绍兴和议”，宋对金称臣，赠予巨额岁币；

（二）绍兴三十一年（1161）至隆兴二年（1164）。绍兴三十一年九月，完颜亮开始南攻，十月渡过淮河，但十一月大败于采石矶，本人也被叛军杀害。即位的金世宗希望讲和，而孝宗起用张浚出兵北伐，然而随即转入劣势，而金国内部也不太平，故隆兴二年（1164）再度结成和议，关系改为“叔侄”，岁币减少；

① 关于下述历史事件的发生时间，原则上根据宋史提要编纂协力委员会编《宋代史年表（南宋）》（财团法人东洋文库刊，1974年）的记载，并参考了冯君实主编《中国历史大事年表》（辽宁人民出版社，1985年）、粟品孝等《南宋军事史》（上海古籍出版社，2008年）。

（三）开禧二年（1206）四月至十二月。乘金朝被蒙古威胁，韩侂胄开启了战端，但随即进入劣势，翌年请求讲和，金方得到韩的首级，才有了嘉定元年（1208）的和议。关系改为"伯侄"，岁币增额；

（四）数年后，金朝受蒙古威胁日甚，转而夺取江淮间的地域，嘉定十年（1217）开始南攻，宋军也勇于迎战。十二年（1219），金军越过淮河，前锋到达六合，但被击退。

端平元年（1234）一月金被蒙古所灭。淮河又成了宋蒙攻防战的最前线。

宋蒙的交战在金亡至宋亡（1279）的约 45 年间持续扩大。两淮地区是南宋最重要的生命线，因而重点配备了兵力。蒙古军从端平三年（1236）开始进攻两淮。翌年十月夺取光州，但屡次被阻，无奈退兵北还。不过第二年又开始攻击淮南。南宋则实施了一系列防备举措，蒙古也派兵干扰，双方屡次发生局部战争，而南宋则死守两淮之地。

蒙哥汗即位（1251）后采用先攻取云南、西藏、越南的三面包围攻击战略，却在亲征时暴卒。忽必烈在刚登上大汗之位（1260）的数年间无暇南顾，到咸淳三年（1267）才开始集中兵力进攻荆楚。德祐二年（1276）二月蒙古军俘虏宋恭帝，宋朝已实际灭亡。

综上所述，淮河流域经历了四个军事紧张时期，以三次和议为界。用公历表示如下：① 1125—1141（约 17 年间）；② 1161—1164（4 年间）；③ 1206（9 个月）；④ 1217—1219（3 年间）。在宋蒙交战期间，淮河流域除 1236 年至 1249 年的 14 年间断续地成为战场外，没有大规模交战，但南宋灭亡前的约 30 年间则无疑经常处于临战态势。

总之，淮河一带在南宋除了因和议而保持一定和平的 60 余年外，过半时间实际上成了战场，即边塞。即便在和平时期也无法解除警戒，淮河成了一种经常提醒南宋人面对残酷现实、增强紧张感的风景。

因此，南宋淮河诗的最基本的特征也是其“边塞”性。言及南宋边塞诗，多数人会首先联想到以陆游的《关山月》(《剑南诗稿》卷8)、《书愤》(同书卷17)等为代表的爱国诗。假如将其称为“壮士之悲愤慷慨型”，南宋的淮河诗中也不时可以看到此类诗歌，的确是其中的一个基调。但是，南宋的淮河诗并非完全都是由此类诗歌所覆盖，这一主题也不是南宋淮河诗所歌咏的主要内容。由此，本章企图更多地采纳这类诗歌之外的作品，以求更多地展示南宋淮河诗的多样性。

另外，到了南宋后期，非士大夫的诗人变得活跃起来。为此，本章力图将士大夫和非士大夫这两类诗人在描写上的异同作为一个切入观察的重要视点，并在三、四两节里，考察士大夫的淮河诗，在五、六两节里考察非士大夫的诗歌，从而由具体的诗歌作品提炼出两者作品的不同特色。

三、使金诗人眼里的淮河

两淮之地在南宋成为最重要的军事地带，特别是濒临淮河的寿春、濠州、盱眙、楚州等最前线一直须保持临战态势。朝廷所派官员也以武官占多数，几乎没有著名文士。所以实际上几乎没有以长驻者的视线描写这一带的作品。士大夫(文官)诗人面对淮河，只有在出使金朝，或者担任到国境线上迎送金朝使节团的接伴使、送伴使时才有机会。

宋金互派使者是在和议结成的六十余年间，具体可分为二期：

Ⅰ　绍兴十一年(1141)至三十一年(1161)约21年间；

Ⅱ　隆兴二年(1164)至开禧二年(1206)约43年间。

下文先探讨使者眼中的淮河边塞。

据胡传志的统计，使金诗人在旅程中所咏诗现存约250首。[①] 代表诗人有曹勋(1098—1174)、洪适(1117—1184)、姜特立(1125—?)、范成大(1126—1193)、周辉(1127—?)、楼钥(1137—1213)、袁说友(1140—1204)、许及之(? —1209)、虞俦(? —?)等。

绍兴和议达成后不久使金的曹勋(字公显，号松隐，阳翟人)有特殊经历。靖康之变中他侍从徽宗北行，接受徽宗密令，半途逃脱，将徽宗的秘函传给在南京(河南商丘)的高宗(徽宗之子)。曹勋在传达秘函的同时提出了营救徽宗的建议，却被贬谪。但绍兴和议达成后被提拔为报谢副使，再度赴金。绍兴十四年(1144)又任接伴使到淮上迎接送韦太后南归的金使，绍兴二十九年(1159)又出使金国。[②]

持节回呈王枢密

去时炎歊极蒸郁，尘满篮舆困摇兀。归时大岭雪已飞，易水清漳醒病骨。三月不亲君子儒，一笑且脱萧何律。身轻顷刻渡长淮，殊喜眼前无俗物。(《全》33-21084)

上诗是曹勋绍兴二十九年赴燕京归途所作。其他几次使金时间都是自冬至春，只有这一年的是六月一日接受敕命，九月五日归朝，与此诗相符。“王枢密”指王纶(字德言，建康人)，是这次使节团的长官。此诗虽不是专咏淮河，但对此时的曹勋而言，南渡淮河就意味着回到了文明圈——拥有许多“君子儒”而无“俗物”，而淮河的界线地位也十分明确。

---

① 胡传志《论南宋使金文人的创作》，《文学遗产》2003年第5期。另外，张高评也有题为《南宋使金诗与边塞诗之转折》的详论，见《宋代文学研究丛刊》第8期，丽文文化事业公司，2002年12月，后收入张高评著《自成一家与宋诗宗风》(万卷楼图书股份有限公司，2004年)，309—367页。

② 曹勋《松隐集》卷17有《接伴书怀》诗，可以证实其接伴使的经历。另外，吴河清《论曹勋的使金诗》一文的开头有相关的记述，见《文学遗产》2007年第5期。

过 淮 甸

长淮烟静是天津，兵里因循一半分。尚有旧时鸥与鹭，夕阳归处记南云。(《全》33－21171)

曹勋这首七绝不知何时所作，上文所说的三次出使时间都有可能。淮河从中流被分断，阻挡了人们交流，而鸥鹭却能自在交飞。结句称鸥鹭在傍晚归巢之时未忘南云，回到了宋境。

曹勋的二例都是第Ⅰ期内的作品。从中可以看出，淮河既是安全感的象征，也是对残酷现实的提示，这种两面性也普遍反映在其他使金诗人的作品中，故这二例可以看作是和平期间淮河诗的典型。如与前一例相似的还有乾道九年(1173)春韩元吉(1118—1187，字无咎，号南涧，信州上饶人)使金归还时的一首七绝：

初见龟山塔

烟里微茫第一山，眼明白塔俯沧湾。尘埃满面三千里，一笑相看似梦间。(《全》38－23690)

以下两首则是许及之(字深甫，永嘉人)的作品，其使金时间难以确定，也许属第Ⅱ期：

临淮望龟山塔

几共浮图管送迎，今朝喜见不胜情。如何抖得红尘去，且挽清淮濯我缨。(《全》46－28435)

渡 淮

照眼清淮笑力微，家人应喜近庭闱。兹行莫道无勋绩，带得星星白发归。(《全》46－28435)

以上三例，特别是前二首，几乎与北宋中后期的作品没有差异。北宋诗人沿汴河而下，来到临淮，也曾因望见龟山塔或淮山而感知淮河已近，顿时消除了紧张，如前一章里已举出的梅尧臣《初见淮山》、沈遘《淮山》等。

然而，北宋的士大夫谁都可以在宦游途中望见“东南第一山”，而南宋只有极少一部分被允许北上的使者才能看到。在此意义上，这类诗歌对于南宋读者来说无疑成了催生“风景不殊，举目有江河之异”感慨的对象。

虽然与北宋一样，南宋的淮河风景也具有消除紧张的功能，但实质大相径庭。北宋时它促使人们从政治这种极度人为的世界中解放出来，回归自然，甚而成为隐逸的诱导。其意义无非是士大夫文化生活中的某种样式转换，从公共领域转换到私人世界。但在南宋，它却是解除了生命危险或者从异文化挣脱出来的象征，其精神解放的程度与北宋不可同日而语。因此同样的抒情，对于南宋使金诗人来说，恐怕就是真情的表露，与爱国忧国等多数士大夫喜欢表现的壮士之慷慨、忧愤处于对立位置。

至于像曹勋的后一例那样以淮河提示残酷现实的写法，则在杨万里诗中最具效果，下节以其作品为中心来检讨。

四、杨万里与淮河

南宋诗歌四大家中写作淮河题材最多的就是杨万里(1127—1206，字廷秀，吉州吉水人)。[①] 尤袤有《淮民谣》，但不是以淮河或淮河流域为特定题材。陆游是众所周知的爱国诗人，但其源泉是他在西部前线南郑的体验，对于淮河则几乎并未道及。范成大乾道六年(1170)曾使金，留下七十二首纪行诗和《揽辔录》一卷，但与淮河相关的只有第一首《渡淮》，且只是淡然记录旅程开始的情状，没有值得特别注意的地方。

---

① 关于杨万里接伴使任上的诗作，有西冈淳《接伴使杨万里的旅程和诗——〈朝天续集〉的世界》(《未名》第22号，2004年3月)、胡传志《论杨万里接送金使诗》(《文学遗产》2010年第4期)等论文。

杨万里前往淮上是因为他担任了接伴使和送伴使。为了“接伴”,他于淳熙十六年(1189)十二月前往盱眙,而翌年一月则为了“送伴”而再度到此。他自身仍处于国内,故与上节讨论的使金诗人心态明显不同。而在“接伴”时有义务先到达地点等候,所以他面临淮河的时间也应该比使金诗人要久。也许正因此,他的淮河诗在量和质上都远远超越使金诗人。如果把以包含洪泽湖至淮阴、楚州间的地区在内的淮河及其流域的风土为题材的作品都看作“淮河诗”,那么他的淮河诗有将近四十首之多,不要说使金诗人,在南宋的所有诗人中也是很突出的。

上节指出的使金诗人的两种抒情方式中,直率歌咏归还的喜悦在杨万里当然是没有的,但以淮河提示残酷的现实却见于他的好几首作品,而且完善度远为提高。下引的《初入淮河四绝句》(《全》42－26439)就是最为集中凝缩的:

其　一

船离洪泽岸头沙,入到淮河意不佳。何必桑干方是远,中流以北即天涯。

其　二

刘岳张韩宣国威,赵张二相筑皇基。长淮咫尺分南北,泪湿秋风欲怨谁。

其　三

两岸舟船各背驰,波痕交涉亦难为。只余鸥鹭无拘管,北去南来自在飞。

其　四

中原父老莫空谈,逢着王人诉不堪。却是归鸿不能语,一年一度到江南。

第一首抒写因原来处在朔北的国境线被移动到淮河中流一时难以接受的心境。第二首的“刘岳张韩”指刘光世、岳飞、张俊、韩世忠四大将，"赵张二相"指赵鼎和张浚两位宰相。这两首可以看作以士大夫身份直率表达其感慨的作品。

第三、四首则将人事与自然（鸥鹭、鸿）进行对比。第三首的后两句发展性地运用了上节引用的曹勋《过淮甸》的意境，似乎已经超越了对立的现实，诉说着更为普遍的人世困境。

像第一首后两句那种表达，在他到达盱眙后进一步发展："白沟旧在鸿沟外，易水今移淮水前。"（《题盱眙军东南第一山》其二之颈联）

不过，杨万里的淮河诗中比较直接地涉及宋金关系的毋宁说是少数。过半作品与时势并不相关，只是歌咏风土（淮白、冬天的波浪、严寒与降雪）或名胜古迹（龟山、第一山、玻璨泉）。比如《淮河再雪》（《全》42－26442）：

其　一

风打波头波打船，并来枕底搅清眠。先生夜起篷窗看，月满长淮雪满天。

其　二

昨晡日脚荡波红，今早天花舞镜中。雪了又晴晴又雪，海神浑不惜神通。

这二首中完全感受不到他负有迎接敌国使者的任务。下面的《淮河舟中晓起看雪二首》（《全》42－26442）也几乎可以视为纯粹的咏物诗：

顷刻装严银世界，中间遍满玉楼台。琼船撑入玻璨国，琪树瑶林不用栽。（其一，后半四句）

梅花脑子撒成云，明月珠胎屑作尘。爱水舞来飞就影，怯风斜去却回身。（其二，前半四句）

"梅花脑子"指龙脑香，南宋赵汝适《诸蕃志》卷下《志物》里有相关记载。[1] 龙脑香是由生长在东南亚热带雨林的乔木树脂提取的,此香看似水晶或冰,因此也叫作冰片。杨万里在诗中不时在比喻雪的时候用"脑子",尤其在诗《雪后霜晴,元宵月色特奇》(《全》42-26524)里,接二连三地用类似上面的比喻,如"玻瓈""琼楼""梅花""脑子""珠胎",等等。第一首对变作了一片银色世界的淮上之景作鸟瞰式的白描,第二首则以细致入微的视线具体而动感地表现雪片。此时士大夫形象已完全退出,展现在读者眼前的是作为诗人的杨万里。

这些淮河诗收在杨万里自编的《朝天续集》,此集为编年体,据此再次分析其淮河诗可以看到几个明显特征:

(一)其淮河诗写作基本集中在"接伴"之际,而写于"送伴"时的不满十首;

(二)与宋金关系相关的作品很少,而且集中在"接伴"时;

(三)大部分作品不能感受到宋金间的紧张关系,而且还有与此行任务无关的作品,如檃括[2]之作(《檃括东坡瓶笙诗序》《檃括东坡观棋诗引并四言二首》)、歌咏之作(《芗林五十咏》)等。

造成第一点特征的原因比较容易明白,应该跟旅程有关。"接伴"的时候他必须先到达国境等待,所以有比较充裕的时间观察环境。但"送伴"时,一旦把使者送到,任务便完成了,可以想象他立即踏上归途,没有时间搜索诗材、提炼诗思。

至于第二、第三个特征,应该更多地考虑与诗人个性相关。早已有人指出过他的爱国忧国诗很少[3]。钱锺书也曾指出其诗

---

① 杨博文《诸蕃志校释》,中华书局,1996年,第161页。

② 关于"檃括",请参考笔者《两宋檃括词考》,收入《传媒与真相》(上海古籍出版社,2005年),第408—429页。

③ 清代中叶的光聪谐就有如下论述:"诚斋与放翁同在南宋,其诗绝不感慨国事,惟《朝天集》中《入淮河四绝句》、《题盱眙东南第一山》二律、《跋丘宗卿使北时诗轴》少见其意,与放翁大不相侔。"(《有不为斋随笔》庚卷,转引自《杨万里范成大资料汇编》,中华书局,1964年,92页。)

人的倾向，比起人事国事，他更爱好自然。[1] 那么这种倾向是怎么造成的呢？笔者曾另有专论探讨士大夫诗人的表达特征[2]，以此为基础来申述。

杨万里是南宋中兴期士大夫诗人的代表。宋代士大夫以“官—学—文”三种立场的平衡并存状态为理想境地，诗歌写作上也以这三种视角的适度结合为目标。但三者中以官员视角写的诗，多表现为对社会、时政的批判，写作经常受到言论环境、政治状况的巨大影响。南宋士大夫诗人站在官员的立场时，爱国忧国的题材不可缺避。

但换个视角，这也可说是一种超越个人好恶、没有选择余地的被要求的课题。如笔者曾指出的，爱国忧国诗有一个明确的表达传统，就是尽量避免晦涩，以平易简明的抒情为宗。这也许是因为写作此类题材时，预想的读者不限于士大夫，而是更广泛的未知读者。无论如何，可以说这个题材几乎已预先决定了要传达的信息，也要求不要过度发挥技巧。技巧一旦胜出，真实感情就被损伤，现实意义降低，作为诗人的评价也降低了。因此此类题材的表达自由度毋宁说是非常狭小的。

在此前提下，保证作品独特性的最大源泉就是诗人各自的体验。范成大有使金的体验，陆游有置身南郑前线的体验，而杨万里却一直不曾拥有可匹敌的体验机会。范成大使金在乾道六年(1170)45 岁时，陆游奔赴南郑在乾道八年(1172)48 岁时，而杨万里担任接送伴使却在淳熙十六年(1189)63 岁时。不但比范、陆迟了将近二十年，体验性质也比他们远为平缓而有限。而且他获得这一最初体验的时候，绍兴和议(1141 年)已经过去了半个世纪，离秦桧之死(1155 年)也已有三十五年。且在

---

① 钱锺书《宋诗选注》关于杨万里的解说(人民文学出版社，2002 年，162 页)。

② 请参看本书第一章。

他之前已经存在大量的爱国忧国诗篇。

尽管如此，他还是以独自的表达方式咏出了这一题材。但是没有发展到“看到一幅画马，碰见几朵鲜花，听了一声雁唳，喝几杯酒，写几行草书，都会惹起报国仇、雪国耻的心事，血液沸腾起来，而且这股热潮冲出了他的白天清醒生活的边界，还泛滥到他的梦境里去”[①]的程度，原因当然首先在于他的诗人个性，其次在于他的体验性质，以及他获得这种体验的年龄。

把“官—学—文”三者的平衡视为士大夫诗人的理想型态，以此为基准来比较范、陆、杨三人，范成大是最接近理想型的，陆游距此稍远，而杨万里最远。杨、陆二人有共同的诗学认识，都具备诗人的敏锐自觉，创作欲之旺盛也是同时代诗人中非常拔尖的[②]。但是，聚焦于诗人的自觉来说，两人也有质的差异。陆游更多地倾向于留在士大夫诗人框架之内，而杨万里身上却潜藏了从这个框架逸脱出去的倾向。这显著地呈现在他们对于爱国忧国题材以及晚唐诗的态度中。

如前所述，爱国忧国题材对于南宋士大夫诗人来说是最具象征性意义的重要题材。陆游积极主动地投入此类写作。而杨万里就显得消极被动，在质和量方面都缺乏重要性。

宋代士大夫诗人对待晚唐诗的态度就像石蕊试纸一样具有检测功能。如笔者曾经论述的[③]，晚唐诗总体上缺乏大人物

---

① 钱锺书《宋诗选注》关于陆游的解说，172 页。

② 陆游与杨万里关于诗歌有一种共同的认识，即诗的素材不须苦苦寻求，它会自然地到达作者这里。详见浅见洋二《论“拾得”诗歌现象以及“诗本”“诗材”“诗料”问题——以杨万里、陆游为中心》(《橄榄》第 11 号，2002 年 12 月)。关于陆游作为诗人的自觉，参考小川环树《诗人的自觉——陆游的情况》(《小川环树著作集》第三卷，筑摩书房，420—421 页)以及西冈淳《陆游的诗论》(《南山国文论集》第 23 号，1999 年 9 月)。关于杨万里，除了自编诗集、自作序言外，还写作了诗话，由此不难考察其作为诗人的自觉。再则，陆游现存诗歌 9 000 余首，杨万里也超过 4 000 首，算得上两宋期间最为多产的诗人。

③ 请参考本书第一章。

式视角，且不重视运用典故、学识之类。还因为亡国之音的印象而被许多士大夫嫌恶忌避批判①。杨、陆二人虽然都有类似的作品，但陆游在公开场合持批判态度②。而杨万里并不惮于明言他对晚唐诗的爱好乃至学习③。

两方面都表明陆游愿意保留于士大夫诗人的框架内，而杨万里则具备某种革新性。换言之，这里呈现了把士大夫诗人的意识形态视为绝对的陆游和持有更为相对态度的杨万里之间的对比。而如果要说谁是更为纯粹天真的表达者，那应该是杨万里。从而可以说，杨万里淮河诗中少有爱国忧国之作，是他作为纯真的表达者隐在地抵抗士大夫诗人的意识形态的表现。如果把杨、陆二人死后，四灵、江湖派的流行，即晚唐体风靡一时的现象考虑在内，那就更容易了解杨、陆两种类型的哪一类是占取时代的先机而引导了时代的。

五、淮河之于江湖诗人——以姜夔、刘过、戴复古为例

前两节粗略地概观了南宋士大夫诗人的淮河诗，本节尝试考虑淮河对于非士大夫诗人的意义。不难想象，作为风景的淮河也能引起江湖诗人与士大夫一样的感兴，但是因为淮河流域是在军事管理之下，即便是士大夫，如果不担负使者之类的特别任务，原则上也没有拜访的机会，而布衣诗人就更难了。

果然，从现存资料来看，曾经到达淮上，以淮河为题材的布衣诗人远少于士大夫诗人。不过虽然是少数，实际上还是有一

---

① 钱锺书在《宋诗选注》中，就以“江西派”和“晚唐体”为对立的两个基准，据南宋各诗人与这两个基准的亲和性的有无，来描述他们的特征。

② 关于陆游对晚唐诗既持否定态度，又在创作上与之亲近的矛盾，钱锺书《谈艺录》三十五“放翁与中晚唐人”（中华书局，1984 年，125—130 页）、西冈淳《陆游的诗论》都曾论及。

③ 参考钱锺书《谈艺录》三十五“放翁与中晚唐人”，以及西冈淳《杨诚斋的诗》（《中国文学报》第 42 册，1990 年 10 月）。

些的。

以下两节将论述非士大夫诗人描写的淮河。总的说有关诗人的传记资料极少，这里采用的作品大都也无法确认创作时期及其背景，因此下面我将以姜夔、刘过、戴复古三位诗人为例，相比之下有关他们的传记资料虽然少也还算能找到，也比较容易推测他们的有关作品的创作背景。除此以外的诗人将放在后一节里进行概括论述。

(一) 姜夔的旅程

比如姜夔(1155？—1221？，字尧章，号白石道人，江西鄱阳人)就曾回想起早年旅游此地的经历而创作了下面的诗：

> 濠梁四无山，坡陁亘长野。吾披紫茸毡，纵饮面无赭。自矜意气豪，敢骑雪中马。行行逆风去，初亦略沾洒。疾风吹大片，忽若乱飘瓦。侧身当其冲，丝鞚袖中把。重围万箭急，驰突更叱咤。酒力不支吾，数里进一斝。燎茅烘湿衣，客有见留者。徘徊望神州，沈叹英雄寡。

此诗吟咏了濠州周边的淮上体验，是题为《昔游诗》的十五首中的第十二首(《全》51－32058)，作于嘉泰元年(1201)秋47岁时。不过，题为"昔游"表明是对年轻时旅程的回顾，据夏承焘的说法，事在淳熙三年(1176)姜夔22岁时。[①] 如果推定正确，那么正好属于第三节所说和平时期的第Ⅱ期。

全诗除末尾四句外，一味描写冒雪旅行的情状，并未仔细刻画国境地带的场景。然而，同是对淮上严冬的描写，与前文所揭杨万里的雪诗却有明显差异。杨诗以咏物手法细致地描画出雪景，不含人的活动，而姜诗却对很久以前的冒险行为作

---

① 夏承焘《姜白石词编年笺校》，上海古籍出版社，1981年，301页。

出叙事性的描述,并带夸张。像“重围万箭急,驰突更叱咤”,几乎把自己拟作了将军。当然,引起这种放纵之思的是边塞淮河的存在。钱锺书也曾指出,此诗的笔致与陆游回顾南郑时代的一系列作品以及辛弃疾的部分词作相当近似。不过最后也批评道:“他虽然‘沈叹英雄寡’,到底缺乏他们两人(指陆游、辛弃疾)的志事和抱负。”(《宋诗选注》)此话当然不错,但若考虑到姜夔终生不过是布衣诗人,那么毋宁说这种浪漫主义正是他与士大夫相异的所在。

(二)刘过的淮河诗

与姜夔同时代的布衣诗人刘过(1154—1206,字改之,号龙洲道人,吉州太和人)也留下了以淮上之旅为题材的古诗:

盱　眙　行

车徐行,马缓驰,天寒游子来盱眙。功名邂逅未可知,生身毕竟要何为。既不起草黄金闺,又不侍宴白玉墀。何不夜投将军飞,劝上征伐鞭四夷。沧海可填山可移,男儿志气当如斯。安能生死困毛锥,八韵作赋五字诗。金牌郎君黄头儿,有眼不忍重见之。志大才疏浩无期,逢人举似人笑嬉。谓为痴人未必痴,唤作奇士何能奇。(《全》51-31808)

根据刘宗彬《刘过年表》[①],刘过经八公山而至盱眙是在淳熙十三年(1186)33岁时。属于和平时期的第Ⅱ期。但是诗中除了开头三句描写盱眙或淮上的风景外,后面全是怀抱壮志而无处发挥这种江湖诗人共同的烦闷,似乎他的盱眙(或淮上)之旅本身就是为了表露胸中的壮志。

① 《宋人年谱丛刊》第11册所收,四川大学出版社,2003年。

（三）戴复古与淮河

江湖诗人中淮河诗最多的是戴复古（1167—1247?，字式之，黄岩人），数量在10首以上。他也曾旅行淮上，不过并不像姜夔、刘过那样抒情激昂：

淮上寄赵茂实

渺渺长淮路，秋风落木悲。乾坤限南北，胡虏叠兴衰。志士言机会，中原入梦思。江湖好山色，都在夕阳时。（《全》54－33551）

现在无法确定他写作淮河诗的准确时间，恐怕他旅行淮上还不止一回。不过上面这首却有一丝线索可寻。

此诗的寄赠对象"赵茂实"指赵汝腾（？—1261），宝庆二年（1226）进士，绍定二年（1229）三月为其族兄赵汝谠（？—1223）编选的《石屏小集》作序。[①] 此集是从嘉定十四年（1221）戴复古送给赵汝谠的诗稿中选了130首而成的[②]。赵汝谠死于任上，在无法胜任此事时请族中的俊秀赵汝腾执笔作序。绍定五年（1232）夏赵汝腾又应戴复古的请求编选了《续集》。[③] 戴复古诗集中寄赠赵汝腾的诗中称对方为"大著"即著作郎[④]，或"永嘉太守"即温州知州，[⑤]不用说是宝庆二年以后的事。现在难以断定赵汝腾进士及第前两人是否交往，但可能性甚低。这样，认为上诗作于绍定二年以后是比较妥当的，此时戴复古请求对方编选自己的诗集，二人已有亲密的交往。按此思路探寻戴复古绍定二年以后的行迹，可以确定他接近淮河的机会是在嘉熙元年

① 赵汝腾《石屏诗集序》，收入金芝山点校《戴复古诗集》（浙江古籍出版社，1992年）附录二"序跋"。

② 详见《戴复古自书》其一，收入金芝山点校《戴复古诗集》附录二"序跋"。

③ 详见《戴复古自书》其二，收入金芝山点校《戴复古诗集》附录二"序跋"。

④ 戴复古《寄赵茂实大著二首》（《全》54－33494）。

⑤ 戴复古《寄永嘉太守赵茂实》二首（《全》54－33522）。

(1237)到扬州拜访赵葵(1186—1266)时。[①] 此时他接受了赵葵的“买山钱”,还提出了刊行诗集的请求。如果上诗是在此前后寄出,那就可以这样推测:他写信向曾经为编选自己诗集尽力的“赵茂实”报告出版已有可能,同时附寄近作,即此诗。不过此年戴复古已是71岁高龄了。

第四句的“叠兴衰”也许是指蒙古的勃兴和金的衰落。考虑到蒙古灭金在端平元年(1234)一月,如果此诗为嘉熙元年之作,就可以更确定为金的灭亡和蒙古的强盛。尾联与李商隐《乐游原》的“夕阳无限好,只是近黄昏”相仿佛,如果此时戴复古真的意识到李商隐的诗,那么不但是金的灭亡,或许祖国已行近黄昏的命运他也已感觉到了。

淮上春日

边寒客衣薄,渐喜暖风回。社后未闻燕,春深方见梅。壮怀频抚剑,孤愤强衔杯。北望山河语,天时不再来。(《全》54-33479)

频酌淮河水

有客游濠梁,频酌淮河水。东南水多咸,不如此水美。春风吹绿波,郁郁中原气。莫向北岸汲,中有英雄泪。(《全》54-33467)

这两首的季节都是春天,也许是同时之作。《淮上春日》的后两联提及了“壮怀”和“孤愤”,与前揭姜夔、刘过,乃至陆游、辛弃疾的刚强之情相似,末尾却吐露了近于绝望心情,比上述几位的抒情更多了一层曲折。如果其背景是开禧北伐失败后不久,那么可以说这是大多数人共有的心情了。

下面的七绝是他登上盱眙的“第一山”远望北方大地的

---

① 戴复古《见淮东制帅赵南仲侍郎,相待厚甚,特送买山钱,又欲刊石屏诗,置于扬州郡斋,话别叙谢》(《全》54-33566)。

作品：

盱眙北望

北望茫茫渺渺间，鸟飞不尽又飞还。难禁满目中原泪，莫上都梁第一山。(《全》54－33596)

这"第一山"也是赴金使者到达盱眙时必然登临的。站在与使金诗人相同的地方，戴复古当然也抒发了相似的感慨，但应该考虑到的是，与使者们登上此山的和平时期相比，在北伐失败以后的戴复古时代，恢复失地的希望更为渺茫了。这或者便是"满目"眼泪的最大原因。

(四) 江湖诗人何故走向淮河

无论姜夔、刘过还是戴复古都是布衣诗人，却都来到了淮上，这是为什么呢？

首先须确认三人共同的行动模式。[①] 他们都在二三十岁以后屡次长期出游。在旅程之前，恐怕他们也曾勤于举业。比如刘过31岁和34岁时曾应科举，姜夔也在45岁时献上了《圣宋铙歌鼓吹曲》获得免解而参加礼部试，但都落第了。而戴复古20至30岁时的足迹几乎无从考察，但应该也不例外。

然而，在三四十岁前后，这三人似乎都断了科举及第的念头，转而寻求另一种途径维持生计，就是在诸州县游历，与大小官僚交往，利用人脉谋求幕僚职位。即所谓"江湖谒客"。

至于为什么要走向淮上，首先能够想到的是干谒。两淮之地既然局势紧张，各州军的长官须能随机应变，故应拥有比其他州郡长官更大的自主权。那么，面谒两淮重镇，获取一纸"阔

① 关于三人的行迹，分别参考以下资料：夏承焘《姜白石词编年笺校》(上海古籍出版社，1981年)，附录"行实考"之"系年"；马维新《姜白石先生年谱》；刘宗彬《刘过年表》(以上两种年谱见吴洪泽、尹波编《宋人年谱丛刊》，四川大学出版社，2003年，第11册)；刘丽玲《戴复古年谱》(四川大学硕士学位论文，2003年)。

匾”即介绍信，就更有可能谋得一个职位，或得到金钱的援助。著名事例有宋自逊一谒贾似道，便获得“楮币二十万缗”，造起了“华居”的轶事。[①] 贾似道曾于淳祐十年至开庆元年担任淮东和两淮制置使，此事也许发生在他被召回担任宰相以后，但正如“两淮制置使——宰执”这一升晋途径所示，两淮宣抚、制置使在当时无疑被视为要职中的要职，故江湖谒客通过面谒而寻求希望就是相当自然的。实际上，戴复古晚年也通过拜访淮东制置使赵葵而获得了“买山钱”以及援助出版诗集的许诺。赵葵于绍定六年(1233)年末离任，直至淳祐二年(1242)二月以同知枢密院事召还，约有八年时间带着权兵部尚书的官名任职于扬州。如此异常长期的任职，在南宋晚期的前线地域几乎已成普遍现象，可以确认他们拥有特别的权限，而赵葵能给戴复古这么大的援助，应该也是在种背景下发生的。尽管如此，江湖诗人若以出仕做官为淮上之行的第一目标，那么包括戴复古在内，其愿望并未实现。

当然他们的旅行也不是完全徒劳的。因为站在国境线上远望“敌国”在当时不是谁都能体验的。特别是士大夫诗人，除了以使者的特殊身份北上以外，大多数人连涉足两淮之地也很困难。因此无论三人的真正动机何在，结果是他们获得了通常士大夫难以获得的体验。以此为基础的诗歌是同时代一般士大夫诗人写不出的作品。

也就是说，淮上之旅的体验可以实际提高身价，使江湖诗人的存在感放大。当然现在难以了解他们本人是否真有如此冷静的计算，但如上所论，爱国忧国主题已成为南宋淮河诗的普遍基调，作品要突出其特殊性须依靠诗人的个人体验，就此

① 关于“阔匾”和宋自逊的轶事，见元方回《瀛奎律髓》卷20“梅花类”下戴复古《寄寻梅》诗的评语，《瀛奎律髓汇评》中册，上海古籍出版社，1986年，840页。

而言,淮上之旅意味着他们的淮河诗已具备不同寻常的特殊性。

六、江湖诗人的淮河诗

以上三人之外,其他江湖诗人的淮河诗分量就更轻了,下面考察几篇较有特色的作品。

首先来看赵崇嶓(1198—1255,字汉宗,号白云山人)的一首七绝:

淮　河　水

秋风淮水白苍茫,中有英雄泪几行。流到海门流不去,会随潮汐过钱塘。(《全》60－38079)

此诗令我们联想到上引戴复古《频酌淮河水》末尾的"莫向北岸汲,中有英雄泪"两句,而意象上有所发展,那"英雄泪"流到海门,又跟随潮水被运到了首都临安。诗句似乎暗用了伍子胥的传说,其尸体被装入鸱夷皮袋抛入江中,灵魂化作了潮神,引起每年的浙江潮。如此则此"英雄泪"所包含的感情不是愤怒就是悲伤了。

下面的七绝是释斯植(? —?,字建中,号芳庭)的作品:

淮　边　柳

寂寞淮边柳,春来自舞腰。恨生争战地,不得近官桥。(《全》63－39336)

此诗以淮河之畔的柳树与"官桥"附近的柳树相对比。同是柳树,前者因为生长在"争战地",便与人流不息的"官桥"相异,得不到游客的光顾。"淮边柳"的"寂寞"获得突显。

以上两首都依靠作者的机智来构成全篇,前者将"英雄泪"与浙江潮的意象连接起来,成为此诗的关键,后者则将柳树拟人化,通过对比来显示作者的创意。

然而如上所述，南宋的淮河也是民族悲痛的象征，以此为素材来写诗，对于作者的构思有很大抑制。所以即便每一首都蕴含了真情实感，但多数偏于直率，不是悲愤慷慨，就是哀伤痛切，在表达技巧方面毋宁说是类型化的，缺乏多样性。当然，一味追求新奇的表达也有相当的危险，可能给作品带来与素材不合的轻薄感。也许就是出于这种顾虑，士大夫诗人宁愿放弃新奇感而选择稳健保守。

但另一方面，以上二例显示出，即便是写淮河这样敏感的素材，江湖诗人还是比士大夫们更倾向于自由的构想。其原因无非是社会地位带来的表达自由。下引释文珦（1210—?，字叔向，号潜山老僧，於潜人）的诗也透露了这种特征：

寄淮头家兄

君向淮堧去，相思梦不安。兵戈犹未定，道路自应难。旷野人烟少，荒城鬼磷寒。故园松菊在，何必恋微官。（《全》63－39583）

文珦似乎忘记了自己的僧侣身份，担心远赴淮上的兄弟而劝他辞官归乡。若换成士大夫诗人，即便在相同的处境下，恐怕也不能写这样的诗。由此可以把这种写法视为江湖诗人所特有的。

下面一首是高翥（1170—1241，字九万，号菊涧，余姚人）的七绝，如果诗中所写的内容基于作者本人的见闻，那么这是只有身临其境的人才可能写的：

行　淮

老翁八十鬓如丝，手缚黄芦作短篱。劝客莫嗔无凳坐，去年今日是流移。（《全》55－34129）

戴复古也有五律《望花山张老家》、七绝《淮村兵后》等类似的作品。这些作品的共同点在于都从庶民的视角详备地描写了现地的穷状。士大夫诗人很少有这样的作品,故可视为江湖诗人特有的。

当然,江湖诗人也不是专写上述那样与士大夫诗人相异的诗,下面的二例都可看作典型的边塞诗。

朱继芳(1208? —?,字季实,号静佳,建安人)《淮客》:

> 长淮万里秋风客,独上高楼望秋色。说与南人未必听,神州只在阑干北。(《全》62－39075)

武衍(? —?,字朝宗,号适安,开封人)《京口策应戍将归营》:

> 老矣犹征调,新从淮上归。尽知边境事,曾解寿春围。腥血封刀匣,黄沙渍铁衣。奏功均得赏,沽酒醉斜晖。(《全》62－38975)

朱继芳的七绝用了入声韵。一般认为入声表示孤寂抑郁、悲壮激愤,也许作者有意借此抑制了七绝诗体本身的轻快感。《唐宋千家联珠诗格》卷6“用说与字格”列举了陈师道等四篇作品,都以“说与”二字为第三句的开头。这样,用北宋后期才出现的新句法使语气一转,“对南方人说了,他们也不愿听,但栏杆的北面确实就是神州(中原)呀”,临场感被提高了。而武衍的五律风格承接唐代边塞诗的谱系,但与唐诗经常虚构此类情节不同,特征在于突出了实录性质。

七、边塞的消失

无论士大夫还是布衣,其自由来往淮河流域被战争所阻,淮河变成了特殊的军事地域,除了极有限的一部分外,诗人们不能访问其地。因此,南宋赋予淮河诗的新特征不妨说凝缩于“边塞”这一点。那么等到南宋被蒙古所灭,中国再度一统时,对淮河的描写能否回到北宋以前呢?

历史上以1279年二月陆秀夫抱幼帝自杀为南宋的灭亡，但实际上三年前，蒙古兵逼近临安，迫降全太后，南宋事实上已灭亡了，因此，淮河作为边塞的功能也在此时消失。淮河流域的山河一旦回到统一的时代，便再度呈现出缓和的表情。

对失去边塞意义不久的淮河加以吟咏的是汪元量（？—？，字大有，号水云，钱塘人），灭亡前夕他在宫廷里担任琴师，在宫廷迎接了投降的时刻，然后跟皇太后与宫女一起被带往大都。其七绝组诗《湖州歌九十八首》明确记录了行程的一部分，下文引用他经过淮河流域时所作的有特征的几首：

其三十二

芦荻飕飕风乱吹，战场白骨暴沙泥。淮南兵后人烟绝，新鬼啾啾旧鬼啼。（《全》70－44029）

严格地说，此诗所咏的是到达淮河前的淮南东路的情状。结句继承了杜甫《兵车行》末尾的写法，但这里的“新鬼”“旧鬼”恐怕分指抗蒙、抗金战争中死去的兵士亡灵。无论如何，在此时诗人眼里，淮南一带地区确实映现为阴惨的战场。

下面这首描写了随行宫女的情状：

其三十七

宫人清夜按瑶琴，不识明妃出塞心。十八拍中无限恨，转弦又奏广陵音。

“十八拍”指的是传为蔡琰所作的琴曲《胡笳十八拍》。据说其嫁为南匈奴左贤王之妾，感芦笛之音而作此曲。“广陵”即嵇康在刑场演奏的《广陵散》。这些当然都与宫中琴师的身份相关，值得注意的是第二句把渡淮北上的南宋宫女与王昭君的出塞联系在一起，说明当时汪元量的意识中仍把淮河当作边塞。

其四十四

篷窗倚坐酒微酣，淮水无波似蔚蓝。双橹咿哑摇不住，望中犹自是江南。

船在宁静的淮河上行驶，微醉中一直听着单调的橹音，眼前的景色被错觉为江南。妙处在于，因为微醉和静寂，忽然忘记了现实，对初次看到的景色产生了似曾相识的错觉。不过，比起北方大地，淮河的景色本来就与江南或南方的景色更接近。正因如此，北宋时出身南方的诗人们沿着运河南下时，一到淮河流域便消除了紧张。然而此诗的特点却在于无视这种相似性。在诗人意识中淮河依然是国境线，渡淮北上无疑便是出塞。一百五十年分裂的历史刻在南宋人心上的“淮河＝边塞”的认识曾经达到何等强固的程度，被汪元量的诗句仿佛不经意地证明了。

汪诗作于南宋向蒙古投降后不久，先入之见不能与眼前的现实吻合也许是一件没有办法的事。那么元初诗人们情形又如何呢？

最后通过尹廷高（？—？，字仲明，号六峰，处州遂昌人）的两首作品来考察上述问题。尹的经历不明，但无疑是元朝前期的“南人”。

高邮道中

浩荡乾坤幸止戈，甲兵不见见渔蓑。土墙茅屋安淮俗，柳港芦湾接泗河。古堞平来春草合，荒田耕遍夕阳多。长淮咫尺中原近，愿借南风吹白波。

渡　淮

滨河废垒草离离，尺寸纷争彼一时。着眼道旁看覆辙，平心局外说残棋。中流白浪摇诗梦，古塞黄云付牧儿。身老太平无事日，扁舟万里鬓丝丝。

这二首描写的都是恢复了和平的淮甸、淮上。大自然覆盖了战争的遗迹，曾经鲜活的记忆随之风化。虽然难以确定写作时期，但据顾嗣立《元诗选》(初集卷 11)小传，尹廷高在宋亡后流浪了二十年，终于归乡担任了教官，任满以后去了大都。那么这二首很可能写于去大都的途中。果真如此，则他所咏的已是宋亡二十几年后的淮河了。

尹诗中的淮河流域已经回到了南宋之前的偏僻之地的印象，不过，两诗的情调也明确地显示出与南渡以前的相同。在长达一个半世纪中担当了国境线的功能，不但屡屡化作战场，最后还被异民族政权所吞并，如此负面的记忆为淮河诗的历史刻上了新的印痕。尹廷高以怀古诗的手法歌咏一统时代的淮河，将这一点凸显出来。

这样，伴随宋室南渡而开始的淮河诗史的新发展饱含了悲愤和慷慨、曲折与绝望等郁然的感情，又随蒙古的统一而画上了句号，终于成为时时会当作“怀古”对象的苦涩记忆。

(朱刚　译)

Ⅲ

诗人自觉的演变

第六章 媒体变革前后的诗人与自编诗集

——初唐至北宋末

一、序言

对于那些强烈地意识到自己是诗人的人来说，作诗无疑是一种无可取代的重要自我表现手段。如此一来，其成果——作品，也应该是他们向世人证明自身价值的最主要依据。因此，他们对于将自己作品整理为诗集一事也不可能漠不关心。也就是说，他们将作品集视为自己的化身，所以应该如何呈献在世人面前，以及如何传递给当代甚至后世的人，这些问题原本就是诗人们都会面对的最迫切的课题。从这种观点出发，本章着眼于诗人在生前自编自撰集的行为，认为这种行为最能鲜明而尖锐地反映出诗人的自觉意识。

尽管如此，诗集很显然是一种物理存在：单篇诗歌往往能够通过记忆这种无形的语言信息铭刻在人们头脑中，口耳相传；诗集则不同，通常来说，必须有记录媒体。因此，诗集在很大程度上会受到诗人所处时代媒体环境的左右。更具体来说，从竹帛到纸的变化使得诗集的形态以及流传的实际情况都发生了巨大变化，即便同样是纸质诗集，也发生了从写本到刻本的重大质变。而且，这种时代的局限性也直接而深刻地影响了诗人对于编纂自撰集的认识和态度。

中国在近代以前经历了两次媒体变革：① 从“竹帛”到“纸＋毛笔”（三国时期前后）；② 从“写本＋卷子本”到“刻本＋册子本”（唐宋之交）。本章将以第二次媒体变革前后，即唐至宋代约 660 年为对象，主要目的在于探讨这期间诗人与自撰诗集的关系。本章是上编，将焦点集中于初唐至北宋末年约五个世纪的这段时期，也就是稍早于印刷的时代和早期的印刷时代。

本章在对诗集进行调查时，唐代依据的是万曼的《唐集叙录》(中华书局，1980 年)，宋代依据的是祝尚书的《宋人别集叙录》(中华书局，1999 年)。但这两部著作都是以现存集本为主要对象，记述其源流和各本的系统，并不著录已经散佚的集子。尤其是唐代，还有很多已经散佚的别集，因此前书并没能网罗性地再现出唐代诗集的全貌，但是本章为了方便起见，还是以此书为基础，重点在于把握总体的趋势和概况。

二、唐代诗人和诗集的编纂

如果根据上述万曼《唐集叙录》一书，将唐代诗集(别集)的编纂情况分为：A. 生前自编、B. 生前他人所编、C. 殁后所编(此类还可细分为 Ca 和 Cb，见后述)，并且在调查时留心这种区别，便能立刻发现以下两种明显倾向：

第一，事实上超过半数的诗集在诗人生前或者去世后不久，即初期阶段的编集经过完全无从得知。《唐集叙录》总共著录了 108 种唐人别集，但是其中能够根据序跋等推断出编集经过的只有本章附表中揭示的 45 种。而其中可以确定诗人在生前曾经直接参与了诗集编纂的(上述 A 类)仅有 19 种，所占比例不到总数的二成。[①]

第二，以上不到二成的事例也全部集中发生在大历年间(766—779)以后，也就是中晚唐时期，而唐代的前半期——初

① 别集之所以能够传至今日，追根溯源，还有另外一种可能，那就是该作者在生前的某个时候曾经努力整理和保存过自己的作品。但是，本章一律不把这种梳理不清的情况作为考察对象。本章的主要目的在于考察作为诗人的自觉意识或者说自觉究竟在媒体变革前后发生了怎样的变化，采取通过自编诗集来进行系统探讨的方法。因此笔者认为，编集过程不明的别集本身就无法对其进行具体分析。

盛唐大约150年间则一例也没有。而且，随着时代的发展，例子也逐渐增多。如中唐只有7例，晚唐则有12例，数量几乎增加了一倍。

在对这两种倾向加以分析之前，先来看看几个有代表性的例子。A—C的三类当中，最能鲜明地体现出诗人想法意愿的是A类，B类次之。因此，本章是以A类为中心来进行考察的。但是在此之前，想先讨论一下唐代诗集最普遍的编集形式，即约占了半数的C类。

如果仔细看的话，C类也是有各种变化的，大体可以归纳为两类：Ca，即由诗人的兄弟、子孙等有血缘关系的人，以及诗人的门生弟子、知己好友等亲近的人对遗稿加以整理后编成的集子；Cb，即与作者生前没有接触过的诗歌喜爱者以及信奉者从各处搜集来、重新编集而成的集子。Ca类包括04王维、05李白、21韩愈、26柳宗元等人的别集，Cb类包括03孟浩然、09杜甫、20张籍等人的别集。在这里要确认的是：唐代很多代表诗人的别集都属于C类。

不过也有特殊例外，即本来应该归在C类的却在附表中划分在A类。如28李贺和30杜牧的别集。首先就28李贺(790—816)的情况来说，李贺本人并没有提到编集的事情，反而在李贺去世的15年后，即大和五年(831)杜牧所作的序文(《樊川文集》卷10，上海古籍出版社，1978年)中提到了成书的经过。根据这篇序文，李贺是在临终之际将自编诗集“四编、凡二百二十三首”(《樊川文集》卷10作“凡千首”，此处依据的是《文苑英华》卷714的记载)托付给平日与自己交情甚厚的集贤学士沈子明。然而沈子明却在此后的几年间一直忙于公务，东奔西走，甚至误以为李贺托付给他的诗集已经遗失了。直到某天晚上，他酒醉醒来，辗转难眠，百无聊赖中开始整理书箧，发现了原来一直误以为已经遗失的李贺诗集，沉思往事，不觉黯然泣下。就这样，他便拜托杜牧为作序文，杜牧虽然再三推辞，却被沈氏的真情所打动，终于创作了这篇序文。李贺的诗集行于世当是在杜牧作序之后，根据之前的分类标准，应该属于 Ca 类，但是根据杜牧序文中记载的沈子明之言，可以判断原本是经李贺之手所编的，因此本章将其归为 A 类。

30 杜牧(803—853)的情况则包含 A 类—C 类所有的要素。大中五年(851)，杜牧用他任湖州刺史时所得的全部俸禄来修理祖父杜佑传下来的别墅，翌年，他又对自己的旧作严加筛选，只留下全部作品的二三成，焚弃了大部分作品，完成了自撰集的编纂(A)，并托付给外甥裴延翰(B)。裴延翰在杜牧去世以后，将自己平时蓄藏的被杜牧筛掉的作品拿出来，进行了大幅度增补，编成了《樊川文集》20 卷，总共收录诗文 450 首(Ca。裴延翰《樊川文集序》，上引《樊川文集》卷首)。现在通行的杜牧集都是以裴延翰本为底本的。另一方面，经过杜牧严格挑选，最能明确反映出作者价值意识的自编集早已不传。裴延翰本虽然属于 Ca 类，但本章重视的是杜牧在生前曾对自作进行筛选编集这个事实，所以归为 A 类。

接下来以最能强烈反映出诗人自觉意识的 A 类为中心，来具体地探讨唐代自撰集的编纂情况。

三、唐代最早期的自编自撰集——中唐前期

A 类别集当中成书最早的是 10 李华(715—766)的《李遐叔文集》。根据独孤及(725—777)的序文[①]，此书是由《前集》10 卷和《中集》20 卷构成的，但是现存本子只有 4 卷。独孤及在序中记载：《前集》收录的是李华担任监察御史之前的著述，《中集》收录的是那以后“迄至于今者”的作品。序中还明确记载了

① 《李遐叔文集》卷首，《文渊阁四库全书》本。

《中集》为李华长子李羔所编。顺便提及，李华担任监察御史是在天宝十一载(752)38岁时。序中所说的“今”具体是指何时尚且不明，不过在序文的末尾有“他日继于此而作者当为后集”的语句，可知之所以称“中集”，是以将来会编集一部收录自“今”而后作品的“后集”为前提的。因此，这里的“前集”以及“中集”无疑是李华生前所编的集子。并且，“前集”固不用说，“中集”估计也比下述颜真卿的《庐陵集》刊行得更早。“中集”为长子所编，因此从命亲属编集这点来看，在上述三种分类中应该看作介于A和B之间的事例。

紧接着李华的文集之后编纂成书的是08颜真卿(709—784)的四种别集。根据因亮的《颜鲁公行状》[1]，永泰二年(766年，颜氏58岁)之后，颜真卿除吉州别驾，编《庐陵集》10卷，大历三年(768年，60岁)移抚州刺史，命秀才左辅元编《临川集》10卷，大历七年(772年，64岁)移湖州刺史，编《吴兴集》10卷，代宗驾崩(779年，71岁)后他被任为礼仪使，命左辅元将“前后所制仪注”整理为《礼仪》10卷。其中《庐陵》《临川》《吴兴》三集以诗文为中心，都是他晚年20年之间的集子，当时他已被封为鲁公(广德二年，764)，忠臣的名气早已传遍天下。这是“一官一集”最早的例子。编纂的情况属于A(《庐陵集》《吴兴集》)和B(《临川集》《礼仪》)混杂的类型。

此外，13元结(719—772)的文集也是元结自己于大历二年(767)冬所编的。他还作有一篇名为《文编序》[2]的序文，根据这篇自序，先是在天宝十二载(753)时，元结被推选为进士，因应礼部有司“校考”而编成《文编》，这似乎是他最早进行的自编行为。当时元结30岁。其后在他49岁担任道州刺史时，据自序

① 《颜鲁公集》附录，《文渊阁四库全书》本。

② 《次公集》卷12，《文渊阁四库全书》本。

中记载，乃“次第近作，合于旧编，凡二百三首，分为十卷，复命曰《文编》，示门人弟子，可传之于筐箧耳”。此序是“大历三年丁未中冬”，也就是公历768年十一月所作，因此大约是他去世四年前的事情。

以上记述了中唐前期所编别集的概况，接下来回到本章的正题，对他们编集自撰集时反映出来的诗人意识加以分析。首先，李华是一位文章大家，当时以文章与萧颖士并称，后世则将其看作韩柳先驱。《前集》和《中集》虽然都已散佚不传，但是根据独孤及的序文，《中集》20卷所收为“颂、赋、诗、歌、碑、表、序、论、志、记、赞、祭文，且一百四十四篇”。列举的十二种文体中，诗歌类只不过两种，并不是最主要的文体。而且现存的四卷本中，从卷1至卷4的前半部分为止也都是文（包括赋在内），仅在末尾收录了28首诗。因此综合以上事实可以判断：李华主要是一位文章家，至少他并没有非常强烈地意识到自己是一位诗人。

颜真卿的三种集子也早在宋代已经散佚，现存的通行本《颜鲁公集》十五卷本中，仅在最后一卷中收录了8首诗（《全唐诗》卷155中也只收录了10首）。诗的地位只不过类似于附录。尽管如此，颜真卿与权臣元载的政治斗争失败后在庐陵、抚州、吴兴三州任职的几年，无疑是他在文章方面最为活跃的时期。他不仅亲自带头编纂了三种集子，还在吴兴任刺史时期动员当地十几位学者，完成了自己多年的心愿——大型类书《韵海镜源》三百六十卷的编纂（现已佚）。

但是无论如何，由于没有史料能够反映出三种集子的原貌，因此无从判断这三种集子到底具备多少诗集的成分。仅从现存的十五卷本来看，颜真卿也和李华一样，很难将他看作是一位非常重视诗的人物。

元结的《文编》十卷虽然也已散佚不传，但是通行本《次公集》为十二卷,卷数与《文编》相近,可能两集规模相等。至少比李华和颜真卿要更完整地保存了原本的面貌。而且,《次公集》十二卷中有四卷为诗歌,占了总体的三分之一。并且采取了诗在前、文在后的编集形式,如果十二卷本沿袭了原本的构成方法,那么在三人当中,他的集子诗歌所占比重最大。从内容来说也是如此,开篇除了有《补乐歌十首》《二风诗》等从儒家复古思想出发的作品,还有对"元白新乐府"产生影响的《系乐府十二首》等作品,突显了士大夫作家的意识。只不过这种倾向不仅体现在诗歌当中,从他的文章也可看出同样的倾向。欧阳修曾经高度评价元结在古文复兴中发挥的先驱作用:"次山当开元天宝时,独作古文,其笔力雄健、意气超拔,不减韩之徒,可谓特立之士哉。"[1]今天的文学史也对这种看法进行了肯定。也就是说,在元结的文学作品中,诗和文都非常重要,他作为"元白"以及"韩柳"的先驱,其文学价值不可小觑。他在诗和文两方面都进行先锋创作,具有综合性质。北宋以降,士大夫作家已经成为一种标准,即便是与其中的典型进行比较,元结也已经具备了士大夫作家的充分条件。[2] 因此,与其他二人相比,元结作为诗人的功绩无疑是非常巨大的,但尽管如此,也还不能直接下结论说他强烈地意识到了要在诗和文二者中选择成为诗人。

李华、颜真卿、元结三人都曾进士及第,因此他们创作文辞(包括诗赋在内)的能力应该非常优秀,远远超过当时士大夫的平均水平。但是,如果以诗为中心来衡量他们的文学功绩,三人自然也有轻重之别,综合现存的各种资料来看,元结比颜真卿、颜真卿比李华对于创作诗歌的重视要相对多一些。尽管如

① 《欧阳修全集》卷 141,《集古录跋尾》卷 8《唐元次山铭》,中华书局,2001 年。

② 参考拙稿《宋代士大夫的诗歌观——从"苏黄"到江湖派》(收入拙著《苏轼诗研究——宋代士大夫诗人的构造》第一章,研文出版,2010 年)。

此，从更严密的观点来看，三人都没有自编过纯粹的诗集，或者说没有编纂过诗歌比重突出的集子了。因此，虽然可以确定他们曾经主动地编集过自撰集，但仍然很难从中得出结论，认为他们有很明确的诗人自觉意识。

四、中唐后期的四诗人——白居易、刘禹锡、李绅、李贺

以上三个最早期的事例都集中在中唐前期的大历年间前后。紧接其后的是23刘禹锡（772—842）、24白居易（772—846）、25李绅（772—846）等中唐后期的例子。不可思议的是这三人都是同一年出生，在进士及第时结下了深厚的友谊，而且都非常长寿，年逾古稀才去世。

这三人当中，最费口舌而且系统地谈及了自撰集的是24白居易。甚至可以说，在所有唐代诗人中，没有哪一位诗人像他那么多地谈及自己的自撰集。他最早的集子是元和十年（815）前后，约45岁时所编的十五卷本。此集的编集目的和经过在《与元九书》[①]中有详细的叙述。此后，长庆四年（824）他53岁时，拜托元稹编成了《白氏长庆集》五十卷[②]，又过了十余年，大和九年（835）增补为六十卷，题为《白氏文集》[③]。此后又经过了两次增补，即开成元年（836）增补为六十五卷[④]，以及开成四年（839）增补为六十七卷[⑤]，所以一共经过了三次增补。每次进行增补时，他都将诗集供奉给庐山的东林寺、洛阳的圣善寺钵塔院以及苏州的南禅院千佛堂三所佛寺。然后，在他去世的前一年，即会昌五年（845）74岁时，他自己又编了包括《长庆集》五十卷、《后集》二十卷、《续后集》五卷在内共计七十五卷的

① 《白居易集笺校》卷45，上海古籍出版社，1988年。

② 元稹《白氏长庆集序》，同上书，附录二。

③ 《东林寺白氏文集记》，同上书，卷70。

④ 《圣善寺白氏文集记》，同上书，卷70。

⑤ 《苏州南禅院白氏文集记》，同上书，卷70。

最终版本。[1] 如上，白居易编纂自撰集是从45岁左右开始的，一共经过了五次增补改订，这种自主性和满腔热情是其他唐代诗人不可比拟的。虽然他的自撰集中也收录了很多文章，但不管是从他把诗放在文之前来看也好，或者从他的诗作总共有2 700首，在唐代此数之多非常突出来看也好，或者从他在自序中提及的作诗态度来看也好，乃至从后世的评价来看也好，都无庸赘言地证明了他首先自认为是一位诗人这点。

关于23刘禹锡，根据《刘氏集略说》[2]一文的记载，他是应女婿"博陵崔生"所求，对旧稿"四十通"("通"，同"卷")加以严格筛选，将其中的四分之一自编为《集略》十卷。根据瞿蜕园先生的考证，此事发生在大和七年(833)刘禹锡62岁任苏州刺史的时期。刘禹锡除了《集略》以外，还将自己与白居易的唱和诗编为《刘白唱和集》(大和三年，829)与《汝洛集》(开成元年，836)二集，将他与令狐楚的唱和诗编为《彭阳唱和集》(大和七年，833)，将他与李德裕的唱和诗编为《吴楚集》(大和七年，833)。当然，这些都不是他个人的别集，但大和七年前后的四年间可以看作是他编集意识非常强烈的一段时期。顺便提及，白居易除了曾与刘禹锡唱和以外，还曾将与元稹的唱和诸作编成了《元白因继集》十七卷。

25李绅对待自撰诗集的态度在三人当中是最淡然的。开成三年(838)，他自编了《追昔游编》，并作有自序，[3]但是序中并没有明确记载这部诗集是由几卷构成，以及收录了多少首诗作。现存的本子一共三卷，收录的诗作也只有100余篇，所以即便这是作者的原编，与现行本没有大的差异，从这个分量显然也无法窥见其诗歌业绩的全貌。此本可能是经过了相当严

① 《白氏长庆集后序》，《白居易集笺校》外集卷下。

② 瞿蜕园《刘禹锡集笺证》卷20，上海古籍出版社，1989年。

③ 《追昔游集序》，卢燕平《李绅集校注》，中华书局，2009年。

格挑选后的佳作选本吧。而且,就像诗集名明确显示的那样,其中收录的作品几乎都是以他在宦游时所见的景物和经历的事情为题材的,其中既没有收录他早年与白居易、元稹一起热情创作的《新题乐府》20首(散佚),也几乎没有收录他与诗友赠答唱和的作品,而他们应该曾经频繁唱和过吧。因此,从他身上感觉不到刘、白二人都具有的积极性和热情。尽管如此,与他同时代的韩愈和柳宗元二人都是在去世后才由门人和好友编纂成集的,相比之下,李绅与他们的差异可以说已经有天壤之别了。

中唐前期三个人的集子都没有保存下来原本,很难精准地确定集子的性质,相比之下,中唐后期的三人,或者有与原本规模相当(白居易和李绅)的别集,或者有比原本规模更大的别集(刘禹锡)流传至今。而且三人的集子中诗所占的比重都非常大。

第二节中曾经提到了28李贺别集的情况,这里一并讨论。根据杜牧序文所言,李贺英年早逝,去世时年仅27岁,在临终之际,他编平生之自作为"四编,凡二百二十三首"诗,托付给友人。假如他自编别集的时期是在晚年的最后时刻,那么应该是元和十一年(816),相当于白居易初次编成十五卷自撰集的第二年。李商隐曾在《李贺小传》中描绘了李贺仿佛被诗魔附身一般的样子,而这正是我们心中中国古代诗人的典型形象。李贺这种呕心沥血专心创作诗歌的形象也可与晚唐五代大量出现的苦吟型诗人直接联系起来。[①]

中唐后期自编集的特征与中唐前期的相比,更能突显出诗集这种性质。自然也能更鲜明地反映出作为诗人的自觉意识。

---

① 参考冈田充博的《中晚唐时期热衷诗歌文学的风潮——以诗人们的文学自觉问题为中心》(《名古屋大学文学部研究论集》26,1980年)。

五、晚唐五代

本节的讨论对象是附表中 29—45 的十七名诗人。其中十二名诗人都在生前亲自编纂过自撰诗集，相当于总数的七成。再加上由他人所编的例子，在作者生前成书的有十四例，实际上占了总数的八成。其中特别要提到两种现象。一是 33 李群玉（？—862?）、37 皮日休（834? —83?）、43 崔致远（857—928?）三人的事例，二是 35 贯休（832—912）的例子。

前三者相通的地方是：各自都曾经将自编的诗集呈献给朝廷和官府。只不过 43 崔致远的情况可能有一点特殊。他是新罗人，12 岁渡唐，17 岁科举及第，从此开始步上仕途，28 岁时回到新罗后，他对自己留唐十六年间所作的诗文进行整理，并且向当时的新罗王、宪康王金晸献上了包括《桂苑笔耕集》二十卷在内的自编文集，共计二十八卷。[①] 这二十八卷中还包括"五七言今体诗共一百首一卷"，但现在已经散佚不传。33 李群玉的情况是：他受到当时的宰相裴休和令狐绹的举荐，于大中八年（854）向宣宗献上了"歌行、古体、今体七言、今体五言四通，合三百首"[②]。37 皮日休的情况是：咸通七年（866），他对旧稿进行整理，"凡二百篇为十卷"，大概是作为行卷呈献给"有司"的，这在他的自序[③]中有明确记载。这篇自序中还举出 13 元结和杨浚曾经送行卷的事情作为先例，杨浚集现已不存，详细情况不得而知，元结《文编》的情况已见前所述。如上所示，在唐代，编纂和呈献自撰集的行为已经成了以仕宦为目的的自荐运动的一环。13 元结的例子也好，37 皮日休的事例也罢，行卷主要收录的好像都不是诗，而是文。像 33 李群玉那样完全以诗为

① 崔致远《桂苑笔耕序》，《桂苑笔耕集校注》卷首，中华书局，2007 年。
② 李群玉《进诗表》，《李群玉诗集》附录，岳麓书社，1987 年。
③ 皮日休《文薮序》，《皮子文薮》卷首，上海古籍出版社，1981 年。

人推赏而仅献上诗集的例子，反而应该看作例外。

后者35贯休的例子中特别值得提及的一点是：其集是在他去世后不久上梓的。只不过，附表中收录的自编《西岳集》十卷并不是将原本上梓的，而是在他去世十多年后，弟子昙域对其遗稿"约一千首"重新进行编集和修订，题为《禅月集》后刊行的。据前蜀乾德五年(923)昙域所作的序文[①]，贯休平时经常向门人们表达他对吴融为《西岳集》作序时把自己的诗归列在李白、白居易、李贺一派系谱，并与他们进行比较一事的不满，贯休认为此举"殊不解我意"。他还对昙域发出过豪言壮语：认为自己的诗不但与元稹、白居易、李贺的诗并不类似，而且如果与他们处于同一时代，将完全不逊色于三人。正因如此，才有了后来昙域将《禅月集》上梓刊行一事。虽然原本的刊本已经散佚不传了，但这是目前可以确定的最早的根据当时资料来上梓刊行的一部诗集。换言之，也可以将它看作是一部显示了从写本时代进入印刷时代的具有里程碑意义的诗集。

晚唐五代的整体特征是：第一，如本节开头已经指出的那样，生前自编别集的例子是最多的。唐代19例中，12例属于这一时期，实际上已经超过了唐代所有事例的六成。第二，与中唐后期相比较，诗在集中所占的比重更高。至少有29许浑《丁卯集》、33李群玉《李群玉诗集》、35贯休《西岳集》、36罗隐《甲乙集》、42郑谷《云台编》这五个集子是纯粹的诗集，或者是诗所占比重极大的集子。

关于前一个特征将在下节进行讨论。后一个特征则可能与晚唐五代这一时代文学史方面的特性有很大关系。生前自编唐集的19例中，纯粹的诗集除了上记五种以外，就只有25李绅《追昔游编》和28李贺《李贺歌诗》两种了。而且，这两种

① 胡大浚《贯休歌诗系年笺注》附录"诸本题跋"，中华书局，2011年。

也都成书于与晚唐接近的时代。考虑到这一点,或者可以说,作者自己将诗单独编为一集的行为直到晚唐才在知识阶层中普遍起来。同时这点也显示了诗这种文体开始独立专业化的倾向,可与晚唐时期下层士大夫激增的现象看成互为表里的关系。

可见,晚唐五代与中唐后期相比,自编集的诗集性质更加纯粹化,诗人的自觉意识也相应地加强了。

六、写本的局限性和南方的意义

本章第二节开头曾经提到唐人编纂自撰诗集时体现出来的两种倾向,这里想对其原因再进行一些考察。也就是:为什么整个唐代超过半数的诗集编纂过程都不甚明了,以及为什么自编自撰集的例子直到中唐以后才出现,并且随着时代的发展越来越普遍化。

这些现象恐怕很大程度上取决于写本这种形态吧。写本与刻本相比,在世间流通的副本绝对数要少得多。而且在抄写的过程中,收录作品脱落或被篡改的可能性也绝对不小。因此,作者的时代越远,失去原本原貌或者散佚的危险性就越大。即便是在太平之世,也无一诗集能不遵循这种物理规律,更何况一旦发生大规模的天灾人祸,就会迅速增加传本从天地间忽然消失的可能。

有唐三百年间,书籍的最大危机无疑就是安史之乱(755—763)了。由于入唐后建立起了长期的统一政权,也增强了以关中和中原为中心的北方中国的文化向心力,结果吸引了全国的书籍向京师集中,但是由于爆发了这场以北方为主战场的动乱,上至宫廷馆阁,下至民间的藏书楼,都遭受了惨重的损失,可以推测当时消失的集子也不在少数。

另一方面,中唐以后日益接近印刷时代,也幸亏如此,北宋以后逐渐由写本形态变为刻本，增加了它们流传后世的可能性。而且安史之乱以后，随着进士及第者地位的提高，诗人创作能力——这是进士出身的象征——的社会重要性也增加了，其结果也有可能会导致对编纂别集的关注更加强烈。[①] 如果作家们对编纂自撰集的意识增强了，那么在别集中附上序跋来记录编集经过一事也自然开始普遍化。

再加上南方被卷入大规模战乱的时候比较少，与北方的没落相反，南方的经济实力反而得到了增强，因此也提高了它作为书籍制造地或者保存地的功能，这也可以算作主要原因之一。[②] 这不禁会让人想起，安史之乱平息以后，颜真卿陆续编集了自撰集，不过都是在庐陵、临川、吴兴这种长江以南的地区。而且，白居易在选择将其毕生的自编文集供奉于何处时，除了他自己生活的洛阳，其他选的是庐山和苏州的寺院，都在长江以南。另外，如本章附表显示的那样，晚唐时期的诗人大多出身于南方，或者是以南方为活动据点。长江以南的地方在唐代，尤其是安史之乱以后，在将书籍传给下一代这件事上，似乎起到了至关重要的作用。

这里再附上一些相关情况，即唐代纸的生产地大多集中于长江以南，而且新的制纸技术也主要是从南方开始普及的，这些都有可能是中唐以后自撰集增加的重要因素。据潘吉星《中国造纸史》一书，唐代贡纸的产地为常州、杭州、越州、婺州、衢州、宣州、歙州、池州、江州、信州、衡州，而这十一个州全部都位

---

① 笔者曾经论述过这一问题。参考拙文《王安石〈明妃曲〉考》(《苏轼诗研究——宋代士大夫诗人的构造》第十二章)。

② 以安史之乱为界，唐代的经济、文化中心开始南迁，对此，文化地理学方面的论著均有论说。如可参考陈正祥《中国文化地理》(生活·读书·新知三联书店，1983 年)第一篇“中国文化中心的迁移”二“逼使文化中心南迁的三次波澜”、曾大兴《中国历代文学家之地理分布》(湖北教育出版社，1995 年)第五章“隋唐五代文学家的地理分布”第二节等。

于长江以南。[1] 当时制纸主要使用的原材料是楮和藤等的树皮，或者是麻和稻麦等草本植物的纤维，不过从唐代后半期开始，以竹子为材料的竹纸开始普及。[2] 竹子生长迅速，繁殖力也很旺盛，因此比起用树皮制纸来说，经济效率明显更好。这种新制纸技术的普及，其实也增强了纸的供给量。同时，竹子的产地——南方的重要性也进一步加强。这里想指出的是：唐代后半期，编纂自撰集的例子多集中在南方的原因可能与南方在制纸方面的优势有关。

以上针对唐代编纂诗集时体现出的特征，考察了其出现的主要原因，包括物理法则。随着时代的发展，会有更多的“东西”流传下来，这虽然是理所当然的事情，但是除去这种物理上的一般法则，还有上面指出的几种特殊原因。

接下来，笔者还想在这里指出另一个重要问题，那就是编集诗集的目的是什么。结论一言以蔽之——除了行卷这种特殊情况，即作者是出于仕宦目的而进行自荐的行为以外，如元结、李群玉、皮日休等人的例子——超过半数的行为都是想在该诗人去世以后流传。占了约半数的C类自然毋庸赘言，即便是诗人生前编成的A、B两类，也大多是在其人去世的前夕或者是步入晚年后才成书的，从这些编纂工作中真的很难看出他们强烈期待能扩大自己在当代的诗名。对自编自撰集表现最为执着的白居易就是典型的例子。他到去世的前一年为止，一直都专注于编集自撰集，但这些行为的动机无疑都是出于要保证自己的诗歌成果能准确无误地传给后世。诸如此类，唐人诗集体现出的最普遍的编纂目的，与其说是该诗人的“现在”，不如说是“未来”，即他们更重视诗集在死后的流传。

---

① 潘吉星《中国造纸史》，上海人民出版社，2009年，195页。

② 同上书，194页。

不过，这种想法仍然可以看作是受到写本时代这一媒体环境特性的极大限制而产生的。因为在写本时代，制作副本需要大量时间，而且在社会上流通的绝对数肯定不多，基于这种现实，诗人想在生前亲自编集自己的诗集，并传播给当代未知的众多读者，这种想法本身可能就不是非常现实的。

那么，在刻本逐渐开始普及的宋代，情况又如何呢？当然，当时与现今这样有各种各样大众传媒的时代相比，肯定还是有很大差距的，不过也很容易推测：随着刻本的深入普及，编者的意识也相应地发生了变化。从下节开始，将根据本节所整理的内容，讨论在已经进入印刷时代的宋代，自撰诗集的编集发生了哪些改变，以及哪些还没有发生变化。

七、印刷时代的自撰集——北宋初期的实际情况

上引祝尚书《宋人别集叙录》上、下二册共三十卷，一共收录了542种别集。讨论生活于南北两宋过渡期的诗人时，原本就面临着到底此人是归属于北宋还是南宋这个大问题，但是本章为了方便起见，将上册的十五卷163种别集看作是北宋的别集进行考察。再从这163种当中减去只收录了奏议等集、明显没有包括诗在内的别集，以及与作者本人无关的诗注本等共计13种，从剩下的150种的编集形态来看，A类54种[①]、B类1种、Ca类53种、Cb类8种。其他34种编集过程未详。最能直观地反映出自编意识的A类占了总体的36%，比起唐代不到二成的情况有了明显增加。然而，比起之前晚唐五代A类极高的占有率(七成)来说，则要低得多。而且纯粹的诗集数也比晚唐减少了很多，主流变成了诗文兼收的编集方式，更加接近中

① 在对宋人文集进行分类时，如果墓志铭和行状中记载了具体的卷数，那么本章就看作是作者本人在生前自编过，全部归为A类。

唐的情况。

尽管如此，当然也不是单纯地回到中唐时的情形，而是可以看出几种进步的。这里指出两个北宋初期的例子。即初期的代表诗人王禹偁（954—1001）和杨亿（970—1020）的例子。首先，王禹偁于咸平三年（1000）曾自编过《小畜集》三十卷，还作了一篇自序，来说明之所以命名为“小畜”的意图。这是他去世一年前的事情。

杨亿于景德四年（1007）对他在十年间所咏的诗歌进行整理，自编为《武夷新集》二十卷，并作有自序。根据宋代的史传和书目的相关记载来看（《隆平集》《东都事略》《宋史》等书中的“杨亿传”、陈振孙《直斋书录解题》、《宋史·艺文志》等），杨亿总共留下了《括苍》《武夷》《颍阴》《韩城》《退居》《汝阳》《蓬山》《冠鳌》等8种诗文集。由于没有序跋，所以除了《武夷》以外，其他诗文集的详细情况不甚分明，不过，根据集名来推测，几乎都与他的仕宦经历相对应，可以看作是按“一官一集”来编集的。[①] 这些自编自撰集虽然与王禹偁集一样属于A类，但接近颜真卿系统，都是在各个特定时期内编集的。只不过，颜真卿的自撰集更多地集中在晚年的一段时期，而杨亿的“一官一集”则是一生都在不断编纂，可以说是更加彻底化的行为。

这两个人的事例都是唐代情况的延续，但是从王禹偁对集子命名时体现出的讲究，以及杨亿一生都不断自编自撰集等行为来看，他们的主体意识比唐代诗人明显更进一步。不过，估计他们的自编自撰集在生前出版的可能性相当低。王禹偁的《小畜集》成书于去世的一年以前，而且根据现存资料，可以确定的最早刻本是南宋绍兴十七年（1147）刊行于黄州郡斋的本子，此时距作者去世已经过了将近一个半世纪。杨亿的情况

① 参照李一飞《杨亿年谱》，上海古籍出版社，2002年。

是：在上述八种自编集中，除了《武夷》也就是《武夷新集》以外，都已不传，祝尚书先生认为其原因是：只有《武夷新集》经过刊刻，其他都没有被刊刻过，[1]但没有提出任何确证。北宋初期虽然从时代上来说的确进入了印刷时代，但是根据现存资料，几乎都只是对唐代以及唐代以前的经典书籍进行校定和刊行，而文学在当代的出版印刷还没有真正开始。因此只能判断《武夷新集》刊行的可能性也很低。可能印刷出版业和当代文学的合作还需要一些时间吧。那么，可以确定的诗人自撰集在生前就已刊行的最早事例究竟是何时出现的呢？

八、宋人自撰集在生前的刊行

根据现存资料，生前刊行自撰集，可以确定的最早例子是李觏（1009—1059）的《外集》。李觏的第一部自编集《退居类稿》十二卷（庆历三年[1043]成书）和第二部自编集《皇祐续稿》六卷（皇祐四年[1052]成书）中都有自序，后者的自序中记载：《退居类稿》成书后，他又在三年内积累下来100余篇原稿，庆历六年（1046），不知何人盗去此稿，还擅自题为“外集”进行了“刻印”[2]。当时李觏38岁。李觏对此“外集”似乎甚为不满，但讽刺的是，它是宋人文集在作者生前刊行的最早确切事例（《退居类稿》和《皇祐续稿》是否曾经刊刻，情况不明）。只不过李觏是大家公认的学者，他擅长的是用古文创作论、策。至少没有迹象表明他承认过自己是诗人。因此这部《外集》应该也不是今天意义上的以文学作品为中心而编集的。

但是不管怎么说，李觏《外集》的刊行是一件象征性事例，显示了民间出版业开始以同时代作家的作品集为营业对象了。

---

① 上册，72页。

② 《皇祐续稿序》，《李觏集》卷25，中华书局，1981年。

这样，至11世纪中期，印刷业终于迎来了官民一致的发展期，诗人在生前刊行自撰集也终于开始带点现实意味了。这之后，诗人自觉意识的指标不仅是生前自编，生前是否上梓刊行也变得更加重要。生前刊行与A类的自编行为，在编集目的上原本就有本质不同。如上所述，A类的自编行为主要是以在作者去世后流传为目的。相比之下，刻本的媒体特性中最重要的就是能够保持内容的均一性以及传播的迅速与广泛。因此，生前上梓刊行诗集的行为首先强烈意识到的就是与作者处于同一时代的读者以及购买层，是一种面向他们的事业。即便最终的结果也会让别集流传至后世，但这不过是次要的效果，恐怕不是主要目的。尤其当出版商是民间书肆时，无疑会想更快地收回投资成本以及追求更高的利润，这样便会以速售多销为第一目标。因而，生前出版诗集的首要目的是让同时代的人们能更广泛地了解作者的诗歌业绩，显然可以看作是一种当代性的社会行为。

那么，以诗为中心的文学性作品集在作者生前刊行的最早期事例究竟是从何时开始的呢？那应该是比李觏的《外集》要晚三十年出现的、元丰元年（1078）至二年之间刊行的苏轼（1037—1101）的诗集《元丰续添苏子瞻学士钱塘集》三卷吧。虽然苏轼还有一部名为《眉山集》[①]的集子刊行时期有可能更早，但是这部《钱塘集》的刊行时期更确切可信。关于这部集子，笔者在另外的论文[②]中已详细进行过论述，即在当时的公文《乌台诗案》（《忏花盦丛书》本）中详细地记载了此书的书名（《御史台检会送到册子》），此外还记有“今独取镂板而鬻于市

① 曾枣庄《苏轼生前著述编刻情况考略》（曾枣庄《三苏研究》所收，巴蜀书社，1999年）中有相关的考证。

② 参考拙稿《苏轼的文学和印刷媒体》以及《东坡乌台诗案考》（收入拙著《苏轼诗研究——宋代士大夫诗人的构造》，研文出版，2010年）。

者进呈”(《监察御史里行何正臣札子》)以及“印行四册”(《监察御史里行舒亶札子》)等文字,可知是由民间书肆刊行的坊刻本。另外,书名冠有“元丰续添”四字,可知此本是在元丰元年到苏轼被弹劾的元丰二年五月之间刊行的,是已刊行的《钱塘集》的增补版。而且根据苏颂(1020—1101)之言,从苏颂在杭州担任知州的熙宁九年(1076)四月开始约一年时间内,高丽使者曾在杭州街头求购苏轼的诗集带回国去。[①] 结合时期和地点可以推测,他们购求的应该是初版的《钱塘集》。根据苏颂之言,可知《钱塘集》的初版至晚也在熙宁九年就已出版贩卖。顺便提及,熙宁九年,苏轼41岁。

当然,这部《钱塘集》的原本现已不存,不过,根据《乌台诗案》的供述记录,可以判断这部集子主要收录的是苏轼在担任杭州通判时期(熙宁四年[1071]十一月—七年九月)所作的诗歌。从上述苏轼的例子可以确定,生前刊行诗集实现于李觏《外集》刊行约30年后。而且这部诗集不是作家在晚年将一生的作品编纂成集而刊行的,而是在作家创作欲正旺盛的壮年时期刊行的,收录的是诗人当时最受世人关注的作品,从创作到上梓只有几年的时间,可以说它就是一部当代文学作品集。

对于与苏轼处于同一时代或者下一代的诗人们来说,将自己的别集在生前刊行一事决不是什么天方夜谭。事实上,除了苏轼以外,还有苏辙(1039—1112)以及“苏门四学士”中的黄庭坚(1045—1105)、晁补之(1053—1100)、张耒(1054—1114)三人,也就是一共有四人的别集在他们生前刊行过,当时的史料也可以证明这个事实。如徽宗崇宁二年(1103)四月发布的敕

---

① 《己未九月,予赴鞫鞫御史……》其二的自注,《苏魏公文集》卷10,中华书局,1988年。

令。这篇敕令中记载:“三苏、黄、张、晁、秦及马涓文集等印板,悉行焚毁。”[①]这只是关于“元祐党禁”的一系列敕令当中的一篇,内容是命令毁弃三苏和“苏门四学士”等人文集的版木。再重申一遍,这无疑证明了在发令的时候,三苏和“苏门四学士”的文集的确已经刊行和流传。崇宁二年时,三苏当中的苏洵和苏轼以及秦观三人都已经去世了,但是苏辙、黄庭坚、张耒、晁补之四人还在世(马涓则未详)。因此,从这篇敕令可以确定:苏辙等四人的集子是在他们生前刊行的。尽管如此,这些集子的具体刊行时间以及集子的内容都无从得知。

九、自编和上梓的距离

如上所述,北宋中后期,从李觏到苏轼、苏轼到“苏门四学士”的变化可以看出,随着时代的发展,生前刊行别集的例子确实在增加,但是如果着眼于他们与出版的关系,也就是他们的自主性和积极性这个问题,上述例子反映出的他们的态度却很难说是积极的。

首先,李觏曾在序文中声称,他的原稿不知为何人所盗,也就是在他本人不知情的情况下刊行的,强调他是受害者。还有苏轼,“乌台诗案”后,有熟人寄来书简请求刊行他的诗集时,他断然拒绝了这一请求,称“某方病市人逐于利,好刊某拙文,欲毁其板”[②]。诸如此类,北宋初期的两人虽然都实现了别集在生前的刊行,但是他们对刊行自撰集表现出的态度,并不是积极主动的。

李觏的时代姑且不提,到了苏轼的时代,民间的印刷出版业比宋初有了长足的进步。“乌台诗案”的爆发就证明了这一

---

① 参《皇宋十朝纲要》卷16、《皇朝编年纲目备要》卷26、《续资治通鉴长编纪事本末》卷121、《宋史·徽宗本纪》等。

② 《答陈传道五首》其二,《苏轼文集》卷53,中华书局,1986年。

点。"乌台诗案"针对的是苏轼的诗"小则镂板，大则刻石，传播中外"(《监察御史里行舒亶札子》)这一问题，上述民间刊刻的《钱塘集》除了成为案件导火索以外，还被当作证据呈献给朝廷。这种现象显示出民间的出版业已经开始以当代文学为出版对象了，其出版行为甚至引起了中央监察机关的注意，开始具有社会影响力了。苏轼自己也在"乌台诗案"发生的前夕，于熙宁九年(1076)十一月作的《李氏山房藏书记》[①]中记载：由于民间出版业的繁荣，得到书籍要比半个世纪以前容易得多。这表明当时书籍的生产和流通发生了剧烈的变化。

"苏门四学士"相当于苏轼的下一代，虽然他们对自己集子在生前的刊行只字未提，但是民间出版业的这种发展无疑也给他们的集子在生前刊行带来了极大可能。另一方面，如果揣测一下苏辙和"苏门四学士"等人的心理，不难想象他们对于这种情况不一定是举双手欢迎的，而是带有某种戒备心理，或者会产生防卫的本能。就拿他们身边最近的例子苏轼来说，就曾经因为诗的原因而被人置于死地，而且他在民间刊行的诗集也成了确凿的证据，越发让他陷入困境，他们对这些事情都是再清楚不过的了。先是"乌台诗案"(元丰二年[1079])，接着是蔡确的"车盖亭诗案"(元祐四年[1089])，两次因诗而起的狱案都在他们眼前接连发生，这种现实足以成为前车之鉴，使他们对于生前刊行集子这件事情采取逡巡观望的态度。而且似乎还有一件事实可以强烈印证这点，那就是：目前可以确定的、北宋后期诗人在生前刊行的诗集，几乎都与新旧党争引发的狱案和发禁处分等有关，所以才会在史料中留有记录，即便从现代的眼光看来，也都是一些消极负面的例子，说明他们终究无法友善地对待这件事。

---

① 《李氏山房藏书记》，《苏轼文集》卷11，中华书局，1986年。

从以上倾向来看，苏辙和“苏门四学士”主动参与到别集出版刊行的可能性应该很低。

话虽如此，这些例子并不能说明北宋后期诗人们对自撰集的编纂是毫不关心的。作者在生前编定自撰集这件事情本身，就是从北宋中期以后才开始变得相当普遍的。例如，欧阳修的《居士集》据说就是他自己在生前编定的。[①] 苏辙的《栾城集》也是自编集，这在其自序中有明确记载。[②] 又如，黄庭坚曾对早年作品加以严格筛选，烧毁了大部分，剩下的命名为《焦尾集》，之后又改名为《敝帚集》，这件逸事是通过其兄黄大临之口流传下来的。[③] 秦观(1049—1100)也是在他进士及第的前一年，即元丰七年(1084)，亲自编定了《淮海闲居集》十卷。[④] 晁补之(1053—1100)也于元祐九年(1094)自编《鸡肋集》，并作自序。[⑤] 诸如此类，从11世纪后半期开始，即进入北宋后期以后，作者生前编定自撰集甚至可以说已经逐渐发展为一种“标准”。

对待编定自撰集的自觉态度之所以没有与生前刊行直接结合在一起，一个原因可能是像之前叙述的那样，由于新旧党争导致的言论环境的恶化，他们有意识地保持与出版的距离。不过，这里想指出的一个更为根本的原因，那就是他们在诗人身份之外首先是士大夫，这点有可能起了关键作用。关于此点，笔者将在另稿讨论南宋情况时一并进行考察。

（张淘　译）

---

① 周必大《欧阳文忠公集跋》，《欧阳修全集》附录，中华书局，2001年。
② 苏辙《栾城后集引》《栾城第三集引》，《苏辙集》，中华书局，1990年。
③ 叶梦得《避暑录话》卷上，《文渊阁四库全书》本。
④ 秦观《淮海闲居集序》，《淮海集笺注》后集卷6，上海古籍出版社，1994年。
⑤ 晁补之《鸡肋集原序》，《鸡肋集》卷首，《文渊阁四库全书》本。

附表：唐人别集编纂情况

· 数字用黑色方框标出的是作者生前的自编集，白色方框标出的是在作者生前由他人编的别集。

· A＝作者生前自编的别集；B＝作者生前由他人编的别集；Ca＝作者去世后才公开的自编集；Cb＝作者去世后由他人编的别集。

· 出身一栏中用阴影标出的是出身长江以南地区的作者。

诗人名	生卒年	集名及卷数	形态	根据	出身
01 王绩	590—644	东皋子集 5	Ca	吕才(？—665)序	绛州龙门
02 王勃	650—676?	王子安集 20	Ca	杨炯(650—693?)序	绛州龙门
03 孟浩然	689—740	孟襄阳集 4	Cb	天宝四年(745)王士源编	襄阳
04 王维	701?—761	王右丞集 10	Ca	弟王缙(？—781)《进王右丞集表》	河东
05 李白	701—762	草堂集 20	Ca	魏颢、李阳冰序	西域碎叶
06 储光羲	706?—762?	储公集 70	Ca	顾况(727?—816?)序	润州
07 萧颖士	709—760	萧颖士文集 10	Ca	李华(715—766)序	颍州汝阴
08 颜真卿	709—784	庐陵集 10，等	A	因亮《颜鲁公行状》	京兆长安
09 杜甫	712—770	小集 6	Cb	樊晃序	河南巩县
10 李华	715—766	李华中集 20，等	A	独孤及(725—777)序	赵州赞皇
11 岑参	715?—770	岑嘉州集 8	Ca	杜确编	荆州江陵
12 皇甫冉	717—770	皇甫冉诗集 3	Ca	弟皇甫曾编，独孤及序	润州丹阳

（续表）

诗人名	生卒年	集名及卷数	形态	根据	出身
13 元结	719—772	文编 10	A	大历二年(767)自序	汝州鲁山
14 皎然	720？—？	杼山集 10	B	贞元八年(792)于顺序	湖州
15 独孤及	725—777	毗陵集 20	Ca	梁肃(753—793)编序、李舟序	洛阳
16 顾况	727？—816？	华阳集 20	Ca	皇甫湜(777？—835?)序	苏州
17 欧阳詹	759—802	欧阳詹文集 10	Ca	大中六年(852)李贻孙序	泉州晋江
18 权德舆	761—818	权氏文集 50	Ca	孙权宪编、杨嗣复(783—818)序	润州丹阳
19 李观	766—794	李观文集 3	Cb	大顺元年(890)陆希声序	赵郡
20 张籍	766？—830？	木铎集 12	Cb	乾德三年(965)张洎编序	和州乌江
21 韩愈	768—825	昌黎先生集 41	Ca	门人李汉编	邓州南阳
22 吕温	772—811	吕和叔文集 10	Ca	刘禹锡序	河东
23 刘禹锡	772—842	刘氏集略 10，等	A	自序	洛阳
24 白居易	772—846	白氏文集 75，等	A	自序	下邽
25 李绅	772—846	追昔游编 3	A	开成三年(838)自序	无锡
26 柳宗元	773—819	河东先生集，等	Ca	刘禹锡编序	河东
27 贾岛	779—843	小集 3	Ca	许仙、无可编	范阳
28 李贺	790—816	李贺歌诗 4	A＊	自编，沈子明、杜牧大和五年(831)序	福昌

（续表）

诗人名	生卒年	集名及卷数	形　态	根　　据	出　身
29 许　浑	791？—？	丁卯集 3	A	自序	润州丹阳
30 杜　牧	803—853	樊川文集 20	A＊	自编，裴延翰序	京兆万年
31 方　干	809—888？	玄英先生诗集 10	Ca	杨弇、方合编，乾宁三年(896)王赞序	睦州青溪
32 刘　蜕	821？—？	文泉子 10	A	自序	长沙
33 李群玉	？—862？	李群玉诗集 3	A	大中八年(854)自序	澧州
34 孙　樵	？—？	孙樵文集 10	A	中和四年(884)自序	关东
35 贯　休	832—912	西岳集 10	A	光化二年(899)吴融序(前蜀)	婺州兰溪
36 罗　隐	833—910	甲乙集 10，等	A	自序(吴越)	新城富阳
37 皮日休	834？—883？	文薮 10	A	咸通七年(866)自序	襄阳竟陵
38 陆龟蒙	？—881？	笠泽丛书 3	A	乾符六年(879)自序	苏州吴县
39 韦　庄	836？—910	浣花集 20	B	天复三年(903)弟韦蔼编序(前蜀)	京兆杜陵
40 司空图	837—908	一鸣集 30	A	光启三年(887)自序	河中虞乡
41 杜荀鹤	846—904	唐风集 3	B	景福元年(892)顾云(？—894？)序	池州石埭
42 郑　谷	851？—？	云台编 3	A	乾宁元年(894)自序(吴)	袁州宜春
43 崔致远	857—928？	桂苑笔耕 20	A	中和六年(886)表进序(进呈给新罗王)	新罗
44 齐　己	864—938	白莲集 10	Ca	孙光宪编，天福三年(938)(吴・荆南)	长沙
45 李　中	？—？	碧云集 3	Ca	开宝六年(973)孟宾于序(南唐)	九江

第七章 南宋中期的诗人与自编诗集的生前刊行

——宋代士大夫的诗人意识及其性质演变

一、序言

第六章将焦点集中于初唐至北宋末年，描绘了这段时期的变化轨迹。其内容可以简单地概括如下：

唐人自编自撰集是从安史之乱（8世纪中期）后，进入了中唐才开始的，随着时代的发展，自撰集中诗的比重有增加的倾向。这种倾向到晚唐时达到了高峰。换言之，到晚唐时期，认为自己首先是个诗人的人增加到最大值。但是，进入北宋以后，诗所占的比重又降到中唐时期的水平。进入11世纪后半期，虽然民间出版业也有所发展，甚至出现了当代作家在生前就刊行别集的现象，但是始终没有出现士大夫作家自己决意在生前刊行自撰集的例子。从写本到刻本的媒体变革，似乎没能马上改变士大夫作家的传统意识。

尽管如此，这五个世纪的时间里还是逐渐发生了一些变化。上一章中尝试着对其原因进行了分析，指出：首先，中唐发生这种变化的原因有两种可能——进士及第者在官场的活跃起了促进作用，南方的地域经济起了基础作用。另外还有一个原因是：新的制纸技术（竹纸）的普及也增加了纸的供给量等。

北宋时期，晚唐五代的这种倾向没有持续下去，而且也没有开拓出一条活用印刷媒体的道路，甚至可以说回到了中唐的水平，这主要有两个原因。首先是北宋后期存在特殊情况，即由于新法派和旧法派在政治上的党争使得作诗环境恶化。虽然苏轼的诗集首次实现了民间出版业和当代作家的联盟，但带来了牢狱之灾，结果苏轼下狱，遭到了流放的厄运。这次"乌台诗案"说明，以诗讽谏已经不能被无罪赦免了，而且印刷所具有的媒体效力已经大到让世人皆知。通过这次笔祸事件，当时的士大夫们对于作诗自然会采取谨慎态度，对于将自己作品上梓一事肯定也不得不抱有某种警惕。第二，比较公认且根本的原因是引领诗坛的士大夫的价值意识。这点不仅是北宋，也是南宋存在的一般问题。上一章中只是简单地提到了这个问题，因此本章再针对这个问题重新加以分析。

12 世纪后半期，进入了南宋中期，开始出现了一些与北宋不同的新进展。一部分士大夫开始积极地在生前刊行自己的著述。这样，五代以来，经过大约 200 年的时间，印刷时代终于真正呈现出活跃的状态。本章主要以这一时期为焦点，关注北宋时期地位还不稳定的诗（当代文学）与印刷媒体是怎么联系在一起的。

又，调查宋人别集时，与上一章一样，依据的是祝尚书《宋人别集叙录》①。

二、南宋的自编集

首先，根据祝尚书先生的《叙录》，将南宋约一个半世纪自撰集的编集情况概况如下。

《叙录》中总共著录了 376 种南宋别集，但是如果从中减去没有收诗的别集、与作者本人毫无关联的注本、选本等以外，剩下 352 种，这才是本章的考察对象。通过这些数据可以首先注意到的是：有唐三百年间所编别集的总数为 100 余种，北宋一百五十年间为 150 种，而南宋一百五十年间为 350 余种，各时

① 祝尚书《宋人别集叙录》，中华书局，1999 年。以下简称为《叙录》。

代间的数量几乎翻了一番。即便是考虑到物理法则——随着时间的推移，东西残存下来的概率会越来越低——这种增加也能看成是受到媒体环境变化的直接影响而产生的结果吧。

其次，如果按照上一章的分类方法来分析具体例子，那么作者生前自编的A类为80种，作者生前由他人所编的B类为14种，作者去世后由子孙门人等亲友所编的Ca类为108种，作者殁后由其诗歌爱好者所编的Cb类为8种。剩下的143种的编集过程未详。如果表示出各类在总体中所占的比例，分别为(括号中是北宋时的比例)：A＝23％(36％)、B＝4％(0.7％)、Ca＝31％(35％)、Cb＝2％(5％)。A类比例虽然降低了一成以上，但是南宋情况未详的例数为143，比北宋的34例增加了三倍多。虽然笔者已经将找不到自序和墓志铭、行状等任何相关资料的别集都归类为“未详”，但可以想象其中一半以上可能都是基于作者自编的遗稿。这样一来，减少了一成多并不能看成特别大的下滑。

又，按照一般看法①，南宋大约一百五十年可以区分为：前期，即高宗朝约35年间；中期，即孝宗—宁宗开禧年间约45年间；后期，即宁宗嘉定年间至灭亡为止约70年间。这三期的数据如下(括号中是各时期在总数中所占的百分比。又，这里以祝氏《叙录》卷16—卷19为前期，卷20—卷23为中期，卷24—卷30为后期，对事例进行整理，“总数”中包括编纂过程未详的事例)。

	前　期	中　期	后　期
A	14％(16.9％)	10％(12.8％)	56％(26.3％)
B	1％(1.2％)	2％(2.6％)	11％(5.2％)

① 程千帆、吴新雷《两宋文学史》(上海古籍出版社，1991年)，孙望、常国武《宋代文学史》下册(人民文学出版社，1996年)，王水照、熊海英《南宋文学史》(人民出版社，2009年)等断代文学史都是这种分期。

（续表）

	前　期	中　期	后　期
Ca	33%(39.8%)	29%(37.2%)	47%(22.1%)
Cb	2%(2.4%)	2%(2.6%)	4%(1.9%)
总数	83	79	213

从上表可以确定的事实是：别集的总数在南宋后期有了急剧增加。有唐三百年自不用说，213 种这个数字甚至远远超越了北宋一代的总数，比南宋前中期约八十年间的总数要多 50 种。其中包括陈起陈宅书籍铺出版的小集丛书。这明确地显示出民间的出版业逐渐呈现出活跃的状态，这应该会大大促进诗文集的编集和刊行吧。陈起刊行的江湖诗人的小集现存共有 60 余种，但大部分作者都是小诗人，如果陈起没有刊行过他们的小集，估计传至今日的可能性很低。因此，从这个事实也可以相当确凿地证明上面的推测。

不论如何，如上一章中也有记述的那样，在估量印刷时代诗人意识的强弱时，比较重要的指标是：比起有无自编来说，有无生前刊行更重要。本章就是从这一点出发进行考察。

三、南宋前期的情况

首先想对宋王朝南渡前后的情况进行介绍。直至绍兴十一年(1141)缔结和议为止，宋与金一直为社稷存亡而交战，这也让北宋一直发展得顺风顺水的公私印刷出版业暂时受到了不小的打击吧。但是众所周知，现存的宋版中包括一定数量的绍兴年间刻本，这些物证清楚地表明：印刷业在南渡后不久就开始复兴了。举苏轼的例子来说，现存最早的诗注本《集注东坡先生诗前集》被看作是王状元分类百家注二十五卷本（旧王本）前身，即所谓五注本、十注本的残本（中国国家图书馆藏）就被推断为绍兴年间的刻本,《东坡乌台诗案》的刻本大概也是绍兴年间后半期印刷出版的[①]。尽管如此,这些似乎都与当代诗集在生前的刊行联系不起来。

祝尚书先生的《叙录》中曾指出汪藻(1079—1154)的《浮溪集》六十卷和吕本中(1084—1145)的《吕居仁集》十卷等集有可能是在他们生前刊行的。但是笔者对其中提出的证据重新进行研究后发现,这些资料的内容都很难证明是在作者生前刊行的。如孙觌(1081—1169)曾受汪藻之托为《浮溪集》作序,祝先生根据他为汪藻作的墓志铭中有"公之文有《浮溪集》六十卷,行于世"一句得出以上结论,但其中并没有言及是否曾经上梓,并且考虑到墓志铭这种文体的措辞往往含有彰显死者功绩的因素在内,"行于世"一词不能马上成为上梓的证据。关于吕本中的别集,在晁公武的《郡斋读书志》中著录有"十卷本",但此后的书目类中完全没有记载,祝先生推测"盖早年编刊",但没有指明将此本看作刊本的证据。顺便提及,吕本中的宋刻本在日本的内阁文库有藏。即《东莱诗集》二十卷,前有乾道二年(1166)曾幾的序文。序中详细记录了此诗集刊行于吴郡郡斋的缘由和经过,但是其中也根本没有提及吕本中生前的刊本。因此,根据现存数据可以判断,这部乾道二年曾幾序刊本应该是吕本中诗集的最早版本。果真如此的话,那么就是在他去世了约二十年后才刊行的。

这之后可以确定是生前刊行的事例,一直到中期为止都没有出现。并且,中期确实可以证明是生前刊行的例子是陆游(1125—1210)和杨万里(1127—1209)刊行的自撰集。[②] 这里首

① 参考拙稿《〈东坡乌台〉流传考》(拙著《苏轼诗研究——宋代士大夫诗人的构造》所收,研文出版,2010年)。

② 比陆游、杨万里略为年长的士大夫史尧弼(1119—?),其《莲峰集》有可能是生前刊行的,不过可能性较小。此书的《文渊阁四库全书》本冠有乾道二年(1166)省斋(据祝尚书先生所言,此指廖行之)的序文,有"刊出与众共之"的字样。只是史尧弼于绍兴二十七年(1157)进士及第后,在仕官之前就已去世了,因此去世后刊行的可能性也不小(参考上引祝尚书著作,第996页)。

先通过陆游的例子来讨论其中反映出的问题。

四. 陆游《剑南诗稿》的刊行

关于陆游《剑南诗稿》的编纂过程,村上哲见先生有详细的考证。[①] 根据村上先生的考证,《剑南诗稿》一共经历了四次编集,其中有二次都上梓刊行了,第一次是在陆游生前刊行的,第二次是在他去世后刊行的。第一次在生前刊行的本子为二十卷,是淳熙十四年(1187)在严州(浙江省建德)刊行的。当时陆游63岁,在严州任知事。此集是由严州下属的建德县知县苏林刊行的。根据村上先生的考证,苏林是苏辙的玄孙,也是陆游的忠实信奉者。编者为郑师尹,他在为此书作的序文中自称是陆游的门人,当时是陆游的僚属。也就是说,这次刊行可以看作是由陆游身边的信奉者们进行的。在严州刊本以前,陆游曾自编过《京口唱和》(乾道元年,1165)和《东楼集》(乾道九年,1173),尔后又编了《巴东集》(庆元二年,1196),并分别为作自序,可见他对于编纂自撰集的主动意识一点也不低。但是即便如此,在刊行《剑南诗稿》二十卷的时候,他没有在第一线亲自指挥。考虑到陆游在当时诗坛的地位以及两人与陆游的上下级关系,陆游肯定在编集和刊行的各个阶段都亲自对他们作出过具体指示,但至少在表面上还是采取了"郑师尹编、苏林刊"的形式。

然而,严州刊本刊行以后,陆游在79岁时命长子陆子虡编集了续集(四十卷),接着在他82岁时,又命季子陆子遹加上近作,重编了续集(四十八卷)。然后,陆子遹又在陆游去世十余年后的嘉定十三年(1220)刊刻了完整版的《剑南诗稿》八十五

① 村上哲见《陆游〈剑南诗稿〉的构成及其成立过程》《再论陆游〈剑南诗稿〉——附〈渭南文集〉杂记》(收入村上哲见《中国文人论》,汲古书院,1994年)。

卷。如上所述，在续集的编纂过程中，陆游也没有自己出面，都是让儿子们负责的。但是终究很难认为他对编集工作是完全漠不关心、被动式的。估计陆游健在时所编的两种续集都经过了他自己的最终编定。既然如此，那为什么又采取儿子们来编集的形式呢？

不管是二十卷本的刊行，还是续集的编纂，其中体现的陆游的态度至少在表面上看起来是有几分被动的。这种姿态是否是陆游特有的呢？为了解决这个问题，笔者调查了除杨万里以外的当时的士大夫（杨万里的情况将在下节进行叙述），发现实际上并不是陆游一个人非常突出，而应该理解为他是在努力地将自己纳入传统的范围以内。

五、朱熹和刻书

陆游以及当时的士大夫当中，最大限度地利用了出版业的应该是朱熹（1130—1200）吧。通过翻阅束景南的《朱熹年谱长编》①，马上可以了解他对出版活动是如何孜孜不倦。现按照年龄顺序将其刊刻过的著述和编著排列如下：

37 岁　乾道二年（1166）

1. 编订周敦颐《通书》，印刻于长沙。

2.《论语要义》刻版于邵武府学。

39 岁　乾道四年（1168）

3. 编订《程氏遗书》成，校订刻版于泉州。

40 岁　乾道五年（1169）

4. 再订周敦颐《太极通书》，刻版于建安。

5. 校订成《程氏易传》，由吕祖谦刻于婺州。

41 岁　乾道六年（1170）

① 束景南《朱熹年谱长编》，上下二册，华东师范大学出版社，2001 年。

6. 校订《程氏遗书、文集、经说》，由郑伯熊刻版于建宁。

43岁 乾道八年(1172)

7.《语孟精义》镂版于建阳。

8.《八朝名臣言行录》成，刻版于建阳。

44岁 乾道九年(1173)

9. 校雠《说文解字》，印刻于赣州。

10. 再校《程氏易传》，由吕祖谦刻于婺州。

45岁 淳熙元年(1174)

11. 编订《弟子职》《女诫》，印刻于建安。

12. 编订《大学》《中庸》新本，印刻于建阳。

46岁 淳熙二年(1175)

13. 与吕祖谦共编订《近思录》，刻版于婺州。

47岁 淳熙三年(1176)

14. 与张栻共作《四家礼范》，由刘珙刻于建康。

50岁 淳熙六年(1179)

15. 据故家传本校订《太极通书》，刻于南康军学。

16. 校补张载《横渠集》，由黄灏刻版于隆兴。

51岁 淳熙七年(1180)

17. 整理亡父朱松的《韦斋集》，刻版于隆兴。

18. 补定《语孟精义》，改名为《语孟要义》，刻版于隆兴。

52岁 淳熙八年(1181)

19. 补定《古今家祭礼》，刻版于建安。

53岁 淳熙九年(1182)

20. 校订《急就篇》，刊刻于婺州。

21. 将《大学章句》《中庸章句》《论语集注》《孟子集注》集为一编，刊刻于婺州。

54岁 淳熙十年(1183)

22. 罗愿刊刻朱熹校订《急就篇》于鄂州。

55岁　淳熙十一年(1184)

23. 詹仪之印刻《四书集注》于广东德庆。

24. 编订《张南轩文集》成，刻版于建阳。

57岁　淳熙十三年(1186)

25. 修订《四书集注》，由詹仪之印刻于桂林，赵汝愚印刻于成都。

26.《诗集传》成，刻版于建安。

27.《龟山别录》刻版于福州。

61岁　绍熙元年(1190)

28.《楚辞协韵》成，刊刻于漳州。

29. 刊四经(《易》《诗》《书》《春秋左传》)于郡。

30. 刊《四书集注》于临漳。

31. 编《礼记解》，刊于临漳。

32. 刊刻《大学章句》《近思录》《小学》《家仪》《乡仪》《献寿仪》等于临漳学宫。

63岁　绍熙三年(1192)

33. 修订《四书集注》，由曾集刻版于南康。

66岁　庆元元年(1195)

34.《绍熙州县释奠仪图》(绍熙五年)由邵囦刊于长沙。

68岁　庆元三年(1197)

35.《周易同契考异》修订成，由蔡渊刊刻于建阳。

36.《韩文考异》修订成，刊刻于潮州。

70岁　庆元五年(1199)

37.《周易同契考异》再次修订成，刊刻于建阳。

71岁　庆元六年(1200)

38.《楚辞音考》成，刊刻于古田。

如上所示，朱熹从37岁时编订刊行周敦颐《通书》开始，到去世为止，三十五年间实际一共参与了三十八次出版活动。平均每年至少亲自参与了一次以上的刊行。根据程水龙《〈近思录〉版本与传播研究》，自朱熹和吕祖谦(1137—1181)共编的《近思录》十二卷于淳熙二年(1175)在婺州刊刻以来，仅在朱熹生前就有十次以上的再版刊刻。[1] 即便将这部在当时最为畅销的《近思录》看作是个例外，也可以推测：还有很多束氏《年谱长编》中没有记载的其他著述，或者是遗漏的事例吧。不论如何，如此这般热心地对自己的编著进行上梓刊行的例子，在朱熹的时代没有，在他之前也没有[2]。或者可以说，朱熹是中国历史上第一个为了提高自己的学问和学说在当时的影响力而极其自觉和战略性地利用了印刷出版的士大夫。

但是，即便是朱熹，在对待刊行收录了自己诗词的自撰文集时，却看不出他有同样的积极性。朱熹文集现存最早的版本是台湾故宫博物院所藏的《晦庵先生文集》前集十一卷、后集十八卷，从避讳字和收录作品可以推测是淳熙十六年(1189)—绍熙元年(1190)前后刊行的。此本还被认为可能是《朱文公文集》卷六十三卷末《考异补遗》《答胡伯量》的校记中所称的“麻沙所印先生文集”[3]。如果这个推断是正确的，那么就是朱熹生前的刊本，但是朱熹本人并没有相关的言论。可能也与北宋的苏轼和“苏门四学士”一样，是采取了本人不直接参与的形式来出版的坊刻本吧。朱熹自己唯一言及的只有其门人王岘于庆元四年(1198)冬在广南刊行的文集。然而，朱熹却几次寄书简

---

① 程水龙《〈近思录〉版本与传播研究》，上海古籍出版社，2008年，第30—37页。

② 不过，在朱熹之前有生前刊行学问著述的例子。如王安石(1021—1086)的《三经新义》曾于熙宁八年(1075)在国子监上梓，并颁布给全国的学校。当然，这次出版的幕后，无疑有王安石强烈的意愿在发挥作用。尽管如此，总体看来，王安石没有朱熹对待出版活动那么孜孜不倦是不言而喻的。

③ 参考祝尚书《宋人别集叙录》(中华书局，1999年)卷20“晦庵先生朱文公文集”条，下册，1004页；束景南《朱熹年谱长编》卷下(华东师范大学出版社，2001年)，1336页，等等。

给门人刘爚(字季章),称对王岘的这种举动该“望痛为止之”“千万力为止之”[1],苦口婆心地拜托刘爚千万让其打消刊行的念头。当然,此时恰好是“庆元党禁”的时期,所以也有一些害怕招致灾祸的因素在内吧。不过可以推测,从根本上来说朱熹对刊行自撰诗文集一事应该是有些犹豫不决的。

六、洪迈与著述

再来看看与陆游属于同时代的另一位作者的例子。比起陆游作为诗人、朱熹作为儒者而享有盛誉,洪迈(1123—1202)则出身于博学宏词科,作为史官,他完成了《四朝国史》的“列传”部分,官至翰林学士知制诰,属于文官中的精英。现根据凌郁之的《洪迈年谱》[2],列出他有可能出版过的著述,如下所示:

39岁　绍兴三十一年(1161)

1.《夷坚甲志》二十卷,约成于是年。

44岁　乾道二年(1166)

2.《夷坚乙志》二十卷成,作自序(十二月十八日)。

47岁　乾道五年(1169)

3. 将手抄本北宋徐积《节孝语录》一卷交给长兄洪适之婿许及之,许及之刊于临汝郡庠。

49岁　乾道七年(1171)

4.《夷坚丙志》二十卷成,作自序(五月十八日)。

50岁　乾道八年(1172)

5. 对《夷坚乙志》的会稽刻本加以改订,刻于赣州(五月)。

54岁　淳熙三年(1176)

---

① 《答刘季章书》其八、其十一等,《朱文公文集》卷53,《四部丛刊初编》本。

② 凌郁之《洪迈年谱》,上海古籍出版社,2006年。

6.《夷坚丁志》二十卷约成于是年，作自序。

58岁　淳熙七年(1180)

7. 刻《夷坚甲、乙志》于建安(七月)。

8.《容斋随笔》十六卷成。

60岁　淳熙九年(1182)

9.《夷坚戊志》二十卷约成于是年。

63岁　淳熙十二年(1185)

10. 刊《史记法语》八卷于婺州。

66岁　淳熙十五年(1188)

11.《夷坚已志》二十卷成于是年前后。

67岁　淳熙十六年(1189)

12.《夷坚庚志》二十卷约成于是年。

68岁　绍熙元年(1190)

13. 刻《万首唐人绝句》一百卷于会稽蓬莱阁，作自序(十一月八日)。翌年十一月刻毕。

70岁　绍熙三年(1192)

14.《容斋续笔》十六卷成，作自序(三月十日)。

71岁　绍熙四年(1193)

15.《夷坚辛、壬志》各二十卷约成于是年。

72岁　绍熙五年(1194)

16.《夷坚癸志》二十卷成(夏)。《夷坚志》甲—癸志各二十卷，共二百卷。

17.《夷坚支甲》成，作自序(六月一日)。

73岁　庆元元年(1195)

18.《夷坚支乙》成，作自序(二月二十八日)。

19.《夷坚支景》成，作自序(十月十三日)。

74岁　庆元二年(1196)

20.《夷坚支丁》成，作自序(三月十九日)。

21.《容斋三笔》十六卷成，作自序（六月晦日）。

22.《夷坚支戊》成，作自序（七月五日）。

23.《夷坚支己》成，作自序（十月）。

24.《夷坚支庚》成，作自序（十二月八日）。

75 岁　庆元三年（1197）

25.《夷坚支癸》成，作自序（五月十四日）。

26.《容斋四笔》十六卷成，作自序（九月二十四日）

27—33.《夷坚支辛》《支壬》《支癸》《三甲》《三乙》《三景》《三丁》诸志成于是年。《夷坚支志》甲—癸集各 10 卷、共计 100 卷。

76 岁　庆元四年（1198）

34.《夷坚三戊》成。

35.《夷坚三己》成，作自序（四月一日）。

36.《夷坚三庚》成。

37.《夷坚三辛》成，作自序（六月八日）。

38.《夷坚三壬》成，作自序（九月六日）。

39.《夷坚三癸》成。《夷坚三志》甲—癸集各十卷，共计一百卷。

77 岁　庆元五年（1199）

40、41.《夷坚四甲》《四乙》成，各十卷。

42.《容斋五笔》成，十卷。

如果说朱熹编纂书籍具有多样性特征的话，那么洪迈编纂书籍的最大特征就是持续性。例如他花了四十年的时间用来编纂志怪类书籍《夷坚志》，最终一共编成了三十二集、四百二十卷，卷帙浩繁。在上面揭示出的 42 种书籍中，约有八成与《夷坚志》相关。而且，笔记集《容斋随笔》同样也花了四十年的时间创作，最后完成了五集、七十四卷。洪迈自己在《容斋四笔》的自序中，对两种著作的关系叙述如下：

> 始予作《容斋随笔》，首尾十八年，二笔十三年、三笔五年，而四笔之成，不费一年。身益衰而著书益速，盖有其说。曩自越府归，谢绝外事，独弄笔纪述之习，不可扫除。故搜采异闻，但绪《夷坚志》，于议论雌黄，不复关抱。而稚子槱，每见《夷坚》满纸，辄曰："《随笔》《夷坚》，皆大人素所游戏。今《随笔》不加益，不应厚于彼而薄于此也。"日日立案旁，必俟草一则乃退。重逆其意，则衷所忆而书之。

这篇序文是洪迈75岁时所作，其中称自己年愈老创作反而愈加迅捷。上文中的"自越府归"指的是绍熙二年（1191）他任绍兴府知事期满后回到故乡鄱阳一事。当时洪迈69岁。而上面的年表也的确证实了此言，70岁以后，他每年都有著述，尤其是74岁至76岁的三年间，留下的著述格外多。73岁时所作的《夷坚支癸》自序中也记载了他"耳力未减，心力未歇，笔力未衰"。从上文还可得知，他在创作《夷坚志》时十分顺利，但在创作以议论和批评为主旨的《容斋随笔》时则完全心不在焉，一直滞笔不前，受到幼子的鼓舞后才继续创作，不到一年时间便完成了一集。而且，《夷坚志》一集的分量是二十卷（初编十集）或者十卷（支志以后），《容斋随笔》一集是十六卷，可知这也是他自己事先就已经决定了的。不管怎么说，可以将《夷坚志》和《容斋随笔》的创作和编集看作是激励洪迈晚年的一种动力。

虽然上面列举的42种书籍可能并没有全部刊刻过，但是他持续创作集子的执着和热情超过任何人。就当时的时代来说，除了分属不同领域的朱熹以外，几乎没有士大夫如此孜孜不倦地在生前就将自己的著述不断公开出版。但是，即便是这样，他对于自撰诗文集的编集和刊刻也并没有留下引人注目的举措。根据上引凌氏撰年谱，洪迈曾经有名为《野处猥稿》的文集，但是已经散佚不传。《宋史》本传中也对他的文集完全没有任何记载。洪迈官至翰林学士，是代表一个时代的大文豪，但他的别集完全没有流传下来，这看起来有些奇怪。除了洪迈本人对编辑和刊行自撰集的态度并不积极以外，笔者很难想到其他原因。

如上所述，南宋中期投入最多精力到公开发表或者出版自己著作的朱熹和洪迈二人，却都对编集和刊行自撰集特别不太在意。但是本节开头谈到的陆游则与此二人不同，他在生前刊行过自撰诗集，尽管如此，采取的是表面上自己并不直接参与的方式。因而，同时代的三位士大夫作为南宋中期的代表，虽然擅长的领域各自不同，程度上也有所差异，但都对生前刊行自撰诗集表现出了消极的态度。至于其原因，将在下节中进行考察。

七、宋代士大夫的所谓“诗人”

首先想重新确认一下本章开头揭示的问题意识和目的。“对于那些强烈地意识到自己是诗人的人来说”，“他们将作品集视为自己的化身，所以应该如何呈献世人面前，以及如何传递给当代甚至后世的人，这些问题原本就是诗人们都会面对的最迫切的课题”，在此前提下，探讨大媒体环境从写本到版本的变化是如何使诗人和诗集的关系发生变化的，这是本章的目标所在。

北宋后期以降，进入印刷时代，生前刊行自撰诗集一事也变得非常具有可行性，即使有诗人企图通过积极利用这一条件使名气骤然高涨，也不是不可思议的事，但是以上叙述的事例净是与此预测相反的内容。尤其是南宋中期的实际情况，具有象征性。朱熹和洪迈二人对诗集以外的自著、编著的刊行非常积极，但对刊行自撰诗集却是禁欲式的。

士大夫作为宋代诗歌创作的主体，居于最重要的地位，留下了最优秀的业绩，这种概括并不只是今天的我们才有的共识。上溯至元明清三代，更进一步说，即便是在宋代，也有同样的认识吧。不仅如此，就连宋代士大夫也明确地认为是他们自己在领导着诗坛，他们对于这件事情一定也抱有强烈的自负和自信。但是尽管如此，也无法由此直接得出结论：他们强烈地希望同时代甚至后世的人们能够称呼他们为“诗人”。这对于他们在选择是否在生前刊行自撰集时也产生了巨大的影响。

正如笔者在本书第一章中论述的那样，宋代士大夫的终极理想是“官—学—文”三位一体，能在多方面都大显身手。但是，到了11世纪中期，即进入北宋中期以后，“文”，也就是诗人的重要性开始逐渐下降，在三者当中比重变得最轻。这点从科举（进士科）中考试科目的存废变化来看也一目了然。王安石改革科举时，废止了“文”的科目“诗赋”，将“学”的科目“帖经”“墨义”改为“经义”。也就是说，由于在科举中开设了“经义”，期待成为儒学者身份的部分确实得到了强化，而“诗赋”则被废弃，不再是进士及第的必要条件。王安石的这次改革在此后的新旧党争中又经过几次变更，“诗赋”也被恢复了，但是“经义”相对于“诗赋”的优势直至宋末为止一直没有发生变化。

正如科举中科目的存废所表现出的那样，就宋代尤其是北宋中期以后士大夫的平均价值观来看，通常他们把官吏的身份放在最首要的地位，学者的身份次之，诗人的身份则被放在最末。从这种价值基准出发，如果自我定位为“诗人”的话，极端而言，这可能会被等同于他们在对外宣布自己作为士大夫是无能的。对诗人的这种消极评价使得那些有诗人自觉意识者的言行大打折扣。

然而,小川环树先生曾著文论述杜甫和陆游二人分明有自觉为“诗人”的瞬间[①]。在论述杜甫时他引用了杜甫离开秦州(甘肃省天水)前往同谷(甘肃省成县)时所咏的五言三十二句诗《发秦州》(《杜诗详注》卷8)的尾句——“吾道长悠悠”,将其中的“道”解释为杜甫此生将作为诗人度过一生,认为他这时已经接受了自己的命运。另一方面,论述陆游则引用了他从抗金第一前线的南郑(陕西省汉中)向蜀地成都前行途中所咏的七绝《剑门道中遇微雨》(《剑南诗稿》卷3)的后两句——“此身合是诗人未,细雨骑驴入剑门”,解释为他应该成为诗人的“命运在紧紧地掌控着他,在剑门的山路上,他深深地感到和自觉到了这点”。然后小川先生概括到:“虽然二人是诗人,但是并不希望成为诗人,而且由于命运的捉弄,不对,由于命运的迫使,他们无法选择诗人以外的道路。这种自觉明确地体现在作品中。”

但是小川先生的文章中没有言及:陆游在剑门道中时,强烈想起的可能是杜甫。杜甫于乾元二年(759)十月“发秦州”前往同谷,但是在同谷,他没有安身之地,仅仅待了一个多月便离开了,同年十二月初踏上了前往成都的旅途,比陆游通过剑门入蜀要早约四百年。陆游“入剑门”是在乾道八年(1172)的十一—十二月之间,恰巧和杜甫一样是在年关将近的晚冬时节。更为重要的巧合是,两人过剑门时都是48岁。奇异的是两人都在距知命之年还有一年这个相同的时间穿越剑门向成都前行。陆游敬慕杜甫,曾学习其诗歌作法,早年师事江西诗派的曾幾,也是十分明确的间接证据,事实上,如果翻阅《剑南诗稿》

---

① 小川环树《吾道长悠悠——杜甫的自觉》(《小川环树著作集》第二卷,筑摩书房,1997年,362页。最初发表在《中国文学报》第17册,1962年)和《诗人的自觉——以陆游为例》(《小川环树著作集》第三卷,筑摩书房,1997年;最初发表在《中国诗人选集二集8 陆游》附录,岩波书店,1962年)。

和《渭南文集》，随处都有言及杜甫的地方，也可以立即领会到此点吧。

淳熙十三年(1185)，即二十卷本《剑南诗稿》刊于严州的一年前，杨万里收到陆游所赠的《剑南诗稿》后，作有《跋陆务观剑南诗稿二首》①，其中也有如“重寻子美行程旧”(其一)、“少陵生在穷如虱，千载诗人拜蹇驴”(其二)等体现陆游游蜀与杜甫有关的句子。而且还有如“放翁前身少陵老”那样歌咏陆游是杜甫转世的诗句(刘应时《读放翁剑南集》②，《颐庵居士集》卷上，《文渊阁四库全书》本)。

诸如此类，当时陆游自己以及旁人都认为他与杜甫有联系，那么在陆游快要进入剑门时，萦回在他脑海里的难道不正是同样于知命之年即将到来时过关门的杜甫形象吗？这样一来，“此身合是诗人未”的发问或许可以解释为：他在向自己提问的同时，也将四百年前的杜甫和自己合为一体，是在向天上的杜甫发问。

回到正题。陆游在剑门的发问自然是在他作为士大夫，面对理想与现实的差距时生发的。而且，这种差距所滋生出来的忧愤和领悟并不限于此诗，而是像通奏低音一样响彻于陆游整个生涯创作的诗歌当中。即便如小川先生所言，他在通过剑门时明白了自身的运命，陆游也决不会百分之百地接受这种命运吧。这点通过他在辞世时创作的《示儿》③诗仍然有收复失地的梦想，并且表现出了士大夫至死不变的气概也可以得到证明。

---

① 《杨万里集笺校》卷20，中华书局，2007年，1021页。

② 刘应时的生殁年未详，不过陆游和杨万里曾为其别集《颐庵居士集》二卷作序(陆游序作于庆元六年四月，杨万里序作于嘉泰元年六月)，可知陆游生前与他有过交游。又如他的《读放翁剑南集》一诗，首句“少陵先生赴奉天”，整首诗通过与杜甫进行对比来歌咏陆游。

③ 《剑南诗稿》八十五卷最后用来收尾的诗就是下面这首七绝《示儿》：“死去元知万事空，但悲不见九州同。王师北定中原日，家祭无忘告乃翁。”

也就是说，与其说他是选择了被人称赞为诗人，不如极端地来说，他是选择了一生成为士大夫。这样想来，他在面对生前刊行自撰诗集时所表现出来的那种姿态——故意不自己出面，而是由门人、属下和儿子来完成自撰诗集的编集和刊行，其原因也容易理解了。生前刊行诗集是向当世社会最大限度地强调自己是诗人的一种行为。尤其是在生前刊行还未一般化的时代，如此做更加能强调这点。可以推测，陆游在试图缓和自己的特立独行。

诗歌在用文言创作的各种文体中是最能表现个人感情的一种媒介。对于经常要站在官吏立场的士大夫来说，原本就是最需要与它保持微妙距离的文体。生前刊行诗集会将自己最真实的一面暴露在当世未知的众人面前，同时还有可能被人认为是在进行自我宣传，以及让全天下人都知道自己不适合或者没有能力成为士大夫。但是，如果是在去世以后刊行的，而且是门弟和子孙刊行的话，那么就变成了彰显先师和先祖功绩的行为，完全可以纳入儒教“孝”的范畴，一下子变成谁都可以接受的社会行为。这种构造很可能是让士大夫对生前刊行一事采取回避态度的更本质原因。因此，《剑南诗稿》二十卷在陆游生前刊行时他所表现出来的态度，只是因为他希望可以勉强保持在士大夫范围内。

但是，也有与陆游属于同一时代，但对生前刊行自撰诗集的态度完全不同的士大夫诗人。那就是杨万里。下节将以杨万里为焦点，对他身上所实现的士大夫和自撰诗集的新型关系进行考察。

八、杨万里和自撰诗集——生前刊行的新发展

杨万里(1127—1206)于生前自编的诗集有如下九种(带*号表示有宋本保存至今)。他从35岁左右开始，直到去世前的

三天前为止，几乎没有间断，其诗按照历官的顺序编成，一共分为九集。的确彻底地采取了"一官一集"的形式。

(1)《江湖集》十四卷*

通行本(《四部丛刊》本等)《诚斋集》所收为七卷。"十四卷"是淳熙刻本的卷数。收录的是绍兴三十二年(1162)七月—淳熙四年(1177)三月的诗，共计735首。[①] 杨万里36至51岁。有自序。[②]

(2)《荆溪集》十卷*

《诚斋集》中为五卷。收录的是淳熙四年(1177)四月—六年(1179)二月的诗，共计491首。杨万里51至53岁。有自序。[③]

(3)《西归集》四卷*

《诚斋集》中为二卷。收录的是淳熙六年(1179)三月—同年十二月的诗，共计202首。杨万里53岁。有自序。[④]

(4)《南海集》八卷*

《诚斋集》中为四卷。收录的是淳熙七年(1180)一月—九年(1182)六月的诗，共计394首。杨万里54至56岁。有自序。[⑤]

(5)《朝天集》十一卷

《诚斋集》中为六卷。收录的是淳熙十一年(1184)十月—十五年(1188)三月的诗，共计518首。杨万里58至62岁。有自序。[⑥]

---

① 关于杨万里各诗集中收录的作品数，可参考丁功谊《杨万里各诗集创作时间考证》(《井冈山大学学报》社会科学版第33卷第4期，2012年7月)。

② 《诚斋江湖集序》，淳熙十五年九月晦日，《杨万里集笺校》卷80。

③ 《诚斋荆溪集序》，淳熙十四年四月三日，同上书，卷80。

④ 《诚斋西归诗集序》，淳熙十四年六月十五日，同上书，卷80。

⑤ 《诚斋南海诗集序》，淳熙十三年六月十八日，同上书，卷80。

⑥ 《诚斋朝天集序》，淳熙十四年六月十三日以后，同上书，卷80。

(6)《江西道院集》五卷 *

《诚斋集》中为三卷。收录的是淳熙十五年(1188)四月—十六年(1189)十月的诗,共计 255 首。杨万里 62 至 63 岁。有自序。[①]

(7)《朝天续集》八卷 *

《诚斋集》中为四卷。收录的是淳熙十六年(1189)十一月—绍熙元年(1190)九月的诗,共计 403 首。杨万里 63 至 64 岁。有自序。[②]

(8)《江东集》十卷

《诚斋集》中为五卷。收录的是绍熙元年(1190)十二月—三年(1192)八月的诗,共计 515 首。杨万里 64 至 66 岁。有自序。[③]

(9)《退休集》十五卷 *

《诚斋集》中为七卷。收录的是绍熙三年(1192)九月—开禧二年(1206)五月的诗,共计 726 首。杨万里 66 至 80 岁。无自序。

只有最后的《退休集》是没有自序的,而且最后一首诗[④]是他去世(开禧二年五月八日)三天前的作品,所以可能并不完全是杨万里自编的诗集。但是,其他八集都有自序,这显然表明是他自己编定的。而且,除了(5)和(8)以外,其他七集的宋刻本现在都保存在中国国家图书馆,除了(9)以外,都被推定为是淳熙、绍熙年间的刻本。

在杨万里的自序中有直接言及刻本的地方。即(5)《诚斋朝天集序》中所载的以下内容:

---

① 《诚斋江西道院集序》,淳熙十六年十月三日,《杨万里集笺校》卷 81。
② 《诚斋朝天续集序》,绍熙元年四月九日,同上书,卷 81。
③ 《诚斋江东集序》,绍熙三年五月二十五日,同上书,卷 81。
④ 《端午病中止酒》,同上书,卷 42。

至丁未六月十三日，得故人刘伯顺书，送所刻《南海集》来，且索近诗。于是汇而次之，得诗四百首，名曰《朝天集》寄之云。

文中的"丁未"是指淳熙十四年(1187)。文中的"刘伯顺"是指刘涣。可知《南海集》是他刊刻的。而且，根据这篇序文的内容来判断，《朝天集》也很有可能是他刊刻的。

辛更儒的笺校本附录有宋本序跋，其中揭载了刘涣所作的《南海集》跋文，为淳熙十三年十二月一日所作。此跋中有：

涣幸出于先生之门，今得《南海》一集，总四百篇，不敢掩为家藏，刊而传之，以为骚人之规范。余四集将继以请，则又当与学者共之。

因此，不仅是上述《南海集》和《朝天集》，(1)—(5)五集都可能是刘涣刊刻的。杨万里在《诚斋南海诗集序》中的话仿佛也印证了这点：

潮阳刘涣伯顺为清远宰，时尝为予求所谓《南海集》四百首者。至再见于中都，伯顺复请不懈，乃克与之。……予诗自壬午至今，凡二千一百余首，曰《江湖集》、曰《荆溪集》、曰《西归集》、曰《南海集》、曰《朝天集》。余四集，伯顺尚欲之，他日当续寄也。

这里记载的内容与刘涣的跋文也是相符的。

如果将杨万里的自序按照创作时间先后顺序重新排列，最早的应该是(4)《南海集》，作于淳熙十三年六月十八日，其次是(2)《荆溪集》，作于淳熙十四年四月三日，再次是(3)《西归集》和(5)《朝天集》，为淳熙十四年六月十五日前后。第一诗集《江湖集》排在第五，作者于淳熙十五年九月晦日才终于作序。(1)—(5)自序的创作时期之所以如此错综复杂，大概是因为淳熙十三年—十五年的三年间才开始有刊刻的计划,为此杨万里才作了序文的吧。相比之下,(6)《江西道院集》之后的诸集可以看成是:一集编集完成,不久便开始刊刻。顺便提及,(1)的宋本中冠有淳熙十六年十一月一日建安陈应行的序文,根据辛先生的笺证,此书是刘涣刊行的。(2)的宋本中有淳熙十四年八月十九日钟将之的跋文,(3)的宋本中有淳熙十四年五月一日刘涣的跋文,(6)的宋本中有绍熙元年七月十五日赵崇古的跋文。

由此可以判断,杨万里生前正式刊行诗集是从淳熙十三年(1186)开始的,也就是杨万里60岁以后的事。顺便提及,陆游的严州本《剑南诗稿》二十卷也是淳熙十三年刊行的。而且,与杨、陆二人交往密切的朱熹也是从几年前开始刊行他倾注心血创作的《四书集注》,杨万里也许受到了这些好友们的巨大刺激吧。

虽然杨万里与陆游几乎在同一时期开始刊行自撰诗集,但他与陆游不同,对于生前刊行完全不厌其烦。他的那些刊刻经过明了的集子都是由门人刊行的,这点与陆游的二十卷本《剑南诗稿》没有区别,但是与陆游差异很大的地方在于,杨万里为所有的集子都作过自序,并且不断向门人刘涣提供诗稿,并且毫不隐晦地在自序中提到了这点。也就是说,完全没有在读陆游的序文时感觉到的某种欺骗性。

杨万里在《宋史》中列在"儒林"传。他在《易》学上也自成一家,有《诚斋易传》二十卷流行于当世。据其长子杨长孺所言,这部《易传》是从淳熙十五年(1188)八月开始撰写的,直到去世两年前的嘉泰四年(1204)四月才终于完稿,"平生精力尽于此书",是一部呕心沥血之作[①]。因此,杨万里作为儒者无疑

① 杨长孺《杨承议申送易传状》(于北山《杨万里年谱》"嘉泰四年"条注八所引,上海古籍出版社,2006年,646页。据说《丛书集成》本《诚斋易传》卷首曾揭载,但笔者未见)。

也是有成果的，但是由古至今，都认为他在文学尤其是诗歌上的功绩更为突出。上引门人刘涣的跋文中评价他是“骚人之规范”，这绝不是门人才有的溢美之辞。

笔者在本书第五章中论及，南宋中期时，最孜孜不倦地投入到诗歌创作且当时评价很高的士大夫诗人，只有杨万里和陆游二人。流传至今的作品一人超过 9 000 首，一人超过 4 000 首，是有宋三百年数一数二的多产诗人。而且正如本章也已论述的那样，两人生前刊行的自撰诗集都是以自身也参与其中的方式实现的，这点也可以说是空前的，显示出他们作为士大夫，都对编纂和刊行自撰诗集显示了非比寻常的热情。虽然二人在士大夫诗人中非常特别，但如果仔细观察他们言行的细微之处，可以发现存在明显差异。比起陆游重视传统或者说具有保守性，杨万里并不厌烦从传统中挣脱出来，更具有先进性。陆游一生当中都在持续创作爱国诗、忧国诗，并且创作了大量这类作品，杨万里对此题材则漠不关心，陆游讨厌晚唐体，杨万里则爱好并且一直在学习晚唐体。——这两种现象也能反映出保守和先进的鲜明对比。

而且，在刊行自撰诗集时，两人表现出的差异可说也与上面的异同如出一辙。极端而言，杨万里是一位比起士大夫传统和框架来说更重视自己感性和主观的士大夫。至少可以说，他比陆游更将这两者相对化，是一位采取了缓和态度来对待这个问题的士大夫。如果仅仅限于自撰诗集在生前刊行这个问题来说，以淳熙年间为中心，士大夫和出版的距离前所未有地接近，在这种大环境下，陆游不过是一个非常拘泥于没有先例而慎重行事的人，相比之下，杨万里比起先例来说，能更快速地正视现实——版本的影响力开始逐渐增大，并且渗透到士大夫社会的各个角落。

但是无论如何，杨万里所创造的先例都极大地动摇了时代。生前刊行自撰诗集表明他从士大夫传统意识的禁忌中解放出来，这种行为自杨万里之后突然开始普遍化，并且逐渐有了新的发展。

（张淘　译）

第八章 南宋后期的诗人、编者与书肆

——《江湖小集》编刊的意义

一、序言

从写本到刻本的媒体变革到底使诗人的想法产生了哪些变化？——本章从这种视角出发，针对从初唐至宋末约六个半世纪内的诗人是如何一步步参与到编纂和刊刻自撰诗集的这个问题，具体探讨其变化过程，从中解读出诗人意识的变迁。

中国虽然从北宋以后开始真正进入了印刷时代，但可能是因为成本与传统价值观的关系，并不是所有的书籍都能迅速成为印刷对象。最早刊刻的书籍种类是传统文化的核心——经书类、大藏经以及类书等，与文学相关的主要有《楚辞》和《文选》等有高度规范性、标准性的经典著作。而且，占据出版界主导地位的是由官府主持刊行的官刻本。同时代人的文学作品集在其生前能成为印刷对象，并且由民间书肆刊行，这是在宋朝已经建立一个多世纪以后，也就是 11 世纪后半期之后发生的事情。元丰二年（1079）前后刊行的苏轼（1037—1101）的《元丰续添苏子瞻学士钱塘集》三卷就是最早的例子，但是这一刻本最终成为狱案的物证，使苏轼陷入了困境（乌台诗案），此后，士大夫与民间书肆的合作联盟也发展得不是很顺利。一直到南宋中期为止，至少从士大夫一方来说，不管是官刻也好，坊刻也罢，都没有例子表明他们曾在生前积极刊行自撰诗集。

然而，12 世纪后半期，即进入南宋中期以后，风气迥然不同。以朱熹（1130—1200）和洪迈（1123—1202）为先驱，一些士大夫开始积极地刊行自己编著的作品。陆游(1125—1210)和杨万里(1127—1209)甚至敢在生前刊行自撰诗集。即便如此,南宋中期的士大夫对生前刊行自撰诗文集的观念与北宋相比,似乎也没有显著变化。对普通士大夫来说,生前刊行自撰诗集还有诸多心理障碍。不过,陆游和杨万里等事例的出现也说明南宋中期印刷出版事业的规模在急速扩大,甚至发展到使他们能迫切感受到刻本在日常生活中的必要和作用。杨万里、陆游刊行诗集是从淳熙十四年(1187)前后开始的,但在二十多年前,朱熹和洪迈也陆续上梓过编著和自著。而且这些出版活动都是在编著者自己的主导下进行的。这些刊行当代著作的先驱都在引导杨万里和陆游积极刊行自己的诗集,尤其是其中的杨万里。

杨万里和陆游去世后,进入了一个没有一位士大夫能像他们那样强有力地主导诗坛的时代,而是一个永嘉四灵和江湖诗人,甚至禅僧等非士大夫诗人空前活跃和耀眼的时代。本章就是将焦点放在南宋中期士大夫与出版的新型密切关系从杨、陆去世后至南宋后期的七十年间到底发生了怎样的变化,从中解读出诗人意识的变革。

二、士大夫诗人与生前刊行自撰诗集——以刘克庄为例

嘉定年间(1208—1224)至宋朝灭亡(1279)约七十年间,确实曾在生前刊行自撰集的士大夫有:真德秀(1178—1235)、刘克庄(1187—1269)、林希逸(1193—?)等。[①] 三人当中,真、林与其说是诗人,不如说学者的名声更大。作为一介诗人而受到最高评价的无疑是刘克庄。因此,接下来将以刘克庄为南宋后期

① 分别参考了本书前引祝尚书先生著作卷25,1257页(真德秀)、卷26,1299页(刘克庄)、卷26,1315页(林希逸)。

士大夫的典型例子来考察。又，参考了祝尚书的《宋人别集叙录》[①]，以及侯体健和程章灿相关的具体研究[②]。

刘克庄生前刊行过多种别集，后世传本最多的是《后村居士集》五十卷，即洪天锡所作墓志铭[③]中提到的“前集”（墓志铭中还记载了“后集”“续集”“新集”，四集合计二百卷）。此集有淳祐九年（1249）林希逸序。而《四部丛刊》本《后村先生大全集》（以下简称为《大全集》）卷首有林希逸咸淳六年（1270）序，中有“予戊申备数守莆，方得前集，刊之郡庠”，因此可以确定，“前集”也就是《后村居士集》五十卷，是林希逸于淳祐九年前后在刘克庄故乡莆田的郡庠刊行的。顺便提及，因《大全集》前冠有咸淳六年序，很显然是刘克庄去世以后刊行的。

更有意思的是，近年在福建福清古宅发现了“南岳五稿”（以下简称为“五稿”），侯体健、程章灿两位先生对此有详细的介绍[④]（2006 年 11 月在北京德宝拍卖公司的拍卖会上出品，据说立刻归为好事者某氏所有。书影也没有向大众公开，因此这里只能依据两位先生的研究）。据称，此“五稿”由《南岳旧稿》《南岳第一稿》《南岳第三稿》《南岳第四稿》构成，独缺《第二稿》。虽然里面没有牌记，但具备所谓“书棚本”的特征，版式为十行十八字，是杭州书肆陈起（？—1256，字宗之，号芸居）“临安府棚北大街睦亲坊南陈宅书籍铺”的刻本，侯体健和程章灿两位先生也推断它是陈宅书籍铺所刊的《江湖小集》丛刊的一

① 祝尚书《宋人别集叙录》，中华书局，1999 年。

② 侯体健《汰择与类编——从编集传播看两种宋刻刘克庄作品集的学术意义》（《江西师范大学学报》哲学社会科学版第 43 卷第 4 期，2010 年 8 月）；程章灿《人竞宝藏〈南岳稿〉——论宋刻〈南岳稿〉的文献与文学价值》（南京大学中国文学与东亚文明协同创新中心《中国古典文学与东亚文明第一届中国古典文学高端论坛论文集》，2015 年 8 月）。

③ 《后村先生大全集》卷 195，《四部丛刊》本。

④ 参考前注侯体健、程章灿论文。

种。而且两位先生还推测此"五稿"所收作品的创作时期应为嘉定元年至嘉定十四年(1208—1222)的十五年间。也就是说,"五稿"收录的是刘克庄22岁至36岁为止的早年之作。刘克庄虽然未进士及第,但在23岁时因恩荫出仕,因此这是一部士大夫在青年为官时的诗集。现存四集如本章附录中所显示的那样(22以后),都为一卷本,收录的诗都在100首左右。

如果大体浏览一下本章附录,便可知它们除了版式以外,还具备两点书棚本的显著特征:首先,基本上都是一卷本;第二,一卷所收作品的数量几乎都未满百首。"五稿"也符合这两点特征,因此侯先生和程先生推定的结论应该无误。如果"五稿"是书棚本,那么青年时期的刘克庄就是从自己的愿望出发,希望能在民间书肆出版。陆游和杨万里在生前刊行的著作都是由地方官署出资,也就是所谓的官刻本。而刘克庄的"五稿"却是由民间书肆出版,也就是所谓的坊刻本。之前的宋代士大夫经常批评民间的营利出版,与他们保持距离,但刘克庄却跨越了这道界限。

谨慎起见,笔者还在此附带提及,当时陈宅书籍铺与其他民间书肆相比,可能原本就独树一帜。店主陈起在乡试中中了解元,也会作诗,有诗集《芸居乙稿》传世。叶适(1153—1223)编选的《四灵诗选》是陈起书籍铺出版的,陈起与四灵之一的赵师秀(1170—1219)相交甚密,赵师秀所编并博得好评的《二妙集》和《众妙集》也很可能是陈起书籍铺出版的。还有官至宰相的郑清之(1176—1251)《安晚堂诗集》(附录中14)。他出版的《江湖集》之所以会引发疑狱并且受到禁毁处分,也正是因为集中收入了曾极和刘克庄等士大夫的诗。或者是陈起与士大夫的广泛交游,使得当时的刘克庄忘记了他经营的是一家民间书肆吧。

根据侯先生与程先生的考证，“五稿”并没有收录作者当时的全部作品，而是一部经过严格筛选的选本。至于为什么他早期的诗集都是选本这个问题，将在下节进行详细论述。无论如何，从刘克庄刊行“五稿”的事例可以看出：在宋朝最后的六七十年间，士大夫在生前刊行自撰集开始逐渐与民间书肆紧密地联系在一起，并且从南宋中期开始变得更加普遍化了。下一代士大夫切实地沿袭了杨万里开辟的这条新途径。

三、江湖诗人和自撰诗集的出版(一)——以戴复古为例

接下来将考察江湖诗人——他们让南宋后期的诗歌史具有独特性，是南宋最具象征性的诗人群——以及他们在生前刊行的自撰诗集。本章附录是以现存书棚本(以及与书棚本相似的版本)为基础调查后的结果，其中共揭载了六十九名诗人的诗集，但有大约一半(三十三人)都是布衣，也就是没有仕宦经历的纯粹的江湖诗人。笔者想就其中戴复古和许棐的例子进行具体考察。

戴复古(1167—1247?，字式之，黄岩人)在南宋中期以后所有江湖诗人中属于第二代。与刘过(1154—1206)、姜夔(1155? —1221)等曾经和南宋中期著名士大夫有过交往的作者相比，相当于下一代诗人。江湖诗人第一代代表诗人刘过和姜夔的诗集是在二人去世以后刊行的，但戴复古却在生前就已经刊行了大量自撰诗集。虽然他的《石屏续集》四卷也是陈起书籍铺刊行的，但是从现存相关资料来看，他有很多诗集都是陈宅书籍铺以外的机构刊行的，其中还有不少是官刻本。

通行本明弘治本《石屏诗集》(《四部丛刊续编》所收)一共附有十七篇序跋，其中包括戴复古自序，从这些序跋可以比较

详细地了解其诗集的编纂过程。[1] 现在按照这十七篇序跋的创作时间顺序，排列如下：

① 楼钥序（嘉定三年[1210]十二月）
② 巩丰题跋（嘉定七年[1214]一月）
③ 杨汝明题跋（嘉定七年[1214]冬）
④ 真德秀题跋（嘉定七年[1214]）
⑤ 戴复古《戴复古自书》（嘉定十六年[1223]二月）
⑥ 赵汝谈题跋（嘉定十七年[1224]夏）
⑦ 赵汝腾《石屏诗集序》（绍定二年[1229]三月）
⑧ 赵蕃题跋（创作年代不详。不过，赵蕃殁于绍定二年，因此应为此前所作）
⑨ 倪祖义题跋（创作年代不详。不过，赵蕃选本中曾提及，袁甫的选本中却未曾提及，可能作于⑧和⑩之间）
⑩ 戴复古《又》（绍定五年[1232]六月）
⑪ 姚镛题跋（绍定六年[1233]三月）
⑫ 赵以夫题跋（端平元年[1234]十月）
⑬ 王野题跋（端平元年[1234]）
⑭ 姚镛题跋（端平三年[1236]五月）
⑮ 李贾题跋（端平三年[1236]九月）
⑯ 包恢序（淳祐二年[1242]四月）
⑰ 吴子良《石屏诗后集序》（淳祐三年[1243]五月）

从⑦赵汝腾（？—1261）的序文，可知其第一部诗集编集刊

① 关于戴复古诗集的形成过程，王岚先生已有如下先行研究：《宋人文集编刻流传丛考》二八“戴复古集”（江苏古籍出版社，2003年，289页）。又，笔者也曾与王岚先生共同发表了与本章内容大致相同的论文，请一并参考：《江湖詩人の詩集ができるまで—許棐と戴復古を例として—》（《南宋江湖の詩人たち　中国近世文学の夜明け》，勉诚出版，2015年）。

行的过程。事情开端于戴复古携诗集拜托赵汝谠对自己的作品进行甄选和编定。

赵汝谠，字蹈中，号懒庵，余杭（今属浙江省）人，太宗八世孙。嘉定年间任湖南转运使（《宋史》卷413为"湖南提举常平"）时，戴复古携平生全部作品来访，请他甄选自作。赵汝谠最后选了130首，命名为《石屏小集》，并请赵汝腾作序。从名字可以类推赵汝腾也是太宗八世孙，与赵汝谠同属宗室。字茂实，号庸斋。借寓于福州（今属福建省），此后官至吏部尚书兼给事中。赵汝谠卒于嘉定十六年（1223）（⑥赵汝谈题跋），而其兄赵汝谈（？—1237，字履常，号南塘）在读到戴复古的《题后》诗后感慨良深，为作跋文（⑤戴复古自书、⑥以及⑦）。戴复古拜托选诗的赵汝谠自己也擅长作诗，以极具严格品评眼光而著名。赵汝腾也称赵汝谠"于诗少许可"（⑦）。

南宋后期的代表诗人赵蕃（1143—1229，字昌父，号章泉，郑州人。侨居玉山）是戴复古的诗友，他以赵汝谠的选本为基础再加以精选。倪祖义称"懒庵（赵汝谠）为石屏戴式之摘取百余篇，兼备众体，精矣。章泉所拈出，则其尤精而汰者也"，并且评价道"爱式之诗者，读此足矣"（⑨），极口称赞这部选本包罗了戴复古诗歌的所有精华。

赵汝谠编成《石屏小集》数年后，戴复古在友人的劝说下，开始整理手中零散的新作，得400余首。然后将此稿交给曾为第一部诗集作序的赵汝腾和金华王佖（字符敬），请二人编选。王佖曾师事王柏（1197—1274，字会之，号长啸、鲁斋。金华人），曾任福建转运副使。赵、王二人按照个人喜好各编选了一集，将二人所选合在一起，恰为原稿的一半分量，也就是选录了200首左右（⑩）。但集名不详，可能并没有刊行。

时隔不久，袁甫（？—？，字广微，号蒙斋，鄞县人）以赵、王两种选本为基础，再从中严格筛选出100首，附在赵汝谠编选的《石屏小集》后面，作为《续集》。因为此集是从400余首中经反复多次挑选后得到的100首，因此是一部名副其实的“精粹”选本。戴复古自己似乎也对选入这部集子中的自作有相当自信，自称“明珠纯玉，万口称好。无可拣择，是为至宝”(⑩)。

根据明人记载，萧泰来也曾为戴复古编过“第三稿”(弘治本卷首，明·马金《书石屏诗集后》)。萧泰来，字学易，又字则阳、阳山，号小山，临江(江西樟树西南)人，绍定二年(1229)进士，历任知隆兴府、监察御史等职，有《小山集》。他还曾于淳祐十一年(1251)为附录中63邓林的《皇荂曲》作过序文。

戴复古还有“第四稿”。李贾和姚镛编集，李贾刊行。李贾，字友山，号月洲，福建邵武人，与严羽、严粲有交往，并结为诗社。姚镛，字希声，号敬庵、雪篷，剡溪(浙江嵊州)人，嘉定十年(1217)进士，著有《雪篷集》。姚镛比戴复古年轻二三十岁，但与戴复古是忘年之交。⑪姚镛的题跋大概是为绍定年间成书的袁甫的《续集》所作，其中极力称赞戴复古的诗“大似”盛唐的高适:“大似高三十五辈……晚唐诸子当让一头。”(⑪)戴复古的这位年轻诗友姚镛在知赣州任中，曾因忤逆“帅臣”(安抚司长官)而被贬至衡阳(今属湖南省)，但戴复古却不远千里到衡阳与其会面，并托付近作，请求姚镛挑选佳作。姚镛共选出60首诗，为“第四稿下”。时为端平三年(1236)夏，戴复古已经70岁高龄了(⑭)。

同年秋，戴复古在从衡阳返回的途中，前往渝江(可能是江西新喻)县尉的官舍，会见另一位诗友李贾友山。当下他取出姚镛刚刚选好的“第四稿下”，李贾拿到诗卷后，吟诵不绝，“并入梓以全其璧”(⑮)。

综合姚镛与李贾之言，“第四稿下”为姚镛编选，而“第四稿上”为李贾编选。大概是戴复古先将第四稿的前半部分托李贾编集，再携此稿到姚镛处，与第四稿的后半部分一起交给姚镛，拜托他进行选定的。⑭姚镛题跋中有"且效李友山摘奇左方"的语句，证明了这期间的原委经过。在上引⑮李贾的跋文中有"全其璧"之语，表明与姚镛所选曾经合刻过。

此外，虽然没有找到宋人的相关记载，但似乎还有"第五稿"上下二卷。这是从戴复古后裔戴镛的题跋可知，戴镛曾为出版弘治本而奔波。——《石屏诗全集》虽然在宋绍定年间便已经刊行，但之后逐渐散佚。而戴镛见过其父在天顺初年抄录的"小集"和"续集"。而且还说其兄找到了"后集第四稿"下卷和"第五稿"上下二卷的刻本（弘治本卷尾戴镛的题跋）。这些本子虽然无法确定究竟是何人编选、何时刊行的，但他明确提到了确实存在"第五稿"上下二卷的刻本。而且从这篇题跋的记载还可以确认：姚镛所选"第四稿"下卷刻本的正式名称为"后集第四稿"。这样一来，一同上梓的李贾选"第四稿"上卷也应该是同样的书名，但可惜似乎在明代就已经散佚了。

如上所述，戴复古在生前时常编集刊行诗集，甚至多至"五稿"。戴复古的情形似乎是：将一定期间所咏的作品托付他人进行甄选，以100首左右为基准，编为一部部小集。而且，这些集子几乎全都刊行过。

四、江湖诗人和自撰诗集的出版(二)——以许棐为例

接下来看许棐（？—1249?）的例子。他的生卒年完全无法判断，但可能比戴复古要年轻。字忱夫，海盐（今属浙江）人。他一生未曾做官，这从陈起挽诗（《挽梅屋》,《芸居乙稿》）中有"弓旌不至叹遗贤"一句可知。此外，他于宝庆年间（1225—1227）前后曾隐居于海盐秦溪，在屋傍植梅数十株，号梅屋，居室虽然狭窄，却藏书数千卷，室中挂有白居易与苏轼的画像，以示尊崇，这些是勉强找到的他的一些个人信息。

陈起一共编纂刊行了许棐的六种著述，分别为《梅屋诗稿》《融春小缀》《杂著》《梅屋第三稿》《梅屋第四稿》《诗余》。在《融春小缀》和梅屋"第三稿""第四稿"的卷首都有许棐的小序，在"第四稿"的末尾附有简短识语。根据这些小序和识语，可知编集刊行这一系列集子的经过：

> ① 乱书中得旧稿数纸。稿自甲午至己亥诗，不满三十，更散失不得传，则与日月俱弃矣。并缀数文，为融春小编。(《融春小缀》小序)
>
> ② 己亥至癸卯诗，不满二十首。甲辰一春却得四十余篇。疑诗之多寡迟速，似有数也。天或寿予，予诗之数，固不止此。然当以贪多务速为戒。("第三稿"小序)
>
> ③ 右甲辰一春诗，诗共四五十篇，录求芸居吟友印可，棐皇恐。("第四稿"卷尾识语)

从这三段文字推测，首先，《梅屋诗稿》是许棐的第一部诗集，从第二部诗集所收为端平元年(1234)以后的作品判断，第一部诗集所收的可能是绍定年间(1228—1233)以前的作品。《南宋群贤小集》(《丛书集成三编》影南宋刊本)本所收诗共计104题112首。

第二部诗集《融春小缀》所收是从"甲午"即端平元年(1234)到"己亥"即嘉熙三年(1239)为止的诗作，共计22题26首，还有10篇散文，散文部分附有《梅屋杂著》的内题。

在②的小序中，根本没有提及"第三稿"和"第四稿"，也就是第三部、第四部诗集，从这个事实来看，可能它们是合刻本。"第三稿"所收的是"己亥"即嘉熙三年(1239)至"癸卯"即淳祐三年(1243)为止的15首诗，"第四稿"所收的是"甲辰"即淳祐四年(1244)春天为止的三个月间的诗，共33题37首。

如上，在第一部诗集以后，大概每隔五年便陆续编集刊行了第二、第三(第四)部诗集。许棐以五年为期,对诗稿进行整理,然后送给陈起,陈起再从诗稿中精选出一些上梓。许棐算不上一位多产诗人,但从端平元年到嘉熙三年的五年间,所作不到30首,从嘉熙三年到淳祐三年的五年间,所作不到20首,这个数字实在是寥寥。之所以这么少,是因为像②中透露的那样,与许棐的精神陷入了低谷有关,但恐怕事实不止如此。大概是许棐一直顾忌陈起品评眼光严格,所以自己先在整理诗稿时对作品进行了严格筛选。如上所述,陈起曾经是解元,具备和士大夫相当的学识。在诗歌方面,也有坚定的品评眼光,他自己也曾结诗社作诗,有诗集《芸居乙稿》传世附录中24)。为了能从既是著名出版商也是作者的陈起那里博得好评,许棐可能也作了相当的心理准备才对旧作进行筛选。即便如此,"第四稿"原本应有"四五十篇"(上述③),但现存版本只收录了37首,从这点看来,剩下的将近10首可能是因为没有得到陈起和其"吟友"的"印可",所以被排除在选择范围之外。

出版制作人陈起编集刊行的许棐诗集,对于南宋后期的江湖诗人来说,是最具有普遍性的形式。南宋后期,民间出版业虽然有了长足发展,但是出版一位没什么名气的当代布衣诗人的诗集,这事本来就承担着相当大的商业风险。陈起之所以能够在这种风险下还能收获成功,首先一点是,他的确具备洞察时代的眼光。其次,他在对待像许棐这样的布衣诗人时,从物质和精神两方面都给予了无微不至的支持[①],为此取得了他们

① 从两人的诗歌可知,陈起经常给许棐送去自己书籍铺出版的新刊书籍以及优质纸张、诗笺纸等。从其他多位江湖诗人的诗歌还可窥知,他在许棐以外,也没少给其他江湖诗人施以同样的援助。关于这点,可以参考拙稿《古近体詩における近世の萌芽——南宋江湖派研究事始》第13节"江湖派プロモーターとしての陳起"(宋代诗文研究会江湖派研究班《江湖派研究》第一辑,2009年),以及甲斐雄一《陳起と江湖詩人の交遊》(《南宋江湖の詩人たち　中国近世文学の夜明け》,勉诚出版,2015年)等。

极大的信赖，自然形成了以自己为中心的广泛的人际圈，这点也有很重要的关系。当然，他在京师的大街上设立的店铺也无疑对人脉的形成有很大作用。许棐等地方出身的布衣诗人在上京时，肯定会先到陈起的书籍铺。而且，其中一些人还会被邀请参加由他主办的诗会和诗酒宴会。可以推测，在这些得到陈起知遇之恩的诗人中，受到陈起赏识的人才能侥幸以小集的形式出版自己的作品。

五、江湖诗人出版诗集的两种途径

戴复古和许棐在出版诗集的形式上，有一处共同点以及一处相异点。

首先，共同之处在于，二人都曾请他人为自己甄选某段时间内的作品，并且以小集的形式陆续出版。陈起的书棚本虽然很多时候被看作是小集形式的代名词，但是从戴复古的例子也可以看出，刊行小集并不是陈起书籍铺的专利，而是南宋后期相当普遍的一种形式。

戴复古和许棐都是布衣江湖诗人，不管怎么说尚缺乏全国性知名度，从社会信任这点上来说，与士大夫相比要明显弱得多。但如果是小集的形式，则可将成本收益率的风险降低到最小化。如果控制出版成本，就可以使售价更便宜，也会刺激那些腰包渐鼓的市民阶层产生购买的欲望。大概避免经营上的风险才是广泛采用这种小集形式进行出版的直接原因。再想到刘克庄的“五稿”也是采用这种形式出版的，那么可以推测，既然已经不区别士大夫还是布衣诗人等社会身份了，首先要考虑的当然是如何削减出版成本。

接下来再指出两者间的相异处。许棐的例子中，从第一部诗集到最后的第四部诗集，担当出版前编定工作之责的一直都是陈起一个人。陈起虽然是一位让诗坛刮起一股新风的铁腕出版商，但是从社会身份这点上来说，他无疑属于非士大夫阶层的商人。另一方面，戴复古的例子中，他拜托为自作进行甄选和编定的对象无一例外都是士大夫。其中有像楼钥和真德秀那样在今日还为人熟知的诗人、学者，还有像赵汝谈、赵汝谠那样在当时被看作宗室第一，被称作"一代骚人之宗"[①]的宗室诗人。

这些异同很大程度上可能出于两人的年龄差。许棐的生年原本不详，实际上到底相差多少年纪无法详知，但是可能戴复古要年长几岁。至少，作为诗人来说，更早大展身手的是戴复古。陈起的出版事业步入正轨是在嘉定年间(1208—1224)，而戴复古在此之前就已在全国各地云游，因此可能按照老一辈的常识来决定自己的行为方式。这种常识就是：因为没有通过科举进入仕途，所以必须尽可能多地得到更多士大夫的知遇，并且从他们那里得到高度评价也是不可或缺的，如果没有他们的推举，是不可能得到官职的。这一点从比戴复古早十几年出生的江湖诗人姜夔和刘过的经历来看便一目了然。他们也曾云游天下，遍叩名士和权贵的大门。

这样，戴复古虽然被人揶揄为谒客诗人，但云游全国，与各地的名士(士大夫)结交，自己积极地开拓了一条通往仕宦的道路。他的足迹遍及福建、广西、湖南、湖北、江西、两淮等广大地区，曾经几次体验长期旅行。当时戴复古向与自己交流的士大夫们展示平生得意之作，似乎一心只想得到他们对自己的高度评价。

而且，在陈起的书籍铺成功以前，他要出版自己的诗集，士大夫的支持应该也是不可或缺的条件。参与戴复古诗集出版的出版机构，目前可以推测出来只有"第四稿"中的李贾的例

---

① 刘克庄《赵崇安诗卷》，《刘克庄集笺校》卷107，中华书局，2011年。

子。他曾经明确说过，在任县尉之职时，自己率先上梓了此集，那么《第四稿》很可能是他在职时利用可以自由使用的公家资金出版的。也就是说，这次刊行是由官署出资的官刻本。他的诗集是否都是官刻本无法确知，倘若都是官刻本，那么如果没有士大夫的强烈推荐和支持，无疑是不可能实现的。即便是民间的坊刻，是否已得到士大夫的认可也在很大程度上左右着出版成功与否。戴复古之所以拜托有诗名的士大夫甄选自作，请他们创作大量的序跋，大概也反映了当时的这种实际情况吧。虽然陈起出现后应该改变想法，但他最终还是选择沿着自己相信的道路前进。

许棐也曾经有过仕宦的志向，这从上引陈起的挽诗中有"弓旌不至叹遗贤"一句可以间接了解，如果仅读其诗作，他的态度却是非常被动消极的。其足迹可从诗题得知，除了故乡和京师临安以外，其他就只有安徽慈湖、江苏吴江、浙江绍兴等，都是江南一带离故乡或者离临安不太远的地方，这与戴复古形成了鲜明对照。大概他的性格是造成这种行动方式的内在原因，而他被陈起发掘，并且当时恰好由于陈起的书籍铺而给出版带来了一股新风气，他赶上了这样一个新时代，则是他没有采取与戴复古同样行动的最大外因。

民间作者和民间出版者不需要以士大夫作为中介，而是以几乎平等的关系直接联系在一起的现象是因陈起才首次出现的。江湖诗人们此时再也不用为了得到士大夫的青睐而长期离开故乡，在全国各地来回云游了。或者说，他们再也不用在士大夫门前吃闭门羹，低头哈腰地取悦他们，不用再忍受这些屈辱了——获得了一种新的途径，再也不用顾虑任何人，便可以上梓自己的诗作。虽然不一定是许棐自己希望的，但他很幸运地得到了这种机会。

南宋江湖诗人从 12 世纪后半期开始变得引人注目，关注他们会发现，随着时代的变迁，作者与出版的关联方式发生了不小变化。如果说第一代姜夔和刘过还没有实现实时出版的话，属于第二代的戴复古已经明确存在这种意识了。但是他也和姜夔、刘过运用了一样的方法理论，只知道接近士大夫，通过他们的支持来实现自撰诗集的出版。然后，大概是到了第三代许棐的时代，仅从发布自作这一点来说，已经进入了一个不需要仰仗士大夫支持也能实现的时代，当然，陈起这位书商的出现以及他实施的新出版战略促进了这种变化的发生。但是不论如何，这一结果至少允许那些生活在陈起书籍铺还继续存在的晚宋半个世纪内的江湖诗人们，拥有与旧时代江湖诗人不同的新梦想和希望，并且允许他们抱有一些自信和勇气。

六、诗人、编者与书肆

在南宋中期至后期发生的变化中，最大而且意义最深刻的现象应该是一群属于非士大夫阶层的布衣诗人在生前上梓刊行了他们的自撰集。南宋中期的杨万里最早积极地在生前刊行自撰诗集，这种行为到了南宋后期，不仅渗透到了士大夫阶层之间，而且实际上波及了民间。对这种新潮流的出现作出最大贡献的是陈起。本章之前都将焦点集中在诗人身上，论述了南宋后期发生的变化，这节将改变视角，将焦点放在制作书籍的一方。

陈宅书籍铺由陈起开创，其子陈续芸继承家业，经历了晚宋的半个多世纪，对新诗风的形成有巨大影响。如前所述，嘉定年间以后，除了出版叶适所选的《四灵诗选》、赵师秀所选的《二妙集》和《众妙集》，以及引发诗祸的《江湖集》以外，仅现在可以确认的由此店编纂刊行的还有以中晚唐为主的唐人诗集小集116种，以及南宋江湖诗人小集90种左右（这个数字中包括影宋钞本、翻刻本)。①

书棚本,也就是陈宅书籍铺刊行的书籍,从内容上来说,几乎都是以所谓的晚唐体诗歌为中心,版式统一,十行十八字,而且最大的特征是,原则上都是以一卷本的小集形式陆续出版。如本章第三节中已经论述的那样,戴复古在陈宅书籍铺以外出版的诗集也都是小集形式,也都是以一卷本的小集为原则,这种形式在南宋后期虽然不一定是陈起的特殊专利,但是出版了这么多种(共计 200 种以上),以及在内容上保持统一性(以晚唐体诗集为主),在当时没有其他人能够同时实现这两点,因此,把他看作最大力度推行这种按照统一规格进行出版的人,一点也不为过。

如上一部分开头所记述的,这种出版形式有两点非常切合时宜。第一,能够减轻成本收益率的风险。当时的印刷出版业与北宋相比,已经有了显著的发展,但即便如此,仍然可以推测当时出版所需的经费决不是笔小数目。因此,要让一家民间书肆负担经费,来出版一部数十卷甚至超过一百卷的大部头书籍,这会给经营带来相当大的压力。但如果是一卷本的话,那么可以相当有效地减轻经费负担。缩减了经费成本,流动资本就更加宽裕,就可能实现前所未有的崭新的出版计划。因此,这点对于书肆一方来说,也是个一箭双雕的有利因素。可以说,正是这一条件使得陈宅书籍铺能够以当时尚缺乏知名度的江湖诗人为对象,以系列出版物的形式陆续刊

① 目前最精确且详细的相关研究,有罗鹭先生如下一系列论文,本章也参考依据了这些研究成果:

a.《〈江湖前、后、续集〉与〈江湖集〉求原》(《新国学》第 8 卷,巴蜀书社,2010 年);

b.《书棚本唐人小集综考》(《国学研究》第 33 卷,北京大学出版社,2014 年);

c.《宋刻〈南宋群贤小集〉版本发微》(《古典文献研究》第 17 辑下卷,凤凰出版社,2014 年)。

行他们的诗集。

第二，如果缩减成本，当然会控制售价。而且，如果是一二卷的书籍，那么可以常常揣在怀中，方便携带。因为是以近体短诗型为主的晚唐体诗集，所以对于那些属于传统文化边缘人物的非士大夫阶层的富裕的城市居民来说，无疑也是能比较轻松入门的内容。至少与厚重的经书和史书相比，应该说确实如此。但又与浅近卑俗的通俗读物不同，它们确实具备了自《诗经》以来的属于传统雅趣的内容。加之，作者并不仅是遥远的古代诗人，而是呼吸着同一片空气的当代作家，而且其中不光有那些他们无缘接近的居大雅之堂的高级士大夫，也有近在身边的布衣诗人的近作，这点大概也会提高新读者层的购买欲望吧。当时恰逢新读者层以都市为中心而急速形成之时，陈起所实施的统一规格的出版战略正好符合这种新时代的变化。从消费者一方出发，这第二点也是具有吸引力的有利条件，也就是所谓的优点。

如此这般，在南宋后期的临安开始流行晚唐诗，并且吸引了众多江湖诗人，其中心有陈起及其书籍铺在坐镇。客观来说，他和其书籍铺创造出了一种传统文化中的新潮流，并且成了这种潮流的最大基地。江湖诗人之一叶茵（1200—?）赠给陈起的如下诗句很好地显示出当时陈起在他们中间是怎样一种存在：

气貌老成闻见熟，江湖指作定南针。①

从上面的诗句可以想见，当时的陈起远远不止作为一名书商而存在，更是集江湖诗人们的人望和信赖于一身。其他江湖诗人，如赵汝绩（? —?）也曾创作下面这首七绝《柬陈宗之》送给

① 《赠陈芸居》，见《南宋群贤小集》所收《顺适堂吟稿丙集》，台湾艺文印书馆，1972年。

陈起：

略约东风客袖寒，卖花声里立阑干。有钱不肯沽春酒，旋买唐诗对雨看。[1]

诗题中的“柬”字同“简”字。这是一首代替书信而赠人的诗。起句中的“略约”与“约略”同，是“稍稍、略微”的意思（中华书局版《近代汉语大词典》）。赵汝绩是太宗八世孙，却以布衣终生，字庶可，曾于会稽筑山台，其诗集亦因此而命名。戴复古也有《题赵庶可山台》诗二首[2]。在诗的后半部分，他写到用买新酒的钱购买（陈起出版的）唐人诗集来读。诗歌前半部分描绘了一个打发客愁的作者形象，这种写法通常暗示接下来将展开饮酒的画面，但此诗却用翻案法来终篇。仿佛在歌咏：对于身处异乡的江湖诗人来说，还诞生了除酒以外的另一种忘忧之物。从中也可以看出这是陈起所创造出的流行的一种反映。

以上述内容为基础，这里想重新对本章第二节中论及的刘克庄“五稿”进行检讨。即想探讨一下为什么陈宅书籍铺刊行的刘克庄早期诗集不是全集，而是经过严格挑选的选集这个问题。

《后村先生大全集》卷一的开头附有识语：“公少作几千首，嘉定己卯自江上奉祠归，发故箧尽焚之，仅存百首，是为《南岳旧稿》。”[3]根据这句话，刘克庄的第一部诗集只从原稿中严格挑选出十分之一，其余的都被焚毁了。大概第一稿至第四稿也同样如此吧。侯体健先生注意到《大全集》所收作品几乎都是编

① 《江湖后集》卷7《山台吟稿》，《文渊阁四库全书》本。

② 《全宋诗》第54册，第33492页。

③ 此文看起来似乎是《大全集》的编者所加的按语，但是根据前注程章灿先生的论文，在新发现的《南岳旧稿》卷末，也揭载着内容几乎完全相同的识语，开头的“公”字作“余”字。如果是“余”字的话，那么就是刘克庄的自注，参考价值更高。

年编集这一事实，调查了收录数量经过若干年后的变化，指出刘克庄在晚年的十九年间，年平均的作品数量相比于之前的30—40首，增加了约四倍，变成了约160首，他还论述了刘克庄的自编意识也从青壮年时期的"求精"态度——只是将经自己严格筛选后的佳作呈献给世人，到晚年时则转变为"求全"态度——努力保存全部作品，似乎为了用自作诗歌构成一部细致的自传。[①]

侯先生这一观点极其重要，他指出的结论也应该是正确无误的，但是至少从"五稿"来说，将经过精心挑选的100首左右作品收在一卷内，这种编集态度与陈宅书籍铺书棚本的规格也是完全一致的，所以这不仅是著者刘克庄的意愿，还应该将出版者兼编者陈起的想法考虑在内一并进行考察。从本章附录可以看出，陈宅书籍铺除了一部分例外以外，都是以出版一卷的小集作为基本营业方针的，这理所当然也会要求著者一方的诗稿作品数量与之相符。从现存书棚本也可以看出这样一些痕迹。

例如，张至龙的《雪林删余》(附表中44)自序中有"比承芸居先生，又为摘为小编，特不过十中之一耳"一句，说明他受陈起委托，从自作中严格挑选出了十分之一。像本章第四节中提到的那样，许棐也将经过自己严格挑选的诗稿送给陈起，再由陈起对此稿进行筛选。因此，刘克庄的"五稿"也是这样，即便作品的选定是由他一人进行的，也很可能是事先就了解陈宅书籍铺的规格，然后再自己进行筛选。也就是说，刘克庄对待"五稿"的"求精"态度也可以解释为：不完全是出于他个人纯粹的自发性要求，倒不如说是陈宅书籍铺的统一规格，再加上编者陈起要求如此的。

① 参考前注侯体健先生的论文。

一部诗集在刊行前的过程大体可以分为三个阶段。首先是著者自己对旧稿进行整理的阶段，第二是由编者进行编集的阶段，然后第三是将完成编集的诗稿刻版木进行印刷，进入流通渠道的阶段。至南宋中期为止，至少第一、第二个阶段完全是由士大夫进行的。自编的情况自不用说，即便是由他人编集的情况，也大抵是由子孙和门人、知己好友担当其任的，可以说是与该诗人有关的亲朋，也就是由属于士大夫阶层的人们着手进行的。即便是进入第三个阶段，如果是由士大夫一方准备出版资金，那么就成了官刻或家刻，即使书籍实际上是由民间书肆制作，也几乎没有民间书肆对编集插嘴的余地。即便完全是坊刻，只要是士大夫的著述，便可推测著者或者编者的发言权就非常大，书肆大多起的只是承包作用。

然而，如果仔细研究陈起书籍铺的出版活动，那么很显然这种由士大夫主导的稳定的三者关系已经发生了明显巨变。一言以蔽之，编者增加，编者开始对著者提出强制性要求。当然，其中还掺杂着营利这一对民间书肆来说关乎存亡的问题，不过从结果上来说，专业编集者为了制作出畅销书籍，对著者提出的要求越来越多——这与现代出版业是一样的，而这种现象早已出现在陈起和他周围的诗人们之间。

当然，陈起并不是对所有诗人都同样严格要求。例如，他曾经出版了当时的大官郑清之的《安晚堂诗集》十二卷（附录中14），按照陈宅书籍铺的大方针来说，这次刊行的诗集从分量上来说是一次破例，但其背景是：郑清之在陈起因江湖诗祸得罪之际提供了支持，他的进言减轻了陈起之罪，因此这次刊行很可能是为了报恩。另外，他还刊行了江湖诗人戴复古和周弼四卷本的诗集（附录中10、28）。这大概是因为两人已经在坊间确立了诗名，所以受到了特别的对待。但是除了这些少数例外，即便是士大夫的诗集，他也几乎都是严格地按照书籍铺的原则执行的。因此，当时刘克庄只不过是个处于少壮时期的士大夫诗人，他的“五稿”也按照陈起书籍铺设立的原则进行出版，这合乎情理。

这里再附上一点与新发现的“五稿”相关的事情。程章灿先生曾将“五稿”与五十卷本《后村居士集》以及二百卷本《大全集》进行对照，并且指出其中的异同之处，提出了各种疑问，但其中问题较大的主要有两点：第一，“五稿”的现存四种都在卷首明确记载了收录数量为“诗一百首”，但是实际上都不是100首，所记与收录作品数存在龃龉；第二，为什么唯独缺少“第二稿”，其原因是什么？

当然，针对这两点疑问，也完全可以认为前者可能只是标出了个概数而已，后者则是因某种偶然契机，在传承过程中唯独遗失了“第二稿”。但是笔者在这里想大胆地从陈宅书籍铺的角度进行考虑，来陈述笔者的猜想。

笔者推测，此“五稿”并非嘉定年间的原刻本（初刻本），而是诗祸事件（宝庆三年，1227）发生后不久，更确切地说，是绍定六年（1233）权臣史弥远去世以后，在对版木进行了最低限度修正以后增刷的刊本。所记与收录作品数的龃龉可能是因此时进行了微调而产生的。由诗祸事件而颁布的销售禁令以及烧毁版木的命令，所针对的对象都是那些收录了朝廷认为有问题的作品的集子。根据当时文献的记载可知，御史台认为的刘克庄有问题的作品是《落梅二首》与《黄巢战场》，而这些作品都收在“第二稿”中。因此可以猜想，“五稿”中只有“第二稿”的版木是废弃的对象。另一方面，其他四种诗稿通常应该会被置之不管，因此在诗祸的势头渐渐过去时，他又利用初刻本的版木，加以一些修正后进行增刷。

另一方面，“第二稿”的版木已经不存在了，如果要和其他四种诗稿一起再刊的话，那么非得再次雕刻版木不可。因为这部诗集中收录了一些容易引起人注意的作品，所以即使重新雕刻版木后除了回收成本以外，估计还有剩余利润，但陈起没有选择这样做。原因是：虽然曾极、敖陶孙、赵汝迕、刘克庄以及陈起五人都因为诗祸被问罪，但其中受到实际损失最大的是陈起。其他四人都是士大夫，或受到降职处分，或被贬谪，总体来说都是比较短期的轻度处分而已，相比之下，陈起却是流罪，而且还接到了废弃版木的命令，遭受了实质性的损失。版木对于书肆来说是最大的财产。店主既然已经不在店中，连一部分版木也被烧毁，再加上官府的监视，这会给书肆的经营造成极大的障碍吧。因此，虽然同样都是与诗集相关的伙伴，但此刻陈起一定深刻感受到了他与四位士大夫之间存在着不可逾越的鸿沟。此外，他也一定真切感受到了一家民间书肆在招致了权臣怨恨时那种恐怖感。因此在诗祸的风声已经过去，准备重刊"五稿"时，即使没有任何干扰，他也会把诗祸当作一次教训，为了杜绝后顾之忧，才没有着手重新雕刻"第二稿"的版木。

程章灿先生在解释"五稿"中唯独缺少"第二稿"的原因时，引用了最早向学界介绍"五稿"学术价值的程有庆先生的推测[①]。程有庆先生认为这可能是由于当时禁令非常严格，收藏这部诗集的藏家害怕会连累自己而受到处分。但是笔者推测事实并非如此，新发现的"五稿"原本就不是嘉定年间的初刻本，而是诗祸后的增刷本，当时"第二稿"并没有收在"五稿"中进行贩卖。笔者想将"第二稿"的缺失解释为：这反而能真实地向后世传达出陈起的深谋远虑。当然，这种推测并没有任何证据，也有可能只是笔者的臆测。

---

① 程有庆《〈南岳旧稿〉追忆》，《藏书家》第12辑，齐鲁书社，2007年。

七、小结——士大夫诗人和布衣诗人与各自刊行的诗集

以笔者之前论述的内容为基础，可以将唐宋六百五十年大体区分为三个时期。

第一期从唐初至北宋中期。可以概括为：诗人在生前自编自撰集的行为受到媒体环境或者媒体条件的左右，但已经在逐渐普遍化的时期。

第二期从北宋后期至南宋初期。媒体环境从先前由写本独占的时代转变为写本与版本并存的时代，但是诗人并没有立刻实现在生前刊行诗集，直到北宋后期，也就是11世纪后半期，才以苏轼为嚆矢最终得到实现。但是当时执诗坛牛耳的士大夫们一概对民间出版采取批判态度，也没有找到例子证明他们自己曾在生前刊行过自撰集。这种状况一直持续到了12世纪中期。

第三期从12世纪后半期至宋朝灭亡的瞬间。南宋中期时，进入印刷时代已经过了约两个世纪，这才终于出现了历史上首次由士大夫率先亲自在生前刊行自撰诗集的现象。陆游和杨万里二人几乎在同一时期刊行了自己的诗集，尤其是杨万里，他并不拘泥于此前士大夫们普遍表现出的保守态度，他将自己的诗集以“一官一集”的速度陆续刊行。此后，直至宋朝灭亡为止的六七十年之间，士大夫诗人自不用说，就连布衣诗人也陆续在生前开始刊行自撰诗集。

以上所述三段时期的变化可以说是以一种紧跟媒体环境变化的形式进行的。三段时期当中变化最大的是第三期，但是如果之前没有民间出版业的成熟，是不可能出现的。当代的信息由印刷而传播的现象已经日益渗透，终于开始以当代文学为对象，这最终改变了文化上态度保守的士大夫们的想法。这种变化的分界线就是在南宋中期产生的，更确切地来说，是由于

杨万里的选择，才促成了诗集在生前的刊行吧。

然而，如果关注最后的半个多世纪会发现：当时的确存在着士大夫诗人和布衣诗人两个层次。虽然有杨万里这样的先驱，但对于一般的士大夫而言，“文”还是要比“官”和“学”的位置低得多。因此对他们来说，被当代人称赞为“诗人”并不完全是件值得庆幸的事。但是对于布衣来说如何呢？他们与士大夫一定是完全相反的。被士大夫看作“诗人”，这意味着在构成士大夫的文化要素中，至少有一个领域他们是受到了认可，所以至少在文化上来说已被认为是“士”，地位在“庶”之上。而且，如果能在生前刊行自撰诗集，也确实会增加士大夫社会公认他们是“诗人”的可能性。因此，对于布衣来说，在生前刊行自撰诗集一事比对于士大夫来说远远具有更加重要的实际意义。这样，虽然是同一类行为，但由于社会身份的差异，也有了完全相反的社会意义。对于那些把作诗当作唯一武器来进入上层社会的人来说，所刊行的自撰诗集具有十分重要的意义。

只要想象一下当今现实社会中那些以作诗为职业的职业诗人的处境，就很容易理解这点了。连一册诗集也没有公开刊行过的人，可能我们很难把他称为诗人。当然，现代的职业诗人和13世纪的江湖诗人并不能等同，但是至少可以说，江湖诗人借助了陈起这位举世罕见的出版商之力，向现代职业诗人的方向迈进了一大步，这样说并没有言过其实吧。

本章中屡次提及的侯体健先生，在对诗人进行界定时提出了非常有意思的观点。[①] 侯先生引用了刘克庄和宋代的遗民、同时也因其为《心史》著者而知名的郑思肖（1241—1318）

---

① 参侯体健《晚宋の社会と詩歌》，河野贵美子译，载《南宋江湖の詩人たち 中国近世文学の夜明け》，勉诚出版，2015年。

的话语[①]，论述了在宋元朝代更替时期到底有哪些人被看作“诗人”。刘克庄和郑思肖都将当时的名人划分为几种类型进行叙述，但奇怪的是两人都对“诗人”拥有几乎相同的认识。

所引刘克庄之文是作者为“以诗游江湖”（元·韦居安《梅礀诗话》卷下）的天台刘澜（字养源，号江村）的四卷诗集所作的跋文，其中他围绕着批评诗的只能是“诗人”，也就是“诗之本色人”的观点展开论述。这里的“诗人”与“诗之本色人”同义，相当于专业诗人的意思。刘克庄断定为刘澜诗集作序的方澄孙(1214—1261)是“文章之人”，并不是“诗人”，然后又反过来说自己“少有此癖”，坦言自己在年轻时期便耽于作诗，但此后一直为俗务缠身，“入山十年”后，才终于像一位本色人了，但此后又成为词臣，日夜作的都是职务文字，不再作诗，最终变得与方蒙仲完全没有两样了。年轻时期是指《南岳五稿》的时代。“入山十年”可能是指淳祐十二年(1252)他在66岁以后寓居在莆田的八年时间[②]。不论如何，晚年的刘克庄在回顾自己一生时，认为自己并不是真正的诗人。

郑思肖则更加具体地列举了人名，将活跃在理宗时期的人物进行了归类。其中，郑思肖认为是“诗人”的共有21名：“徐抱独逸、戴石屏复古、敖臞庵陶孙、赵东阁汝回、冯深居去非、叶靖逸绍翁、周伯弜弼、卢柳南方春、翁宾旸孟寅、曾苍山幾、杜北山汝能、翁石龟逢龙、柴仲山望、严月涧中和、李雪林龏、严华谷粲、吴樵溪陵、严沧浪羽、阮宾中秀实、章雪崖康、孙花翁惟信。”其中加了下划直线的五人，名字见于本章附录揭载的现存书棚本名单。此外再参照张宏生先生界定的属于

---

① 刘克庄的文章名为《跋刘澜诗集》(《刘克庄集笺校》卷109，中华书局，2011年，4520页)，郑思肖的文章名为《中兴集自序》(《郑思肖集》，上海古籍出版社，1991年，99页)。

② 参考侯体健《刘克庄的乡绅身份与其文学总体风貌的形成——兼及“江湖诗派”的再认识》，载《中山大学学报》(社会科学版)2011年第3期。

江湖派诗人的138人[1]，也至多只能加上带波浪线的三人。虽然至今经历未详者仍很多，但至少这些人中没有高级官僚，全都是下级士大夫或者布衣，几乎可以将这些人都看作江湖诗人一类。

如上，到了唐宋六百五十年的最后半个世纪，“诗人”开始从官僚、学者甚至文章家中独立出来，明确缩小了所谓的以作诗为专业的人的范围，使这种人的轮廓也开始变得更加清晰。虽然刘、郑二人自己没有提及，但是在他们两人看来，唐宋士大夫诗人的代表如韩、柳、元、白、苏、黄、杨、陆等，或许都不是单纯的“诗人”。而且，如果笔者的考察[2]是正确的话，那么正是因为他们自己本身也有程度之差，所以没有必要一定选择让别人把自己看成“诗人”。如笔者在本书Ⅳ编三章中论述的那样，宋末元初是一个传统文艺的通俗化急速发展的时代。就诗歌来说，作者层的范围扩大，作者数量增加。在这种变化中，传统文艺的专业化或者分工细化也在同时进行着。

但也不能因此马上断定，传统诗歌的重心在这时便已经迅速从士大夫移到了布衣。而且也并非意味着专业诗人的诗已经从质量上凌驾于士大夫的诗歌之上。诗坛的中心仍然是士大夫阶层。虽说如此，在士大夫阶层的边缘，确实出现了另一个中心，而且不难想象，在这个中心活跃的专业诗人们，是一边感受着来自市民阶层中的读者兼作者的热烈视线，一边积极进行创作活动的。这一点也可以看作是宋末元初的特征。如上所述，这种新的发展是由于陈起这位职业编辑和江湖诗人这批专业诗人的合作而产生的。这里姑且不评价这到底应该看作是传统诗歌的衰退还是进化，但是笔者想在这里再强调一点，这种合作确实是向着我们现代的方向迈进了一大步的决定性瞬间。

① 张宏生《江湖诗派研究》附录一“江湖诗派成员考”，中华书局，1995年。
② 请参照本书第七章。

附表：南宋江湖诗人现存书棚本诗集概况

○ 本表以《南宋群贤小集》(《丛书集成三编》影印南宋刊本)以及《南宋六十家小集》(上海古书流通处影印汲古阁影宋钞本)中所收的各人诗集为对象。

○ 带下划线的13、14、22、31、36、39、44等七种诗集在《南宋群贤小集》未收，只在《南宋六十家小集》有收录。

○ 用阴影标出的6、33、40、45、53、57、62等七种别集没有采用书棚本的标准版式(十行十八字)，但可能是属于书棚本。而且都收录在上记两种丛书当中，与各种江湖诗集非常接近。因此这次包括在调查对象当中。可参考罗鹭《书棚本唐宋小集发微》(《第二次南宋江湖诗派国际研讨会资料集》，2012年10月)。

○ 为了显示出诗人活跃时期的分布，本表按出生顺序排列。并且将15年到20年左右的时间设为一个时代，分为Ⅰ—Ⅳ期。只是，大部分江湖诗人的生卒年未详，因此只是方便起见的大致区分。原则上各代最前面所列的是生(卒)年已知的诗人，未详的诗人则一律排在后面。

○ 数字上加黑色方框的表示没有担任过官职的非士大夫诗人。

	诗人名	生卒年	诗集名	卷数	叶数	篇数	
参考	陆游	1125—1210					
	范成大	1126—1193					
	杨万里	1127—1206					
	叶适	1150—1223					
Ⅰ	1 张良臣	？—1187	雪窗小集	1	6	34	1163年进士
	2 刘过	1154—1206	龙洲道人诗集	1	26	105	
	3 敖陶孙	1154—1227	臞翁诗集	2	11/11	22/24(46)	
	4 徐照	？—1211	芳兰轩集	1	21	104	补遗1卷3叶12首
	5 姜夔	1155？—1221？	白石道人诗集	1	32	166	补遗1卷1叶3首

（续表）

	诗人名	生卒年	诗集名	卷数	叶　数	篇　数	
Ⅰ	6 周文璞	？—1221	方泉先生诗集	3	目 7/29/28/27	80/77/95(252)	
	7 徐　玑	1162—1214	二薇亭集	1	22	104	
	8 葛天民	？—？	葛无怀小集	1	20	93	与姜夔交游
	9 刘仙伦	？—？	招山小集	1	10	33	与刘过并称为“庐陵二刘”
Ⅱ	10 戴复古	1167—？	石屏续集	4	10/5/6/5	36/18/23/31(108)	
	11 赵师秀	1170—1219	清苑斋集	1	30	132	补遗 1 卷 3 叶 9 首
	12 高　翥	1170—1241	菊涧小集	1	11	107	
	13 赵汝鐩	1172—1246	野谷诗稿	6	11/11/13/13/13/18	28/21/38/60/67/67(281)	
	14 郑清之	1176—1251	安晚堂诗集	7	各 10	45/46/29/21/29/42/34(246)	12 卷中，存卷 6—12
	15 薛师石	1178—1228	瓜庐集	1	24	112	
	16 刘　翰	？—？	小山集	1	6	23	1184 年进士
	17 高似孙	？—？	疏寮小集	1	5	13	1187 年进士
	18 危　稹	？—？	巽斋小集	1	6	24	1187 年进士
	19 翁　卷	？—？	苇碧轩集	1	26	121	补遗 1 卷 4 叶 15 首
	20 杜　旃	？—？	癖斋小集	1	6	19	从吕祖谦(1137—1181)学
	21 沈　说	？—？	庸斋小集	1	11	53	宁宗时由上庠登科

（续表）

	诗人名	生卒年	诗集名	卷数	叶　数	篇　数	
Ⅲ	22 岳　珂	1183—1234	棠湖诗集	1	16	100	
	cf 刘克庄	1187—1269	＊南岳旧稿	1	?	101	《南岳五稿》2006 年发现于福建福清一古宅口，共有 81 叶，缺第二稿。
			＊南岳第一稿	1	?	99	
			＊南岳第二稿	?	?	?	
			＊南岳第三稿	1	?	96	
			＊南岳第四稿	1	?	97	
	23 许　棐	? —1249?	梅屋诗稿	1	22	112	
			融春小缀	1	5	26	1234—1239 年之作
			梅屋第三稿	1	3	15	1239—1243 年之作
			梅屋第四稿	1	7	37	1244 年之作
	24 陈　起	? —1256	芸居乙稿	1	19	76	
			芸居遗诗	1	11	52	
	25 吴　渊	1190—1257	退庵先生遗集	2	9/11	诗 16，词 2	
	26 姚　镛	1191—?	雪篷稿	1	7.5＋8.5	诗 35，杂著 14	
	27 林希逸	1193—?	竹溪十一稿诗选	1	24	108	
	28 周　弼	1194—?	汶阳端平诗隽	4	12/? /14/10	28/53/53/64 (198)	歌行、五律、七律、绝句

（续表）

	诗人名	生卒年	诗集名	卷数	叶　数	篇　数	
Ⅲ	29 李　龏	1194—？	梅花衲	1	33	七绝 147＋五绝 65	集句
			剪绡集	2	9/19	乐府 28/七绝 92	集句
	30 释绍嵩	1194—？	亚愚江浙纪行集句诗	7	14/12/13/16/9/8/9	55/47/54/51/55/55/59(376)	集句
	31 叶绍翁	1194？—？	靖逸小集	1	10	48	与葛天民、陈起交游
	32 罗与之	1195？—？	雪坡小稿	1	？	65	
	33 刘　翼	1198—？	心游摘稿	1	4	19	1261 林希逸序
	34 宋伯仁	1199—？	雪岩吟草	1	18	100	西塍集，1238—1239 之作
	35 叶　茵	1200？—？	顺适堂吟稿甲集	1	15	70	
			乙集	1	15	70	
			丙集	1	15	70	
			丁集	1	16	70(280)	
	36 张　弋	？—？	秋江烟草	1	9	42	1218 丁焴跋
	37 释永颐	？—？	云泉诗集	1	23	112	与周弼、赵师秀交游
	38 邹登龙	？—？	梅屋吟	1	9	39	与戴复古、宋自逊交游
	39 陈鉴之	？—？	东斋小集	1	13	54	与陈起、敖陶孙交游
	40 赵希楷	？—？	抱拙小稿	1	7	32	名著于宝庆间（1225—1227）
	41 武　衍	？—？	适安藏拙余稿	1	8	七绝 47	名著于宝庆间

（续表）

	诗人名	生卒年	诗集名	卷数	叶　数	篇　数	
Ⅲ			适安藏拙乙稿	1	11	53	
	42 胡仲参	？—？	竹庄小稿	1	15	75	绍定间（1228—1233）与陈起交游
Ⅳ	43 朱继芳	1208—？	静佳龙寻稿	1	11	七绝 100	1232 年进士，与张至龙同里
			静佳乙稿	1	18	86	同岁
	44 张至龙	1208？—？	雪林删余	1	12	67	1255 年自序
	45 薛　嵎	1212—？	云泉诗	1	58	277	1256 年进士
	46 王同祖	1219—？	学诗初稿	1	17	七绝 100	1240 年自序
	47 林　同	？—1276	孝诗	1	61		刘克庄序
	48 俞　桂	？—？	渔溪诗稿	2	7/7	39/42(81)	1232 年进士
			渔溪乙稿	1	7	36	
	49 朱南杰	？—？	学吟	1	11	42	1238 年进士，1248 年自序
	50 利　登	？—？	骳稿	1	20	71	1241 年进士
	51 施　枢	？—？	芸隐横舟稿	1	15	76	1240 年自序
			芸隐倦游稿	1	21	101	
	52 黄大受	？—？	露香拾稿	1	10	34	1241 年郑清之跋
	53 张　蕴	？—？	斗野稿支卷	1	12	62	与施枢交游
	54 吴惟信	？—？	菊潭诗集	1	7	34	与施枢、高似孙唱和
	55 王　琮	？—？	雅林小稿	1	6	29	嘉熙间为江东安抚司参议

（续表）

	诗人名	生卒年	诗集名	卷数	叶数	篇数	
Ⅳ	56 徐集孙	? —?	竹所吟稿	1	26	122	与叶绍翁、林洪交游
	57 李　涛	? —?	蒙泉诗稿	1	6	24	与林洪交游
	58 林尚仁	? —?	端隐吟稿	1	12	54	1251 年陈必复序
	59 释斯植	? —?	采芝集	1	16	89	
			采芝续稿	1	11	53	1256 年自跋
	60 毛　珝	? —?	吾竹小稿	1	17	82	1258 年李龏序
	61 陈必复	? —?	山居存稿	1	6	28	1250 年进士
	62 黄文雷	? —?	看云小集	1	13	52	1250 年进士，与利登、赵崇嶓、曾原一等为诗友
	63 邓　林	? —?	皇荂曲	1	11	50	1256 年进士，1251 年萧泰来序
	64 赵崇鉘	? —?	鸥渚微吟	1	8	48	宋亡隐居
	65 陈允平	? —?	西麓诗稿	1	20	86	元初，与周密、张炎交游
	66 何应龙	? —?	橘潭诗稿	1	7	七绝 42	与陈允平交游
	67 吴汝弌	? —?	云卧诗集	1	3	11	从包恢（1182—1268）学
	68 葛起耕	? —?	桧庭吟稿	1	7	30	与赵崇珊（1256 年进士）交游
未详	69 余观复	? —?	北窗诗稿	1	4	12	

（张询　译）

Ⅳ

何为诗之“近世”

第九章　宋诗能否称为“近世”文学

一、序言

第一个明确地将宋代定位为中国近世社会之开始的人物，是内藤湖南（内藤虎次郎，1866—1934）。[①] 此说发表之初，曾引起许多议论，但至少在今天的日本，已成为最广泛地被接受的有关中国史时代划分的通说。[②]

内藤以唐宋之间政治结构上的变化为中心展开其议论，并附带涉及经济、学术、文艺诸领域之变化，综合起来得出结论：唐代是中世社会的终焉，北宋是近世社会的开始。

这个观点，今天看来仍未陈旧，是值得充分肯定的一大卓见。不过，若深入到具体细节，则也有需要慎重验证的部分，因为内藤之说终究不过是“概括性的”“时代观”，并非严密周到、细大不捐的详论。特别是在本章要论述的文学方面，内藤只是附带涉及而已，并且所涉及的只有“词”一个领域。

“词”确实是一种新兴的样式，所以，若认为它更多地反映出时代的新面貌，那是完全可以成立的见解，假如宋代的作家们都只热心地创作“词”，则如此简单的涉及也许亦足以解决问题。然而，仅从现存资料就可看出，宋人的意识并非那么单纯。

将有宋一代的诗词总集《全宋词》和《全宋诗》作一对比，前者收录的作者数是一千三百余名，而后者多达九千名左右，今日有“诗”留存的人数实为有“词”留存者的近七倍。至于作品

① 《概括性的唐宋时代观》，《内藤湖南全集》第八卷，筑摩书房，1969 年；最初发表在《历史与地理》第 9 卷第 5 号，1922 年 5 月。

② 可参考王水照《重提“内藤命题”》（《文学遗产》2006 年第 2 期）。

总数，虽然尚无准确的统计，但单从两者的页数来判断，相对于5册约4 000页的《全宋词》，72册45 000余页的《全宋诗》也是前者的十倍以上（顺便提及，《全宋文》总计360册8345卷，其篇幅更为《全宋诗》的数倍）。

如果简单地接受这样的事实，则可判断，在宋人看来，更具普遍价值的诗歌是“诗”而不是“词”。[①] 因此，从正面论述宋代诗歌的“近世”问题，本应首先指出“诗”的具有革新意义的变化，才是该论题的真正开启。所以，本章的任务就是在《诗经》以来的传统文学之领域，尽笔者之所能，考察宋代产生的具有近世性的现象。[②]

二、什么样的时代叫作“近世”

在开始考察之前，首先必须明确的是“近世”含义的问题。历史分期中的“近世”（Early Modern），顾名思义，就是已经过了“中世”（the Middle Ages），却也尚非“近代”（Modern），即两者之间的过渡期。正因为是过渡期，所以这个时代不存在独一无二的普遍性标志，但仍可以设定重要的关键词来衡量之，那就是“世俗化”（“通俗化”）。

无论是历史分期的四期说（古代—中世—近世—近代）、三期说（古代—中世—近代）还是二期说（前近代—近代），贯穿其

① 近年，越来越多的研究者对“唐诗宋词元曲”即“一代有一代之文学”的说法提出质疑。例如齐森华、刘召明、余意《“一代有一代之文学”论献疑》（《文艺理论研究》2004年第5期）、陈军《“一代有一代之文学”观与戏曲身份的认同》（《云南师范大学学报》第37卷第6期，2005年11月）、欧明俊《词为宋代“一代之文学”说质疑》（《中国韵文学刊》第19卷第4期，2005年12月）、沈松勤《“宋词一代之胜说”释疑》（《浙江大学学报》第36卷第1期，2006年1月）、欧明俊《“唐诗宋词”说评议》（《福建师范大学学报》2007年第4期）等。

② 本章原为笔者《古今体诗领域的“近世”之萌芽——南宋江湖派研究发端》（《江湖派研究》第一辑，2009年2月）的一部分。该论文也涉及有关印刷媒体的诸多问题，中文版另为《宋代刻书业的发展与宋诗的近世化现象》一文，请一并参考。

中的共同的基本理念，都是把人类社会的历史看作由奴隶制向民主制进化之过程的历史观，亦即进步（进化）史观。故而，许多史家主要从政治权力的“世俗化”视角来加以说明。在此，所谓“近世”被定位为与“近代”相连接的、为“近代”作准备的时代，所以“世俗化”（“通俗化”）也就成为最核心的关键词。

在北宋时代，因为门阀贵族已经消灭，故科举制度作为施政者的供给系统，开始全面发挥作用。因此，就政治权力的“世俗化”这一“近世”之要素而言，是非常符合的。即便仅就这一点，也可以确认内藤湖南唐宋变革论的合理性。

在文学史领域，“世俗化”（“通俗化”）也将成为“近世”的关键词，此已无须多言。今天的中国文学史常说“唐诗、宋词、元曲、明清（白话）小说”，这也明确地表现出中国文学的“通俗化”进程，就此而言近世文学史，已具备了一定的合理性。但反过来看，这个说法只强调了因新兴样式的出现而引起的新陈代谢，尚未具体展示出各种样式的“世俗化”（“通俗化”）进程。而且，若仅据此说，则不免会有如下错觉：随着时代的下降，文言与白话的社会地位仿佛已经逆转。但实际情况与此大相乖离，毋宁说，以文言写作的各种传统样式，直到清末仍稳居崇高地位。

换言之，一味注目于新兴样式，以样式的新陈代谢来描写文学的“世俗化”，这一通行的文学史叙述法，是对近世模态的确立操之过急，包含了遮蔽另一方面巨大事实的危险性。

新兴样式当然会更多地具备反映时代新貌的形式与内容，但是，也正因其为新兴样式，故不适合作为远距离概观历史变迁的对象。另一方面，诗文作为传统样式而具保守性，对于时代新貌的反映只有更为隐微的形态，变化的速度也缓慢迟钝，考察时颇为困难。但是，也正因其为贯穿古代乃至近世的样式，故自有其独特的长处，有利于我们详细地检证其历时性的变化。就此而言,传统诗文作为测量"近世"的工具,也是极为有效的,在此不妨加以强调。

上面确认了"近世"的本质为"世俗化"("通俗化"),在此基础上,下文才能进入正题,即考察"古今体诗领域的近世"。

三、宋代士大夫的古今体诗表现了近世吗

在"诗"即古今体诗领域,唐宋之间存在性质上的巨大差异,这一点现在已不必详述,只要观察一下明代中期以降接连产生的许多诗派的动向,唐宋诗之异就是自明之事。这些诗派为了表明自派的宗旨,随手取来"唐诗"派或"宋诗"派的旗号,首加标榜。由此可见,唐诗与宋诗在后世是作为两种相异的类型或潮流,而被明确意识的。

然而,性质上的差异也不能直接视为区分中世与近世的指标。因为古今体诗的名号虽然延续,其实际内容也将随时代而不断改变,其变化的发生当然不限在唐宋之间。

比如说,从北宋的代表诗人梅尧臣、王安石、苏轼、黄庭坚等人的诗中,发现唐诗所未见的新题材或表达倾向,乃至表达技巧,并非难事。确实,这些新因素一一都是宋诗新貌的具体表现,但是,将它们总括起来,断言其为"近世性的",终究未必可能。这就好像李杜韩白的诗中也呈现了魏晋六朝诗所未有的新貌,却不宜直接称呼其为"近世性的"文学。

上述的犹豫还基于下列两个事实。第一,宋人并未为古今体诗增加任何一种新的形式,这是不可否认的事实。关于这一点,钱锺书在《宋诗选注》的序文中已作为宋诗的缺点加以详论[1],足供参考。因此客观地说,宋诗的新貌终究是在对于传统框架的

---

① 人民文学出版社,2002 年,大学生必读版,《序》第二节(8 页以下)。又,宋代诗文研究会译注《宋诗选注 1》,平凡社,2004 年,31 页以下。

遵守之下，争相表现个性的结果，不过是风格乃至题材上的、表达层面上的差异而已。

第二个事实存在于宋人自身的意识中。他们有关传统诗文的言说，大抵具有“复古”“尚古”的倾向性，接续传统，或向传统回归，是他们最强烈的意识。在文的领域，古文的复兴是最显著的体现，而古今体诗也不例外，作者的视线中存在着韩柳、李杜、陶谢，乃至《诗经》等具体的模范。在每一种表达方式上，他们也追求新奇，但如果缺乏古典的先例，往往就会得到“俗”的负面评价。由此看来，他们自己还主动地置身于“前近世”式的价值体系之中。

他们身上存在的如此顽固的保守性是从何而来？若追究这个问题，恐怕科举制度对传统价值观的不断再生产是一大要因。如前所述，科举制度在政治领域实现了权力的世俗化即近世化，但反过来在文化领域，则毋宁说起到了相反的作用。产生于中世后期的这一制度，使作为文化制度的科举之中，牢固地组入了中世的遗传基因。

换言之，古今体诗因了科举这一国家制度，而成为表征中世式文艺观的媒体，或者说具体存在的传统本身，其作用获得强化。因此，在此制度下以优秀成绩合格的，作为社会精英而被赋予继承传统文化之使命的“士大夫”[①]们，其诗作倾向于保守，乃是无法抗拒的结果。

北宋士大夫的每一个体，较之六朝至唐代的前辈，确实已成为“世俗化”的存在。但是，他们特别在文艺创作方面，似乎把延续唐和唐以前诗人的传统视为首要的价值。因此，要在北宋士大夫的诗作中找到从中世到近世那样的划期性变化，本来

---

① 本章所用的“士大夫”一词，原则上是指通过科举或类似方式（特奏名、恩荫等）出仕的“官”，不包括胥吏。另外，从事举业的书生和累举不第者，也暂不包括，在本章中，把他们总称为“非士大夫知识人”。

就是一个原生性的难题。

不过，“划期性变化”当然也不会只表现为新形式的创出，而且，仅仅拘执于此，也不能得出古今体诗领域不存在近世的结论，因为不光是有宋一代，直到元明清，古今体诗也没有新的形式被创出。

由此看来，古今体诗领域的近世现象，不能专从形式内部去寻求，而应更多地关注另一个重要因素，也就是创作主体方面的变化。换句话说，在士大夫以外，有没有新的诗人阶层诞生，亦即诗人阶层的通俗化现象是否发生，这一点很有必要引起我们仔细的关注。

四、见于北宋古今体诗的近世现象

作为近世社会的具体指标，通常被指出的有都市经济的发达和市民阶层的成熟。离开了这一前提，明清时代的各种近世式文艺样式，戏曲、说唱以及白话小说等就无法达到兴盛，由此不难确认，在文学领域，这一指标也是有效的。

对照这一指标来概观南北两宋，南宋已拥有与通俗文艺相关的许多资料(《京本通俗小说》、《雨窗集》、《欹枕集》、罗烨《醉翁谈录》等)，也存在不少记录，可据以窥见都市居民的日常文化活动(吴自牧《梦粱录》、周密《武林旧事》、耐得庵赵氏《都城纪胜》、佚名《西湖老人繁胜录》等)，故能充分感受到近世式都市文化的气息。另一方面，北宋的一百五十年间，却几乎看不到这样的情形，充其量只有孟元老《东京梦华录》(卷5“京瓦伎艺”)所传达的北宋灭亡前夜的开封情形。

那么，古今体诗领域的情况如何呢？笔者考察的结果是，北宋的诗坛几乎可以说是士大夫的专场，仅有的例外是九僧等诗僧以及魏野(960—1019)、林逋(967—1028)等隐士，但他们的活动方式与晚唐五代或者更早时代的诗僧、隐士无大差别，故不能将他们视为宋代新出现的新型诗人。而且，他们活跃的时期都集中在真宗朝以前的北宋早期，到北宋中期以降，像他们那样的非士大夫诗人已不再引人注意。

北宋中期以降，各种文献中开始记录“诗社”或“吟社”之类的存在[①]，让人预感到古今体诗向民间普及的倾向，但事实上，这些诗社大多以士大夫为中心结成。也就是说，几乎所有诗社都是这样的形态：具有诗名的士大夫外任于地方，或致仕隐居之际，生活在附近的敬慕他们的有志者，就集成一个诗歌俱乐部。因此，其性质与南宋末以降不断增加的由非士大夫阶层结成的诗社相异。

尽管如此，这样的诗歌俱乐部中，毕竟也有了非士大夫的民间人士参加，这一点可以通过下列资料来确认，这条稀见的资料传达了北宋后期元祐年间(1086—1094)存在于金陵(今江苏南京)的“市民参加型”诗社的情形[②]：

> 元祐间，荣天和先生客金陵，僦居清化市，为学馆，质库王四十郎、酒肆王念四郎、货角梳陈二叔皆在席下，余人不复能记。诸公多为平仄之学，似乎北方诗社。王念四郎名庄，字子温，尝有送客一绝云：“杨花撩乱绕烟村，感触离人更断魂。江上归来无好思，满庭风雨易黄昏。”王四十郎名松，字不凋。仆寓京师，从事禁中，不凋寄示长篇，仅能记一联云：“旧菊篱边又开了，故人天际未归来。”陈二叔忘其名，金陵人，号为陈角梳，有石榴诗云：“金刀劈破紫穰

---

① 关于宋代诗社的考察，有欧阳光《宋元诗社研究丛稿》(广东高等教育出版社，1996年)，其下编“宋元诗社丛考”介绍了宋元文献中所见的具有代表性的诗社。另外，该书末尾附录了“宋元诗社活动年表”，从中可以看出一种倾向：时代越接近宋末元初，诗社的形态和成员也越趋多样化。

② 欧阳光《宋元诗社研究丛稿》并未谈及这一诗社的存在。笔者是从吉川幸次郎《宋诗概说》(岩波书店，1962年；2006年再版)的叙述中获知这一史料的(见该书第六章“十三世纪南宋末期”第一节“民间的诗人们”)。

瓢，撒下丹砂数百粒。”诸公篇章富有，皆曾编集。仆以携家南奔避寇，往返万余里，所藏书画厄于兵火。今屈指，当时诗社集八十余，载诸公佳句，可惜不传。今仅能记其一二，以遗宁川好事者，欲为诗社，可以效此，不亦善乎。

此文为北宋末南宋初吴可《藏海诗话》（丁福保《历代诗话续编》所收）的一节。吴可的详细经历不明，据郭绍虞《宋诗话考》（中华书局，1979 年），他是瓯宁（福建建瓯）人，在金陵出生并长大，字思道，大观三年（1109）进士及第，至南宋乾道（1165—1173）、淳熙（1174—1189）间犹健在（《四库全书总目提要》卷 157）。除诗话以外，其著作还有《藏海居士集》二卷，为四库全书所著录（《永乐大典》采辑本）。他的诗曾受到苏轼（1037—1101）、李之仪（1048—1128?）等人的称赞，与赵令畤（1061—1134）、米友仁（1069—1151）等也有交游。

引文开头说的“荣天和”这一人物，详情亦不可知，但李之仪《姑溪居士前集》中有赠给他的诗和书简多篇。从这些诗和书简来看，两者在金陵似有交游的机会。据曾枣庄《李之仪年谱》①，李之仪在元祐以后，有一段时间停留在金陵，即崇宁五年（1106）至大观二年（1108）之间。因此，两者的交游自也应以此数年为中心。另外，李之仪寄给荣天和的书简中多次出现“思道”之名，而《姑溪居士前集》中也有单独寄给吴可的书简。也许吴可在其业师与李之仪交游时曾经同席，以师弟关系而获接待。因此，从其与李之仪交游的事实可以推知，吴可从元祐年间至大观二年，约有二十年居住金陵，在荣天和的“学馆”修习举业，同时也参加了“诗社”。

引文中的“清化”，是地处金陵城内西部的坊名（见《景定建康志》卷 16《疆域志》二“坊里”条）。荣天和在清化坊所开的“学

① 《北宋文学家年谱》所收，文津出版社，1999 年。

馆”中，有从事“质库”“酒肆”“货角梳”等行业的人学习“平仄之学”。所谓“货角梳”，大概是商贾，专门经营牛角加工而成的梳子（角梳）。而“平仄之学”，当指以近体为主的诗歌作法。这条数据记录了“王念四郎庄”“王四十郎松”“陈二叔”等人的真实姓名和他们的职业，引用了他们所咏的佳句，还提到他们各自编辑了诗集的事实。从诗集数量多达六十种以上，可见其创作活动之盛。末尾的“宁川”，未知所指何地，但应该是与吴可深有关系的地方，他似乎是以起家前曾经参与的金陵荣天和诗社为范本，想在“宁川”招呼起一个诗社。

《藏海诗话》还提及另外的诗社，如下引一则：

> 幼年闻北方有诗社，一切人皆预焉。屠儿为蜘蛛诗，流传海内，忘其全篇，但记其一句云：“不知身在网罗中。”亦足为佳句也。

这就是前一段引文中说到的“北方诗社”，其详情见于此条，所指的也许是首都开封的诗社。这个诗社里，“一切人”即任何职业的人都参加，作为一例，而举出了“屠儿”即杀猪业者所作的诗。文中还记述说，此诗获得好评，为许多人所知。

如上所述，《藏海诗话》对南、北诗社的情形都作了比较详细的介绍。像这样传达出民间人士古今体诗创作之实态的资料还极为稀少，视之为普遍现象是不太稳妥的，但毕竟从中可知，生活在北宋大都市的非士大夫之市民中，已经有人参加了诗社，学习作诗，并为诗歌付出心血。那等于是向我们宣告了新的诗人阶层将要出现的消息，换言之，就是古今体诗的近世化（通俗化）。

不过遗憾的是，那些民间诗人的作品，除了吴可引用的断章残句外，全已散佚不传。而且，在宋王朝南渡的动乱之中，连他们的存在也被遗忘了。有一定数量的作品传至今日的民间诗人的出现，不得不等待到南宋的末期。

五、女性诗人所表征的古今体诗之近世

接着北宋后期“市民参加型”诗社的出现，在南渡之前后，又一种新的气运开始萌动，那便是李清照（1084—1155?）、朱淑真（?—?）这两位女性诗人的登场。

在唐代，也曾有薛涛、鱼玄机等女性诗人的活跃，但她们难以被视为当时知识阶层中的一般妇女，而是具有特异经历的女性。①

然而，李清照和朱淑真都出生于士大夫家庭，在正常情况下成长，经历了普通的婚姻生活——至于那是否幸福，是另一个问题——因此她们的作品也反映了更为一般的知识阶层女性的心情。换言之，她们不是后宫、北里、道观等特殊空间中寄身的女性，而是在“普通”的士大夫家庭生活，以所谓“闺阁”女性的第一人称来抒情，这一点无论如何是新颖的。

这里提供一个数据。近人胡文楷《历代妇女著作考》二十一卷（商务印书馆，1957 年），按时代和姓氏顺序列出了魏晋至清共计四千余名女性作家（及其著作）。据其目录，魏晋六朝有 32 名，唐五代有 23 名，宋代有 46 名，元代有 16 名，自魏晋至元的一千余年间留下著作的女性作家总计 117 名。唐宋之间的数量恰好倍增，但无论如何，仍甚寥寥，与当时的男性作家不能相比。到了明代以降，就出现了显著的变化，有明一代约三百年间，女性作家数量剧增，共计 238 名，是魏晋至元代之总和的二倍。清代的数量进一步剧增，实为魏晋至明总和的十倍，总

---

① 薛涛本是长安的良家之女，但跟随其父赴任至成都时，因父亲亡故而成为妓女。她与历任节度使以及“元白”等著名诗人交游，诗歌唱酬，因此著名。鱼玄机起初是李亿之妾，但因憎恨其情爱的淡薄而出家入道，成了女冠。据说，此后她因故私刑侍婢致死，事发被捕，处以死刑。除此以外，女性诗人还有一个李冶，也是女冠。

计3 573 名女性作家在清代诞生。

当然,若跟同时代的男性诗人相比,这些数字也还是很小的,不过从上述数据可以看出一条巨大的鸿沟,存在于"魏晋至元"和"明清"之间。自然,支撑着明清时代数量剧增之局面的,无疑是与李清照、朱淑真同类的所谓"闺阁诗人"的存在。①

把明清时代与此前的显著差别,仅仅归结为时代流行风气的不同,是怎么也说不过去的。上面的数据恐怕暗示了社会对于"闺阁"女性的一般观念,至明清时代发生了戏剧性的变化。也就是说,知识阶层社会的一般观念,自先秦以来一直阻止"闺阁"诗人的诞生,但到了明清,此种观念无疑已经变得淡薄。

阅读《礼记》(先秦)、《后汉书・列女传・曹世叔妻》(汉)、《女论语》(唐)等有关"女教"的内容,俨然存在一种仿佛千载不易的儒家妇女观,被这些书籍一致肯定的妇女形象,是紧闭于家室深处,在行动、言语上受到种种约束的不自由的存在。

就言语来说,有"女不言外"(《礼记・内则》)、"内言不出于阃"(《礼记・曲礼》)等教条,要求"闺阁"妇女不问家外之事,并

① 注目于明清,特别是清代闺阁诗人剧增现象的研究,随着近年女性学的兴盛而水涨船高。知见所及,中国有张宏生、张雁编《古代女诗人研究》(湖北教育出版社,2002 年)所收各篇,陈玉兰《清代嘉道时期江南寒士与闺阁诗侣研究》(人民文学出版社,2004 年),段继红《清代闺阁文学研究》(南开大学出版社,2007 年),李汇群《闺阁与画舫——清代嘉庆道光年间的江南文人和女性研究》(中国传媒大学出版社,2009 年)等优秀成果。在日本,也有合山究《明清时代的女性与文学》(汲古书院,2006 年)收录了有关的论文。合山氏指出,到明代后期,社会文化的形态发生了巨大的变化,从主知型的、道德主义的"理"文化(宋元型)变为主情主义的"情"文化(明清型)。他以此为关键词,对明清女性文学的隆盛作出分析(第一篇"'情'与明清文化"各章)。此外,关于袁枚女弟子的专著,也有萧燕婉《清代的女性诗人——袁枚女弟子点描》(中国书店,2007 年)。萧氏著作的开篇部分,也揭载了胡文楷《历代妇女著作考》的著录资料,但其所据为 1985 年上海古籍出版社刊行的增订本,故与本章所揭有若干不同。其数据为:魏晋六朝 33 名,唐 22 名,宋 46 名,元 16 名,明 245 名,清 3682 名。至近年,胡氏《历代妇女著作考》又出版了张宏生、石旻等人的增订本(上海古籍出版社,2008 年)。

且不把家里的事传到外面。在开口说话时,也要十分谨慎,“择辞而说,不道恶语,时然后言,不厌于人”(《后汉书·列女传·曹世叔妻》引“女诫七章”)。而且,男子在“书堂”跟老师学习礼仪,以“吟诗作赋”为必需之事,而女子则须深处“闺门”之内,绝少外出,一味从顺父母之命,这一点被反复强调(《女论语·训男女》)。

对照这种古代至中世的妇女观,女性埋头作诗,并且结成诗集对外公表的行为,无疑大大违反了当时社会的一般观念。从魏晋至唐,“闺阁”诗人数量极少,应该与上述传统的妇女观大有关系。

明清时代女性诗人剧增的现象,显示了一种与古代、中世相反的妇女观,对于“闺阁”妇女来说,诗作转为其重要的教养内容。如果连一首诗也不会作,似乎就不能称为教养良好的妇女,社会一般观念的如此大幅度转变,造成了女性诗人爆炸式的剧增现象。因此,中世以前并不常见的女性诗人特别是“闺阁”诗人的存在,极其明确地向我们昭示了古今体诗的新作家的诞生。虽然这些女诗人实际上处身于士大夫文化圈内,但严格地说,她们是“非士大夫诗人”。在此意义上,她们也是古近体诗世俗化、通俗化的体现。

在宋代,还未出现明清那样显著的数量变化,但确实已有李清照、朱淑真那样的“闺阁”诗人存在。此二人的存在,于明清之前显得比较突出,但毫无疑问,以她们为首而开辟的道路,一直延伸到明清时代。可以说,她们的作品获得流行,表示知识阶层对于“闺阁”诗人的看法随着时间的流逝而变得宽容了。

六、从朱淑真《断肠诗集》的流行看古今体诗的近世

朱淑真的生平几乎不明,关于其生存时期,也有诸多说法,

尚无定论[1]，但几乎共同的一点是，认为她是与李清照略相前后的同时代诗人。

两者都生长在士大夫阶层的家庭，但对比之下，李清照出身名门（父李格非），嫁给高官子弟（宰相赵挺之之子赵明诚），而朱淑真似乎出自下层士大夫阶级，故有关其双亲与夫家的情况，现在一无所知。李清照在当时作为词人深受好评，其古今体诗却所传不多（上海古籍出版社版《李清照集笺注》收诗 17 首、词 53 首），而朱淑真作为诗人的评价更高一些（上海古籍出版社版《朱淑真集》收诗 337 首、词 33 首）。因此，在古今体诗领域更多地表现出时代新貌的，是朱淑真。

朱淑真死后，为她编辑了《断肠诗集》的魏仲恭[2]记载，因为她的双亲缺乏见识，只能将她"嫁市井民家为妻"，而且明言其夫为"一庸夫"（淳熙九年[1182]序）。但实际上，从诗集中的某些作品可以看到，她曾跟从丈夫宦游淮南、湖南等地，明显并未嫁给"市井民家"。看来，就连作序的魏仲恭，也未获得任何有关朱淑真的准确的个人信息。

魏序关于婚姻的记述，恐怕是误从了当时的俗说。但是，为什么会产生这样的俗说呢？在笔者看来，这种俗说归根到底来自她的作品世界。她的私小说式的诗歌世界，使有关她的虚幻想象在读者心目中膨胀起来，其结果便产生了作为薄幸女性的朱淑真形象：勉强地嫁给"市井民家"的"庸夫"，郁

---

① 据黄嫣梨《朱淑真研究》（上海三联书店，1992 年）所述，主要有三种说法：一说为北宋人，一说为北宋末南宋初人，一说为南宋人。黄氏本人支持第三种说法。近年的校注者冀勤（《朱淑真集注》，浙江古籍出版社，1985 年）以及张璋、黄畬（《朱淑真集》，上海古籍出版社，1986 年）采用第二种说法。

② 关于魏仲恭，从序文的署名可知其为宛陵（今安徽省宣城）人。据祝尚书《宋人别集叙录》（中华书局，1999 年，下册，949 页）云，中国国家图书馆所藏明刻递修本《新注断肠诗集》卷首的序，有"宋通判平江军事魏仲恭撰，钱塘郑元佐注"的署名。另外，《咸淳临安志》卷 51 记录富阳县历代县令的部分，也可见到"魏仲恭"之名。

郁不乐，寄情于丈夫以外的男性，而将不可告人的思念吐露在诗中。

作为不贞行为的净化，而虚构了一个与她完全不相配的“庸夫”——如果这样稍为穿凿的看法可以被允许，那么在这里，以作品为媒介，读者与作者就构成了一种共犯的关系，一起承担她的不贞。

无论如何，至晚在南宋末之前，她的诗已拥有了注本（郑元佐注），可见颇有一部分读者为之着迷。

当然，与同样拥有宋人注本的王安石、“苏黄”等相比，她的诗采用了远为平易的表达方式，典故的种类及其用法也远为寻常。尽管如此，还是有注本出现，这一事实似乎同时说明了爱好其诗的是怎样的读者层。换言之，我们可以设想：这读者层并不是占据士大夫文化中心部位的人，而是处在其周边的、与古代典籍缘分不深的阶层。而且，如从其诗的内容来判断，较之勤于举业的年轻的初学者，那应该更适合于在市井之间过着实际婚姻生活的富裕的壮年读者，自然，其中也包括了所谓的“闺阁”妇女。

如果此种推测不误，那么这也可以视为古今体诗通俗化，即近世化的现象之一。也就是说，这个事例又一次证明，非士大夫读者层在南宋当时确已可能存在。

七、所谓“江湖派”

本章第四节的末尾已经提到，南宋末期出现了一群民间诗人，他们的诗作曾风靡一世，那便是文学史上所谓的“江湖派”。正如其名称所示，这是以在野布衣为主构成的一个诗人群，因杭州书肆（临安府棚北大街睦亲坊陈宅书籍铺）主人陈起（？—1256，钱塘人，字宗之，号芸居）编纂刊行《江湖集》九卷，并获得极大好评，而一跃成名。此是南宋后期理宗宝庆年间（1225—

1227)的事。

统观中日两国,最早也最系统地对这个诗人群作出研究的专著,是张宏生的《江湖诗派研究》(中华书局,1995 年)。[①] 为了确定这一诗派的范围和成员,张氏提出了以下五个原则。第一,其社会地位为无位无官的"布衣"或游历各地的"游客"。有些诗人应了科举或已有出仕经历,但只有一小段仕宦时期,可以判断其更多的时间是处身于"江湖"的,也包括在内。第二,以嘉定二年(1209)为上限,景炎元年(1276)为下限,在此期间活跃的诗人。第三,各种江湖诗集之中被收录的诗人。张氏调查了以《江湖集》九卷为始的、包括《江湖后集》《江湖小集》等在内的编纂于南宋后期的共计 23 种类似的诗集,以确定成员。第四,与这些江湖诗集的编者陈起有诗歌应酬、交游的诗人。第五,虽不符合以上四个原则,但按历来的传统看法视之为该诗派成员的诗人。

张氏据以上五个原则,确定了共计 138 名"江湖派诗人"。现将他提供的这 138 名的名单,分为士大夫阶层和非士大夫阶层两类,在士大夫阶层中,又按官位的高低再分上、中、下三等,制成一表以供参考,表中按现在的地方行政区划(省别)将诗人们依出身之地排列。

① 在张宏生《江湖诗派研究》之后出版的专著,有张瑞君《南宋江湖派研究》(中国文联出版社,1999 年)和陈书良《南宋江湖诗派与儒商思潮》(甘肃文化出版社,2004 年)。两书都在张宏生论著的基础上,作了各具特色的论述。前者重新检讨了张氏所确定的江湖诗派成员,进一步分为几个小群体,还将江湖诗派约七十年的活动期分为前、后两期,详论其特征和变迁。后者依据叶适的功利论,以"儒商"为关键词,论述了江湖诗派以及陈起的活跃状况。另外,虽然不属"诗派",同时期也有江湖"词人"的存在,这方面的研究成果有郭锋《南宋江湖词派研究》(巴蜀书社,2004 年)。

江湖派的成员

士大夫阶层(75)	上	〔福建〕2	刘克庄、林希逸	(2)
	中	〔浙江〕5	王同祖、卢祖皋、史文卿、姚镛、高似孙	
		〔江西〕5	刘子澄、危稹、赵汝镃、赵善扛、裘万顷	
		〔福建〕3	朱复之、刘克逊、黄简	
		〔安徽〕1	方岳	(14)
	下	〔浙江〕20	王琮、刘植、巩丰、杜旃、宋庆之、宋伯仁、沈说、张良臣、陈允平、邵桂子、周师成、郑克己、赵汝回、赵汝迕、赵师秀、徐玑、俞桂、柴望、薛嵎、戴埴	
		〔江西〕14	邓林、李泳、利登、罗椅、赵与时、赵崇钵、赵崇嶓、徐文卿、黄大受、黄文雷、萧立之、萧澥、章采、曾极	
		〔福建〕13	叶绍翁、朱继芳、严粲、陈翊、陈必复、陈鉴之、林同、林昉、赵庚夫、胡仲弓、敖陶孙、徐集孙、曾由基	
		〔江苏〕11	王志道、朱南杰、周弼、张榘、张蕴、张端义、陈造、周端臣、赵汝淳、赵希棋、施枢	
		〔湖南〕1	乐雷发	(59)
非士大夫阶层(63)		〔浙江〕17	翁卷、毛珝、史卫卿、许棐、吴仲方、何应龙、宋自逊、张炜、陈起、林表民、徐照、高翥、盛烈、葛天民、赵汝绩、薛师石、戴复古	
		〔江西〕16	邓允端、刘过、刘仙伦、李涛、李自中、吴汝弌、余观复、邹登龙、罗与之、姜夔、高吉、黄敏求、萧元之、章粲、董杞、释绍嵩	
		〔江苏〕8	王谌、叶茵、李龏、吴惟信、葛起文、葛起耕、张绍文、储泳	
		〔福建〕7	刘翼、张至龙、林洪、林尚仁、胡仲参、盛世忠、释圆悟	
		〔河南〕3	张弋、武衍(寓居浙江杭州)、赵希㰂	
		〔安徽〕2	程垣、程炎子	
		〔湖北〕1	万俟绍之(寓居江苏常熟)	
		〔湖南〕1	刘翰	
		〔山东〕1	周文璞	
		〔未详〕7	李时可、来梓、陈宗远、徐从善、郭从范、释永颐、释斯植	

说明：此表收录张宏生《江湖诗派研究》附录一“江湖诗派成员考”所揭的138名诗人，分“士大夫阶层”(进一步细分为上、中、下三等)和“非士大夫阶层”两大类，并按出身之地排列。“士大夫阶层”的上、中、下区分，依据的是其所任的官职高低，“上”为中央的显官，“中”为知府、知州或州级的通判，“下”为上述之外的属官、学官之类，或者只有进士及第的记载而官历未详者。出身之地(按现在的省份来区分)原则上指居住地，而非祖籍。

根据此表可以重新确认两点：第一，下层士大夫和布衣共计 122 名，占全体的 88%，是相当高的比例；第二，浙江、江西、福建、江苏四个地域出身的有 121 名，也占了将近 88% 的高比例。

第一点证明，“江湖派”名副其实，主要由处在士大夫阶层周边位置的诗人或在野诗人构成。属于“非士大夫阶层”的 63 名中，其行迹稍可了解的只有许棐、徐照、高翥、戴复古、刘过、姜夔以及陈起等非常小的一部分，大多数诗人的生平完全不明。但是，同一时代有这么多的布衣诗人，其姓名和作品能传到后世，这在中国诗歌史上可谓空前之事。

作为宋代非士大夫诗人的实例，本章前面已介绍了北宋后期参加诗社的市井诗人，和南宋初期的李清照、朱淑真两位女性，而“江湖派”无疑可为第三个实例，也是最显著的实例。

第二点是这个“诗派”的浓厚特色，亦即按现代的行政区划来说，它是以浙江为中心，跨越了邻接的江苏、江西、福建三省，存在于相当广阔之地域的作诗群体。

中国文学史上比较著名的诗派，如宋代的江西诗派，明代的公安派、竟陵派，清代的虞山派、云间派、浙西派等，其存在的地域，即便就覆盖面最广的江西诗派来说，大致也局限于一省之内。[①] 一般来说，“诗社”以共同场所为前提，土著性较强，而“诗派”按人际联系网络形成，故随其成员的移动，影响的范围也就扩大，覆盖地域更广。但是，毕竟“诗派”是共同守持某种独特诗学观点的诗人依其牢固的个人关系而结成的集团，那自然便具某种排他性、封闭性的倾向，其网络不会无原则地扩大。

① “江西诗派”包括不少出身江西之外的人，为什么称之为“江西”的诗派，关于此点，有诸多说法，可参考伍晓蔓《江西宗派研究》(巴蜀书社，2005 年)绪论第二节“江西宗派释名”。不过，吕本中《江西诗社宗派图》所列出的 25 名诗人中，至少有 17 名的出身地在湖北黄州至江西临川的范围内。

因此，通常的诗派大抵只在一省的地域之内，也不是没有道理的。反过来说，像“江湖派”那样拥有超过百名的诗人，地跨四省的范围，此种特征本身就表明，这一群体是常规之外的“诗派”。

我们不妨把“江湖派”与同时代的先例江西诗派作具体的比较。江西诗派的由来，是吕本中（1084—1145）的《江西诗社宗派图》，它模拟禅家的传灯谱系，将黄庭坚（1045—1105）以下的 25 名诗人列在一个系脉之中。由此可见，支撑这一诗派的是以黄庭坚为顶点的师承关系，诗派是按这种明确的纵向关系结成的。而且，他们共同拥有具体的典范，即学习对象（杜甫），以及独特的诗学主张（“换骨夺胎”“活法”等）。

与此相对，在江湖派诗人之间，我们马上可以发现的是横向关系，而纵向关系则十分稀微。138 名之中，可以许其为领袖的最合适之人物，无论从社会名声之大，还是诗学著述之丰的角度来讲，都非刘克庄（1187—1269）莫属。为其名声所吸引，他的周围确实集中了不少人物，从中当然也可能找到类似师承的关系。但是，这样的关系毕竟不能遍及该“诗派”138 名全体成员。

而且，从刘氏本人的诗论中，也找不到统括、主导该诗派的诗学主张或类似言说。不仅如此，他甚至还对被认为属于此派的一部分诗人加以激烈的批评，虽然没有指名，却明显将自己置于他们的圈子之外，根本不像是对同志加以鼓励的那种口吻。[①]

---

① 比如《瓜圃集序》（《后村先生大全集》卷 94，《四部丛刊》本）、《林子理序》（卷 98，咸淳三年[1267]）中对永嘉四灵的批评，《刘圻父诗序》（卷 94）、《林同诗序》（卷 96，宝祐三年[1255]）、《晚觉翁稿序》（卷 97，宝祐五年[1256]）、《听蛙诗序》（卷 97）、《汪荐文卷》、《王元邃诗》（卷 101）、《何谦诗》（卷 106）等文中对江湖诗人的批评（系年据程章灿《刘克庄年谱》）。而且，关于刘克庄对江湖诗人的批评姿态，也为近年的刘克庄研究著作所一致指出。请参考王锡九《刘克庄诗学研究》（黄山书社，2007 年）第三章五“关于四灵、江湖诗人的评述及所表现的诗学旨趣”，景红录《刘克庄诗歌研究》（上海古籍出版社，2007 年）诗学篇第一章第二节，王述尧《刘克庄与南宋后期文学研究》（东方出版中心，2008 年）第六章等。

换言之，不要说是不是领袖，就连是否自觉为该诗派的成员，对刘克庄而言也颇成问题。张宏生在《江湖诗派研究》第一章“江湖诗派的形成”中，既承认这与黄庭坚在江西派的地位明显不同，却还是举刘克庄为江湖诗派的第一领袖，恐怕与实际情形相距甚远。至少，要从他本人的言说中看出那样的明确自觉，是很困难的。

因此，所谓“江湖诗派”，并不存在一个统领诗派全体的突出领袖，也没有作为一个诗派的独特诗学主张被明确倡导的形迹。根据这两点，也许可以得出结论：当时并不存在一个能称之为“江湖诗派”的诗派。

归根结底，将这 138 人联结在一起的确凿纽带，只有杭州的书肆主人陈起等编纂刊刻的一系列诗集。所以，反过来也可以如此推测：所谓江湖派，并不指当时以明确形态存在的诗派，实际情况是，由陈起所编的诗集，将原本只有松散的横向联系、缺乏总体协调的一群江湖诗人联结起来，而表现为恍如一个诗派存在的假象而已。如果这一推测是正确的，那么江湖派中最重要的人物，就应该是把《江湖集》编刻问世的陈起本人（张宏生也首先提及陈起的重要作用，但他只是将陈起看作担当了“组织联络”功能，却没有将陈起看作是具有领袖地位的人物）。关于陈起以及他的刻书活动，在本书第十章第九节中详论，请参照。

本章探寻宋诗中的近世现象，主要举出三个例子。北宋后期（诗社）和南宋初期（闺阁诗人）的二例，因为很难找到其他类似例子，也许显得比较孤立，但南宋后期的江湖派，则除人多势众外，还依托印刷传媒近在身边的时代条件，已经充分地主张了自身的巨大存在。可以认为，至晚在江湖派的时代，古今体诗的通俗化已在一定程度上获得实现。

那么，在南北两宋约三百年的历史将近落幕的那个时期，古今体诗终于在士大夫文化圈的外围获得了新的独立的创作场所。笔者以为,从这里便可看到古今体诗的通俗化,亦即“近世”的萌芽。

（朱刚　译）

第十章　宋代刻书业的发展与宋诗的“近世化”现象

一、序言

时至宋代，获得空前发展的刻书印刷业开始对以士大夫阶层为中心的社会发生巨大影响，此已是众所周知的事实了。从写本到版本的变化，促成了流布朝野的信息质量的均衡化，加快了信息传播的速度，也扩大了传播的范围。换句话说，版本的普及可以被视为促进各种知识和信息的世俗化、通俗化的一大原动力。

当然，与近现代高度发达的大众传媒相比，宋代出版业的社会影响无疑仍甚微弱，即便只与明末至清代的出版业相比，也大处下风。但是，若与唐代以前只有写本的时代相比，则其带来的显而易见的变化，就几乎称得上是革命性的，因为明末至清代的出版繁荣之局面，不过是在量的方面显示了发展的形态，终究只能置于宋代的延长线上去看待，而与此相对，唐与宋之间却确实存在着一次飞跃。因此，宋代刻书印刷业的发展，亦即版本的普及，应可称为中国历史上继纸和毛笔的普及之后，第二次传媒革命。

迄今为止，对中国版本的文化史研究，大抵从现存版本的数量和种类之多出发，以明清为中心来建构。然而，如果要具体地探求更为根本性的问题，即版本的普及给知识人带来怎样的意识变化，作为其结果，又产生了何种新的文化现象，那么，比起版本作为各种知识、信息的供给源泉而稳定地发挥其巨大社会功能的明清时代来，其获得普及不久的宋代是更值得深入考察的。因为从"无"到"有"的变化,毕竟比从"少"到"多"的变化更为显著地凸现出问题之所在。

而且,在史学领域,正如"唐宋变革论"的学说所提示的那样,唐与宋之间的巨大社会变革,也经常被论述为具有划时代的性质。尽管赞同与否,意见尚未一致,但以唐为"中世"的结束,宋为"近世"的开始,这样的认识已经普遍化了。历史时期划分中的所谓"近世",如其英译 Early Modern 所示,意谓近代(Modern)的初期形态,或者说这个时期被认为具有为近代作准备的性质。如果说以民主制度为主要特征,大众开始成为主体的时代叫作"近代",那么与此直接连续的"近世",就必须是已经与"中世"(the Middle Ages)相异,而与"近代"更为接近的时期。因此,"通俗化""世俗化""大众化"等诸多现象,应成为"近世"的最重要的因素。那么,本章开头所述的历史事实——刻书印刷业在宋代获得发展,版本开始普及——就可以被重新解释:促成了各种知识、信息之通俗化的雕版印刷,即版本,正是最确切地象征了中国之"近世"的一种传媒。

另一方面,自《诗经》以来,在中国文学的各种体裁中,"诗"一直占据着传统的核心位置。而且,"诗"的传统形式已在唐代初期完成,此后的一千多年间,并未产生新的形式。说它是传统中的传统,因此而力求保守不变的体裁,也并不过分。在"近世"的中国,"诗"即古今体诗是这样一种言语文化的传统:作为象征和体现了完成于唐代的中世式文艺观的体裁,其被持续创作的同时,总是潜藏着指向复古或回归传统的力量。那么,这个言语文化的传统,处在"近世"式传媒即版本出现和普及的新的社会环境下,难道不受一点影响吗?一般来说,这两者之间毫无关系的情形是难以想象的,因为宋代以降的诗人们大多是从印刷出来的许多诗集去学习"诗"的传统,而且他们无疑会对这一新兴的传媒充满期待,通过它而使自己的作品获得更广的流传。

从这样的视点出发，本章以“刻书印刷”和“近世”这两个关键词为中心，尝试探讨以下的问题：宋代刻书印刷业的发展，给当时作为文化先导者的士大夫[①]带来怎样的意识变化；进一步，作为传统体裁的“诗”因此而产生了怎样的“近世”式的变化（世俗化、通俗化）。

二、印刷的普及给宋人带来了什么

版本在宋代的普及程度，较之明末以降的情况，当然尚属初步，其影响还没有广及社会的各个阶层。尽管如此，两宋约三百年间，印刷传媒确实不断增强其影响力，迅速地渗透到社会的上层和中间阶层。当我们考虑宋诗的创作环境时，那终究已是无法忽视的重要因素。而且，也正因为其渗透之迅速，所以虽然同是宋代，但就印刷文化的发展阶段以及渗透程度来说，北宋与南宋亦不可同日而语。一言以蔽之，北宋是印刷媒体的影响力在士大夫阶层内部渗透的时代，而南宋则是其影响范围扩大到中间阶层乃至民间富裕阶层的时代。

在北宋，随着印刷文化的渗透，首先可以被料想的巨大变化，就是以士大夫阶层为中心，个人容易得到书籍的社会环境迅速地形成了。比起仅靠书写手段生产副本的时代来，一次可以生产数十乃至数百份传本的印刷术[②]，使书籍传播的速度成倍地加快，因此也使一定时间内的流传范围显著扩大。

---

① 本章所用的“士大夫”一词，原则上是指通过科举或类似方式（特奏名、恩荫等）出仕的“官”，不包括胥吏。另外，从事举业的书生和累举不第者，也暂不包括，在本章中，把他们总称为“非士大夫知识人”。

② 关于宋代一次印刷的平均部数，现在还没有准确的了解。钱存训《中国雕版印刷术杂谈》（收入《中国书籍、纸墨及印刷史论文集》，中文大学出版社，1992 年）介绍了 16 世纪末的传教士利玛窦《中国札记》和法国人多哈德（Y-B. du Holde）编于 1736 年的《中华帝国志》的记载，前者说，熟练工每天可以印刷一千五百页，后者说，从一块版木可能印刷出一万六千页。如相信他们的记载，那么印刷 （转下页）

在北宋时代，虽然个人藏书仍以写本居多，但若传写过程是以版本为起点，则从原本（版本）至副本（写本）的传播时间也必然缩短。而且与写本时代相比，这样的传播起点之数量，至少是原来的数十乃至数百倍，那就意味着传播的范围也以相同的幅度扩大。

生活在印刷文化如此急速蔓延的时代，北宋士大夫接触新书的机会比写本独占时代的士大夫远为增多，可以想象的一个结果是，个人收藏大量书籍的环境正式形成。当然，笔者并不猜测每一个士大夫都能成为拥有数千乃至上万卷书籍的藏书家，但即便对于一个水平极普通的士大夫来说，拥有数百卷藏书并非难事。

那么，士大夫们具备以上条件的时间，大致可以推断为北宋的后期，也就是 11 世纪后半以降。这里可以举出苏轼（1037—1101）的文字为证，他在《李氏山房藏书记》中引用了某“老儒先生”之语，对比说明作《记》当时的书籍入手之易：

> 余犹及见老儒先生，自言其少时，欲求《史记》《汉书》而不可得，幸而得之，皆手自书，日夜诵读，惟恐不及。近岁市人转相摹刻，诸子百家之书，日传万纸。学者之于书，

（接上页）部数可能超过一万部。钱氏还介绍了元代大德年间木活字印刷、明代万历年间铜活字印刷和清代道光年间泥活字印刷的记录，前二者的印刷部数各为百部，后者则为四百部。按钱氏的综合推定，木版印刷的一次印刷部数是平均百部左右。笔者考虑，超过一万的部数至多表示了技术上的可能性，实际的印刷部数要受供求关系及纸张调集等条件的制约，故钱氏推定的部数看来是妥当的。特别就北宋而言，超过一万部的部数尚难想象。此处举出两个事例。其一，《续资治通鉴长编》卷 102 天圣二年（1024）十月的记述中，有关于“赦书”印刷的议论，反对印刷的论者说：“一本误则千百本误矣。”这表明北宋中期的印刷部数在千部以下。其二，《续资治通鉴长编》卷 268 熙宁八年（1075）九月的记述，说到王安石新学的典籍之一《诗经新义》的刊行，引用了吕惠卿的话：“得旨刊布，几及千本。”在新法政权之下，王学的地位之高是无可怀疑的，而且是秉承皇帝的圣旨而出版，但其印刷部数仍不满“千本”。从上下文语境来看，这个部数似乎还出乎寻常的多，那么，对于通常情况下一次印刷的部数，估计在数十至数百的范围内，是比较稳当的了。

多且易致如此，其文词学术当倍蓰于昔人，而后生科举之士，皆束书不观，游谈无根，此又何也？[1]

此“老儒”年少之时，连《史记》《汉书》等最基本的典籍也难以获得，一旦幸而获得，便亲自抄写，“日夜诵读”。而到了“近岁”，民间书肆将诸子百家之书亦大量出版，有志于学习的人如此容易地得到书籍，而且如此之多。

苏轼写作此《记》的时间是熙宁九年(1076)十一月。[2] 所谓“老儒”，大概比苏轼高两辈，则其“少时”，约为写作此《记》前半个世纪乃至八十年左右的情况。照此说来，民间出版业的兴盛和书籍流通量的剧增，是发生于11世纪初至其后半之间的事。

顺便提及，苏轼因诽谤朝政之罪名而下御史台狱的时候(元丰二年[1079]秋冬)，作为罪证而呈上朝廷的版本(《元丰续添苏子瞻学士钱塘集》)，其原本是由杭州的书肆所编辑，在杭州市街贩卖的，那时间也在写作此《记》的前后一年左右。[3] 这个时期，民间书肆已经把同时代作家的诗集也纳入了出版范围，这一事实也证明了当时民间出版业的活跃状况。

可以想象，在写本独占时代，民间流通书籍的绝对数量远低于印刷时代，那么即便对于士大夫来说，他想使用的书籍或者新书，也不是都能轻易获得。而且，能够寓目的书籍不见得都能马上抄写收藏，所以从个人层面来说，占有信息的主要手段仍不得不依靠记忆力。然而，版本的普及使书籍的流通量剧增，个人藏书越来越容易，书中所记的信息可以随时参考，那么将信息一一付诸记忆的必要性就降低了。

---

① 《苏轼文集》卷11，中华书局，359页。

② 据孔凡礼《苏轼年谱》卷15，中华书局，1998年，339页。

③ 参考拙文《苏轼文学与传播媒介——试论同时代文学与印刷媒体的关系》，《中国古典研究》第46号，2001年12月；中译见拙著《传媒与真相——苏轼及其周围士大夫的文学》，上海古籍出版社，2005年。

当然一般来说，占有信息的途径在任何时代都是书籍和记忆两者并存的，个人藏书再怎么丰富，也不能完全抛弃记忆而向书籍一边倒。即便到了印刷时代，士大夫需要背诵的基本典籍的数量也毫无减少，对于“一过目终身不忘”（《宋史·王安石传》）、“读书数过辄成诵”（《宋史·黄庭坚传》）之类博览强记能力的社会评价之高，也只增不减。故从实际情况来看，宋代无疑还延续着对于记忆力的高度依赖，至少可以说，书籍与记忆的相对比重，较之现代社会，是远为接近于写本时代的。

话虽如此，就总体而言，两者相对比重的变化，也是几乎无疑的。被书籍所记录的各种信息，应该被收藏者区分为两类：必须一字一句背诵的知识，和必要时参考书籍加以确认就行的知识。不难想见，随着书籍流通量的增加，后一类知识必然加速度地增多。仅凭这一点而论，印刷时代的士大夫身上产生了比较大的意识变化，便是容易想象的。

进一步，基于这样的变化，被他们所知悉而视为当然的信息量获得增大的同时，对信息精确度的更高追求也是毋庸怀疑的。换句话说，追求更多、更广、更深、更精确的知识，不但是对自己的要求，也逐渐成为对他人的要求，这样的风气漫延到士大夫社会的全体。

由此看来，印刷的普及所带来的信息占有形态的变革，同时也改变了士大夫面对信息的态度。那么其结果便是，士大夫社会全体的知识基础也从根本上得到了提高。[①]

这样的变化也必然影响到从他们发出的信息的质量，因为归根到底，士大夫发表言说时，其预想的读者首先是与自己拥

① 王水照《作品、产品与商品——古代文学作品商品化的一点考察》（《文学遗产》2007 年第 3 期）已经谈及，依靠印刷文化，宋代士大夫的平均知识量获得增大。对于本节所探讨的诸多现象，引用了更为丰富的相关资料，从更多的角度加以论述的近著，有张高评《印刷媒体与宋诗特色——兼论图书传播与诗分唐宋》（里仁书局，2008 年），请一并参考。

有相同知识基础的士大夫，他们是针对同类而发出信息的。

在后世，宋诗经常被揶揄“以才学为诗”或“资书以为诗”。宋人之所以喜欢写作这样的诗，首先就因为士大夫社会中普遍地存在肯定此种诗风的氛围。笔者认为，与这种氛围的酿成深切相关的，就是印刷的普及，和随之而来的个人藏书的充实。

不光是诗作，士大夫学问的形成也深受印刷普及的影响。当然，这种影响看来不全是积极的，比如苏轼在上述《记》文中，就批评最近的科举考生“皆束书不观，游谈无根”。北宋末南宋初的叶梦得（1077—1148）也说，因为版本的流通，书籍变得容易入手，人们从此不再集中精神通读全书（《石林燕语》卷8）。南宋中期的朱熹（1130—1200）甚至发出这样的慨叹：因为常有书籍在旁，心情轻松，故读书行为变得敷衍了事，从而使今人的学问比古人轻薄了许多。[①]

不过，必须掌握的知识总量的增加，势必意味着每一知识的重要性相对减低，这也不可避免，因此，上面三人共同指出的弊害，不过是印刷术这一帖强力的新药，在促成了传达和占有信息的近世化形态的同时，所产生的轻微的副作用之一。从言下之意来看，他们本人对于这药效之大，也应颇有切身之感。

这方面最好的印证，就是朱熹与出版业之间发生的关系。在上述三人中，他的活跃时代最晚，能感受到的印刷业的社会影响力也就最大。他以上梓刊行为目的，而执笔编纂了《四书章句集注》等教科书，为了扩大自己思想的影响力，他已经充分地、富有战略性地运用了印刷传媒。在考察朱子学扩大影响的

① 清水茂《印刷术的普及与宋代的学问》（收入《东方学会创立五十周年记念东方学论集》，1997年5月）一文，已引用《朱子语类》（卷10“读书法”上）论及版本普及带来的弊害。艾朗诺（Ronald Egan）《书籍流通如何影响了宋代文人对于文本的意识》（阿部顺子译，《橄榄》第14号，2007年3月）也专立“朱熹与学术危机”一节，来论述这个问题。另外，前注所揭王水照论文，也分析了宋代士大夫重视写本、轻视版本的原因，并就坊刻本作为商品的性质加以论述。

过程时，无视版本的作用，将无从谈起。朱子学的优异的“近世”性，不但体现在思想体系和内容方面，也体现在传播方式上。[①]

上述事例雄辩地证明，从苏轼到朱熹的大约一个世纪间，印刷传媒以何等程度渗透到士大夫社会。苏轼曾因乌台诗案而下狱，这一亲身体验使他比同时代的任何人都痛感到印刷术的力量，也许就因此故，他对于自己著作的出版总是抱着被动消极的态度。但朱熹则不同，如上所述，他亲自驾驭出版手段，积极地与印刷传媒发生关系。这也显著地表现出北宋和南宋的差异。

那么，当印刷的普及使经由书籍传播的信息不断增加时，接下来要做的工作，就是对各种信息的类别化、集约化处理了。由此，就须不断重编新的书籍——经过校订的，具备更准确丰富之信息的，使用方便的书籍。

举例来说，就如“无注本→单注本→集注本→评点集注本”这样的发展进程，或者把某个文本改编成按内容分类的本子、编年排列的本子、详加校订的本子，等等。在此类书籍重编的进程中，民间书肆所起的主导作用，至南宋后日益显著。而且正因为以民间书肆为主导，便与官刻本领导出版界的北宋呈现了明显的差异。

本节以北宋为中心，抽象地论述了版本给士大夫阶层带来的变化，次节以下，要联系具体的事例，来论述版本的影响如何波及南宋的非士大夫阶层。当我们着眼于书籍编集形态与内容的变化时，书籍接受层的变化应该也能从中浮现出来。

---

① 关于朱熹与印刷业之关系的专论，有小岛毅《朱子学的展开与印刷文化》（收入《知识人的诸相——以中国宋代为基点》，勉诚出版，2001年）。前注所揭艾朗诺论文，也提及了朱熹对于印刷业的言行不一之现象。

三、东坡诗集的分门集注本与编年注本意味着什么

南渡之后，日益显著的书籍重编进程中，最早凸现的是注本的急增。尤其是别集类的注本，很大程度上反映出时代的特征。如前所述，北宋的印刷出版业固然也有一定程度的发展，但要说到属于“集部”之注本的上梓刊行，则除《文选》的李善注或六臣注外，几乎毫无记载。然而一到南宋，别集类注本的编纂刊刻便确有急增之势。而且，被注释的不光是陶渊明（汤汉注）、杜甫（九家注、百家注、千家注、分门集注，等等）、韩愈（姚宽注、五百家注、音注，等等）、柳宗元（百家注、五百家注、添注，等等）等唐代和唐以前诗人的作品，[①]像王安石、苏轼、黄庭坚、陈师道、陈与义乃至朱淑真等同时代诗人的作品，也开始出现了注本。

以苏轼的诗作为例，南宋初期的绍兴年间（1131—1162），就刊刻了“五注”“八注”“十注”本，至晚到淳熙、庆元之间（1174—1200），又有“王状元百家注本”被编刻，而施元之、施宿父子和顾禧的编年注本（“施顾注本”），也于嘉定六年（1213）刊行，景定三年（1262）又出版了补刊本。不妨附带提及的是，苏轼的词也有绍兴之初刊行的傅幹注本，文章则有绍熙年间（1190—1194）刊行的郎晔注本（《经进东坡文集事略》）。

如此众多注本的存在，具体地传达出他的作品在南宋广受欢迎的情形，同时也暗示了古今体诗的读者层的扩大。特别是所谓“王状元百家注本”，在刊行部数和编集形态这两点上，都反映出南宋出版文化与古今体诗的普及和受众的扩大。因此，下文就以此种分类集注本为中心，来探索南宋时代的变化实况。

---

① 参考张秀民《中国印刷史》的“宋代”一章，上海人民出版社，1989年。

现存"王状元百家注本"(《王状元集百家注分类东坡先生诗》二十五卷)的最古版本,是福建建阳所刻的黄善夫家塾本。在目录学、文献学上,"家塾本"经常被看作编纂校订和印刷质量较高的本子,与其他书坊刻本(所谓"坊刻本")有别,但在这个版本之后,无论分类(分门)项目或注文内容都几乎无异的同一系统的版本,却一直以建阳的书坊为中心,被不断翻刻,其畅销的情形维持到了元明时代。现今所存的这个系统的版本尚有10种以上①,证明它是苏轼诗歌从南宋至明代重版最多、最为流行的版本。

不过,今人所用的苏轼诗最正统的文本(查慎行注本、冯应榴合注本、王文诰编注本)都是清代编纂的编年注本。清代的苏诗学,是从发掘和复原另一种被埋没的南宋注本即"施顾注"而正式起步的。上列的三家也都以"施顾注"为中心,加上独立的考证,而完成了各具特色的注本。如此集大成式的编年注本的出现,确立了编年本相对于分类本的优越性,而被继承到了今天。

按创作时间排列作品的注本,其特点在于,较之作品本身,它经常更强烈地提示读者注意存在于作品背后的诗人。某个作品是在哪一年的哪个时候,怎样的环境之中诞生,接受了如此具体信息的读者,势必要联系这样的信息来鉴赏作品。因此,编年注本对读者的阅读方法提出了要求:以作品为中介,重温诗人的一生。

---

① 西野贞治《关于东坡诗王状元集注本》(《人文研究》15—6,1964年7月)详细地介绍了12种二十五卷本(包括五山版、朝鲜古活字版、庆长古活字版各1种)和3种三十二卷本(明茅维改编本),并提供其文献信息。刘尚荣《苏轼著作版本论丛》(巴蜀书社,1988年)中也有《〈百家注分类东坡诗集〉考》一篇,同样详细地介绍了现存的版本。此外还可参考仓田淳之助《关于东坡诗次公注》(《御茶之水女子大学人文科学纪要》第19号,1966年3月)、西野贞治《关于苏轼的注和年谱》(《神田喜一郎博士追悼中国学论集》,同朋舍,1986年)等。

那么分类本的情况又如何呢？就“王状元百家注本”的情况而言，它也附有年谱，诗题之下还详细地注明了创作时间，但那也不能像阅读编年本那样，随时获得对于传记性背景的确认，毕竟这样的文本并不适合于此种读法。分类本即便把各门类内的作品按创作时间排列起来，通常也会使写作时间不同的作品连续出现，只要换了一个门类，作者的人生时间就要重新开始。那么，这样的文本被编纂，而且大为流行，其原因究竟是什么呢？

分门分类形式的最大优点是便于参考学习，这一性质与类书相同。[①] 比如，当我们想知道苏轼写过哪些以月亮为主题的诗时，只要到这个集子的“月”门类中去搜寻，一般情况下参考该处所排列的作品就足够了。当然，编年本就没有这样的功能。

因此可以说，编集“王状元百家注本”的主要目的，就是把苏轼的诗集当作类书那样的参考书来使用。换言之，以苏轼诗为模本，去学习相应主题的诗的写法时，此书便是很合适的参考书，这便是分类注本的一大特征了。而且，相对于已经确立了自己风格的诗人，还在逐步积累写作技巧的初学者，当然更欢迎具有这种特征的注本。

① 对分类注本与类书的关系加以探讨的论文，有藤原佑子《关于〈草堂诗余〉的类书性质》（《风絮》第3号，2007年3月）、《〈草堂诗余〉与书会》（《日本中国学会报》第59集，2007年10月）等。那是对词的选注本《草堂诗余》的特征所作的论述。在词的注本中，南宋陈元龙注周邦彦词《详注周美成词片玉集》（建阳刻本）也是一个分类本，有“春景”“夏景”“秋景”“冬景”“单题”“杂赋”等类目。与此相近的是朱淑真诗的注本《断肠诗集》，也以“春景”“夏景”“秋景”“冬景”“吟赏”“闺怨”“杂题”等分类。古今体诗的选本中，《分门纂类唐宋时贤千家诗选》（后村千家诗）是分类本的代表，其第一个门类“时令门”下，又依春夏秋冬再分小类。笔者认为，分类注形式的普及显示了诗词的通俗化。无论如何，对于南宋中期以降不断涌现的分类本与书坊的关系，及其与读者层的关系，有必要超越诗词文或经子史集等体裁上的分别，而加以综合的考察。

四、东坡诗分门集注本的购买者

上文说过，与“王状元百家注本”的刊行几乎同时，像“施顾注”那样的编年注本也被刊行了。通过对此二书的比较检讨，可以进一步凸显“王状元百家注本”的特征。

按笔者的考虑，虽然它们的编注对象都是苏轼的全部诗作，而且几乎在同时刊行，但两者的差异并不限于编集形式，从一开始起，编者所预想的读者层就略有不同。

“施顾注本”是在一个叫淮东仓司（提举淮东常平茶盐司）的地方官署刊刻的，就是所谓“官刻本”，对此书的出版具有直接贡献的施氏父子也是青史留名的标准士大夫（陆心源《宋史翼》卷28、29有传）。因此，他们首先会预想的读者，当然是属于士大夫阶层的知识人。而且作为官刻本，颇有文化事业的性质，印刷时对于质的重视无疑胜于量的追求，那么其供应市场的部数也就有限，对于非士大夫层或从事举业的初学者来说，自然不易入手。还在清代初期，其传存版本就已极少，今日更找不到一个完本，原因之一就在这里。

另一方面，“王状元百家注本”虽然挂名王状元即王十朋（1112—1171），但按现在通行的说法，他并未直接参与编纂，只因书肆要借他的盛名来扩大销路，才如此假托。[①] 出版单位除了黄善夫、魏仲卿等家塾外，后来还有虞氏务本堂、余氏万卷堂

① 西野贞治、刘尚荣等人的论文（前揭）都主张伪托说。除了苏轼诗的注本外，挂名王状元的还有杜甫诗的建阳刊本（《王状元集百家注编年杜陵诗史》三十二卷、《王状元标目集注唐文类》六卷）。史部书籍中也有同类的集注本，如蔡建侯家塾本《陆状元集百家注资治通鉴详节》。夸耀注家之多的注本，还有魏仲卿家塾本《新刊五百家注音辨昌黎先生文集》和《新刊五百家注音辨柳先生文集》等，杜诗注本中也有《黄氏补千家集注杜工部诗史》和元代的《集千家注分类杜工部诗》。详情请参考谢水顺、李挺《福建古代刻书》（福建人民出版社，1997年）第一章“宋代福建刻书业的兴盛”，方彦寿《建阳古代刻书考》（《出版史研究》第6辑，1998年2月）等。

等建阳或庐陵(江西吉州)的书坊。家塾本为举业而作,很大程度上具有应试参考书的性质,由于重视信用,在质量方面有较高的追求(因此也获得后世学者或近现代文献学家的较高评价),但所谓坊刻本,则多数以大量速售为第一目标,质量问题就显得次要了。

“王状元百家注本”也不例外,宋末元初以降的坊刻本往往在书名前添加“增刊校正”四字,或者添入刘辰翁的评点,又或将王状元之名从标题中删去,总之都想尽办法来获取耳目一新的效果,或强调其附加价值,来刺激顾客的购买欲。但实际上,分门也好,注文也好,内容本身并无多大差异。因此,“王状元百家注本”的系统是民间书肆的刊行物,包括家塾本在内,都是无法抹去营利要素的“商品”。

因为是“商品”,所以不管身份高低,只要具备购买能力,谁都可以获得,当然也很可能被士大夫购买。南宋的进士科已分为诗赋进士和经义进士两科,对于报考后者的士人来说,从事诗赋创作并非必要条件,故经义进士(或以恩荫出身而成为士大夫者)的作诗能力总体上应劣于诗赋进士。因此不能否认“王状元百家注本”的读者中可能包含通过诗赋进士之外的途径出身的士大夫,实际上也确有那样的读者。

当然,正如前文所述,这个文本的编集特征以及注释内容是适合于初学者的,对于已经具备高度古典知识修养的士大夫来说,多余的信息实在过剩。因此,士大夫们恐怕看不上这样的文本,拿在手上会觉得有失身份吧。这个文本所具有的启蒙性和实用性,于士大夫的自尊心有碍,士大夫对之未免会有排斥心理。所以,把这个文本的主要读者推测为处于士大夫周边位置的非士大夫知识层,是比较稳当的。

嘉泰二年(1202)为“施顾注本”作序的陆游(1125—1210),谈及了任渊为宋祁、陈师道、黄庭坚三家诗作注的事,但对于苏轼诗的已刊注本，则完全不屑一提[1]。“王状元百家注本”的编刊时间与这篇序文接近，也可能陆游手上还没有这个注本，但为“王状元百家注本”打下了基础的以赵次公为始的“五注”“八注”“十注”等本，却已经刊行，陆游不会完全不知其存在（施宿就提及过“八注”）。在笔者看来，其不愿置之齿牙的事实，最具象征性地反映出当时士大夫阶层对于“王状元百家注本”一类注本的态度。

五、科举——年均产出一万非士大夫知识人的制度

那么，建阳的书肆经营者所预想的购买层，究竟是什么阶层、什么职业的人们呢？因为没有相关资料，以下所述全不过臆测而已，但仍想从总体上思考一下这个问题。

首先根据常识来判断，购买层不用说是知识阶层。不过在这知识阶层之中，如前文所述，存在着“士大夫阶层”与“非士大夫阶层”两个阶层。前者指经由科举或类似途径（恩荫、特奏名等）而得到了官位的施政者，后者指此外的知识人。在后者之中，包含有胥吏、从事举业的书生、州县的幕友、州县学校的补助教官或者书院、私塾等的教师，还有医生、富商、书会（戏剧脚本作家和艺人的行业组织）文人，等等（详后述）。胥吏处于施政者的侧近，广义上也可算作官员，但在制度上被明确地区别于士大夫，故本章视其为“非士大夫阶层”。

“士大夫阶层”由三年一度的科举或恩荫之类，定期地补充一定数量的人员。据荒木敏一的统计[2]，南宋的科举共计举行49次，其中留下了及第者数据的有38次，平均每次产生进士及第者440人，而通过特奏名获得同出身者的数据，在平均490

---

① 陆游《施司谏注东坡诗序》，《渭南文集》卷15。

② 《宋代科举制度研究》附篇，同朋舍，1969年。

人以上。因为是三年一度，故年均当有147名进士及第和163名同出身，加起来就有300名以上的新士大夫，因科举而产生（据说，由恩荫得官的人数还要多[①]）。

至于每次参加科举考试的总人数，因资料方面的限制，难以获知准确的数据，但据村上哲见所考[②]，北宋末宣和五年的科举，有"万五千人"参加了礼部省试（宣和六年举行）。南宋的状况，也有"不下万余人"的记载。如以宣和六年（1124）的礼部省试为例，其及第者为805名（荒木敏一《宋代科举制度研究》附篇），则参与竞争者为及第者人数的近20倍。把《梦粱录》提供的数据低估为10 000，再按上述每次科举的平均及第人数来计算，则参加人数为进士及第者的22倍，即便算入特奏名，也有11倍。不难想象，参加乡试的人数还要翻几倍，至少可以估计为每次四五万人。这样，以非常粗略的估算，可以确认年均10 000以上的应试人数。

然而，科举虽是定期产出新士大夫的制度，换一个角度来看，它同时也是产出更多"非士大夫知识人"的制度。从上述的数据来看，在南宋的科举中得到士大夫地位的人数，是乡试合格者的十分之一，若对照参加乡试的总人数，则百人之中恐怕只有数人获得成功，剩下来九成以上的压倒性多数得不到士大夫的地位，名落孙山。由此，南宋社会因科举制度而产生的"非士大夫知识人"，至少达到年均约10 000人的规模。机械地计算一下，十年就有10万，二十年就有20万"非士大夫知识人"产生。再加上从事举业而还在准备应试阶段的年轻学子，则存在于当时的"非士大夫知识人"的数量还要翻上数倍乃至数十倍。

据说，南宋的官员人数平均约为40 000[③]，其中约15 000

① 参考曹福铉《宋代官员人数的增加及其原因》，《河北大学学报》（哲学社会科学版）第24卷第3期，1996年9月。

② 《科举史话》第二章"宋代科举的规模"，讲谈社，2000年。

③ 参考前注所揭论文。

人是武官，那么剩下的25 000人便是文学作品的主要接受者兼创作主体。

书肆出于营利目的而出版诗文集的时候，其销售对象应该确定为这25 000人，还是至少拥有数十万人数的非士大夫知识层，便是一目了然的事了。

书籍的编纂刊行，本来是从士大夫文化内部产生的事业，而且因为朝廷不时地对民间出版加以严厉限制，故不难想见，在一定时期内，书肆的一方也会专门面对士大夫阶层（以及科举应试者），以他们为预期的购买者，来扩大其事业。但是，等到支撑士大夫阶层的"非士大夫知识阶层"逐渐成熟时，情况就会转变。以人口众多、在扩大销路上可以付诸更多期待的他们为首要的预想读者而出版的书籍不断增加，这从经济规律的角度说，也是极为自然的一种发展。

六、南宋的非士大夫知识人

民间书肆将其营业目标从上层士大夫转变为中间层的非士大夫知识人，究在何时，当然难以遽断，但建阳（还有庐陵）的坊刻本似乎可以看作表现了这一转变的具体事例。仅就现存版本和相关资料来看，南宋中期开始出现显著的转变倾向（各种集注本、类聚本的出现），到宋末元初以后，便可说基本完成了（通俗类书和插图本平话的出现[①]）。

科举落第者中，肯定有一部分还想再度挑战，继续从事举

① 例如建安刘德亨景定二年（1261）刊《古今合璧事类备要》四百一十六卷、元大德十一年（1307）刻《事文类聚翰墨大全》一百卷、至治年间（1321—1323）建安虞氏刻《新刊全相平话武王伐纣书》三卷等全相平话五种、郑氏积诚堂至元六年（1340）刻《纂图增新群书类要事林广记》四十二卷、刘衡甫至正九年（1349）刻《联新事备诗学大成》三十卷、熊氏鳌峰书院元至正十三年（1351）刊《勿轩易学启蒙图传通义》七卷，等等。关于福建建阳的坊刻本，请参考谢水顺、李挺《福建古代刻书》（福建人民出版社，1997年），方彦寿《建阳古代刻书通考》（叶再生主编《出版史研究》第6辑，1998年2月），李瑞良《中国出版编年史（增订版）》（福建人民出版社，2006年）等。

业，但也会有些人放低了目标，而成为地方官的幕友或衙门的胥吏，也有人通过自荐或他荐，担任了州县学校的补助教官，书院、私塾的教师，乃至富裕阶层的家庭教师。当然肯定还有一部分断了入仕的念头，转业为医生、商人，或从事别的职业。

另外，原本与举业无关的人中，应该也会有一定数量的购书者，他们可能与士大夫或上述非士大夫知识人有所接触，而感到具备古典教养的必要性。举例来说，北宋的诗社中就包含了某些民间人士。

余英时曾在《士与中国文化》（上海人民出版社，1987 年）中指出，随着“新四民论”的展开，到了明代后期即 16 世纪，传统式的阶级意识发生了颇大的动摇，“士”的地位相对模糊化，把“士”与“商”同等看待的想法渐趋普遍。其结果是，既出现了从“士”转业为“商”的人，也出现了很多崇尚实利的言论，认为做“士”还不如经“商”。

为了阐说明代社会的这种变化，余氏引用了宋人的许多言论，证明宋代的“士”还维持着相对于“商”的优越地位。其中有下引袁采（隆兴元年［1163］进士）《袁氏世范》（《文渊阁四库全书》本）的一节，对于我们考察南宋后期士大夫家庭的职业观，是颇为珍贵的史料：

> 士大夫之子弟，苟无世禄可守，无常产可依，而欲为仰事俯育之资，莫如为儒。其才质之美，能习进士业者，①上可以取科第，致富贵；②次可以开门教授，以受束脩之奉。其不能习进士业者，③上可以事笔札，代笺简之役；④次可以习点读，为童蒙之师。如不能为儒，则⑤医卜、星相、农圃、商贾、伎术，凡可以养生而不至于辱先者，皆可为也。
>
> 子弟之流荡，至于为乞丐、盗窃，此最辱先之甚。然世之不能为儒者，乃不肯为医卜、星相、农圃、商贾、伎术等事，而甘心为乞丐、盗窃者，深可诛也。

按袁氏的训诫，士大夫子弟首先应该求为“儒者”。所谓的“儒者”，当然是儒学家之义，但这里恐怕广指跟从老师修习过古典学问的人，等于说知识人。笔者在引文中标出的①至④，就是“儒者”的具体从业途径。①和②走的是科举应试之途，①成功地及第而为士大夫，自然最好，②是落第者，尚可开私塾，收取学生的束脩以维持生计，这是其次。③和④是无望于科举者的从业途径。恐怕上至官厅，下至民间的大店铺，都有必要写作大量的日常文书、书简之类，③就是被雇用去代笔的，如胥吏、幕友、馆客之类，亦包含在内。④是以小孩子为教育对象的教书业。

至于⑤，就是不能成为“儒者”的人从事的职业了，他们可以做医生、占卜师（占卦、星术、看相等）、农田经营者、商人，或从事技艺、方术等。袁氏最后还说，既不能成为“儒者”，又不从事像⑤那样的正当职业，结果做了乞丐或盗贼，这才是最可耻的。

《袁氏世范》的性质，是“家塾训蒙之书”（《四库全书总目》该书提要），但它并未停留在观念式的训诫上，还联系当时社会的实际情况，作了如此细致的指导。

文中明确区分了儒者和非儒者，但既然都是士大夫家庭的子弟，则其幼年时期必然都接受了相应的教育，所以即便走上了⑤那样的非儒者之途，仍不妨视之为知识人的一员吧。

余英时引用这段文字，以阐说明代的巨大转变之前的传统职业观，但这段文字其实也让人感觉到，“士大夫”与“非士大夫”的距离已经大为缩短。而且从中还可看出，余氏所谓的“新四民”意识，在南宋时代已经萌芽。无论如何，此文为我们描述了当时社会的实情：很多人从士大夫阶层掉落下来，转变为民间的知识人。

再引用一条有关非士大夫知识人的史料，即吴自牧《梦粱录》卷一九的“闲人”条(几乎相同的内容也见于《都城纪胜》)。这一条特殊的记载,传达了首都临安那样的繁华都市在灭亡前夜的殷盛热闹,有些部分可与袁采的记述相印证,参考价值颇高(《文渊阁四库全书》本):

> 闲人本食客人。孟尝君门下有三千人,皆客矣。姑以今时府第宅舍言之,食客者,(A)有训导蒙童子弟者,谓之“馆客”,(B)又有讲古论今,吟诗和曲,围棋抚琴,投壶打马,撇竹写兰,名曰“食客”,此之谓“闲人”也;(C)更有一等不着业艺,食于人家者,此是无成子弟,能文知书,写字善音乐,今则百艺不通,精专陪涉富豪子弟郎君,游宴执役,甘为下流,及相伴外方官员财主,到都营干;(D)又有猥下之徒,与妓馆家书写简帖取送之类,更专以参随服役之生,旧有百业皆通者,如纽元子,学像生叫声,教虫蚁,动音乐,杂手艺,唱词白话,打令商谜,弄水使拳,及善能取覆供过,传言送语;(E)又有专为棚头、斗黄头,养百虫蚁、促织儿,又谓之“闲汉”,凡擎鹰架鹞、调鹁鸽、斗鹌鹑、斗鸡、赌扑落生之类;(F)又有一等手作人,专攻刀镊,出入宅院,趋奉郎君子弟,专为干当杂事,插花挂画,说合交易,帮涉妄作,谓之“涉儿”,盖取过水之意;(G)更有一等不本色业艺,专为探听妓家宾客,赶赴唱喏,买物供过,及游湖酒楼饮宴所在,以献香送劝为由,乞觅赡家财,谓之“厮波”。大抵此辈,若顾之则贪婪不已,不顾之则强颜取奉,必满其意而后已。但看赏花宴饮君子,出着发放何如耳。

此文详细地记述了都市中寄食的“闲人”,其中(A)和(B)是正当的“闲人”,(C)至(G)则为其穷途末路者。(A)“馆客”和(B)“食客”大约与袁氏所记“儒者”的最低从业途径④相当。

“馆客”在宋代文献中屡有出现，根据相关记载，似乎也有以馆客的身份去应科举而及第为官的。从做“馆客”的一方来看，这个职业的优点是衣食无忧，拥有准备应试的良好环境；从供养他们的权贵或富民的一方来看，准备应武举的“馆客”可以暂充保镖，准备应进士科的“馆客”可以暂充秘书、助手，代笔写作文书，或如引文中所说，担任小孩子的家庭教师。进一步，如果他们顺利及第，当上了官，那就等于多了一条与官界联络的通道。因此，除了主客关系以外，两者的结合也建立在对于实际利益的预期上。

这样，上引两条史料可以证明，围绕在士大夫阶层的周边，或身处民间而从事知识职业的中间阶层（非士大夫知识人）是确实存在的。到现在为止，笔者还未搜寻到他们与坊刻本发生确凿关系的史料，但像他们那样主要生活于都市，从事多种多样的知识职业的非士大夫知识人，应该就是南宋后期以降以建阳书坊为中心而大量刊行的日用类书、书简例文集、医书、易学启蒙书等的潜在读者层——这样的推论也许不会离实情太远。反过来也可以说，民间的营利性出版事业，为这个阶层创造了书籍容易传播的环境。

由此推想，购买“王状元分类注本”的知识人，恐怕很多就属于上述的书籍购买层吧。

七、南宋末期至元代的作诗教本、选本、类书之编刻与流行

以福建建阳的书坊为中心，杜甫、韩愈、柳宗元乃至苏轼作品的集注本，特别是像百家注、五百家注、千家注那样以注家之多为夸耀的集注本，从南宋中期以来陆续被编刻出版，这一点已在上文谈过。接下来可以注目的另一个事实是，与这一系列注本的出现相前后，选本、作诗教本、有关诗学的类书也开始大量出版。

吉川幸次郎曾在《宋诗概说》中论及南宋末坊刻本出版的盛况，而把它与市民对文学兴趣的高涨相联系①，但他并未明确地交代其论据。本章拟在《宋诗概说》的基础上，稍稍扩大探讨对象的范围，将元代也纳入视野，对两者之间的关联性重新作出具体的检讨。

包括吉川氏所讨论的《三体诗》《诗人玉屑》在内，将具有代表性的这类书籍列举出来，按刊行或成书的先后顺序排列，有下面 a—m 13 种（各项末尾所附〔 〕内的信息，是笔者所见的版本）：

a.《文章正宗》正二十四卷、续二十卷

真德秀（1178—1235，浦城［福建］人）编，绍定五年（1232）。正集卷 22 以下选录唐和唐以前诗，以古体为主。〔《文渊阁四库全书》本〕

b.《诗人玉屑》二十一卷

魏庆之（？—1272 前后，建安［福建建瓯］人）编，淳祐四年（1244）序。〔上海古籍出版社校点本〕

c.《唐诗三体家法》（“三体诗”）三卷

周弼（1194—？，寓笠泽［江苏苏州］）编，淳祐十年（1250）序。元释圆至（高安［江西］人，俗姓姚）注二十卷本，裴庾（东嘉［浙江温州］人）注三卷本。〔村上哲见，朝日新闻社，中国古典选本；王礼卿，台湾学生书局《唐贤三体诗法诠评》〕

d.《分门纂类唐宋时贤千家诗选》（“后村千家诗”）前集二十五卷、后集十卷

传刘克庄（1187—1269，莆田［福建］人）编，刊刻时期

① 《宋诗概说》第六章“13 世纪，南宋末期”第六节“三体诗 · 诗人玉屑 · 沧浪诗话”。

未详(有元刻本)。〔李更、陈新校证,人民文学出版社《校证》本〕

e.《精选古今名贤丛话诗林广记》("诗林广记")前后集各十卷

蔡正孙(建安人)编,元至元二十六年(1289)序刊。〔中华书局校点本〕

f.《唐宋千家联珠诗格》("联珠诗格")二十卷

于济(番易[江西鄱阳]人)、蔡正孙(建安人)编,元大德三年(1299)。〔卞东波校证,凤凰出版社《校证》本〕

g.《增广事联诗学大成》三十卷

毛直方(宋末元初建安人)编,元至顺三年(1332)建安广勤堂重刊。

h.《韵府群玉》二十卷

阴时夫(奉新[江西]人,一作阴劲弦)编,梅溪书院刻,元元统二年(1334)刻。〔《文渊阁四库全书》本〕

※《新增说文韵府群玉》二十卷

阴时夫编,至正十六年(1356),建安刘氏日新堂增补刻。

i.《新编诗学集成押韵渊海》二十卷

严毅(建安人)编,蔡氏梅轩刻,元至元六年(1340)。〔《续修四库全书》本〕

j.《联新事备诗学大成》三十卷

毛直方编,林桢(三山[福建福州]人)增补,元至正九年(1349)建安刘衡甫刻。〔《续修四库全书》本〕

k.《重刊增广门类换易新联诗学拦江网》七集七十卷

元坊刻。

l.《瀛奎律髓》四十九卷

方回(1227—1307,歙县[安徽]人)编,元至正二十五年(1365)。〔上海古籍出版社《汇评》本〕

m.《魁本大字诸儒笺解古文真宝》(古文真宝)前、后集各十卷

黄坚(永易[安徽滁州]人)编,林桢注,元至正二十六年(1366)序刊。前集选录诗歌,以古体为主。〔佐藤保、和泉新,学习研究社,《中国之古典》本〕

按照四库分类法,可将这13种分类如下:

(1) 子部——类书类(诗语用例集成)

g.《增广事联诗学大成》

h.《韵府群玉》

i.《新编诗学集成押韵渊海》

j.《联新事备诗学大成》

k.《重刊增广门类换易新联诗学拦江网》

(2) 集部——总集类(选本、教本)

a.《文章正宗》

c.《唐诗三体家法》

d.《分门纂类唐宋时贤千家诗选》

f.《唐宋千家联珠诗格》

l.《瀛奎律髓》

m.《魁本大字诸儒笺解古文真宝》

(3) 集部——诗文评类(诗话总集)

b.《诗人玉屑》

e.《精选古今名贤丛话诗林广记》

(1) 类书——初学作诗者的实用性参考书

子部类书类的五种字书兼用语用例集,是面向初学作诗者的参考书,其中k笔者未见,g也只能根据《宋元版刻图释》(学苑出版社,2000年)收录的书影加以确认。

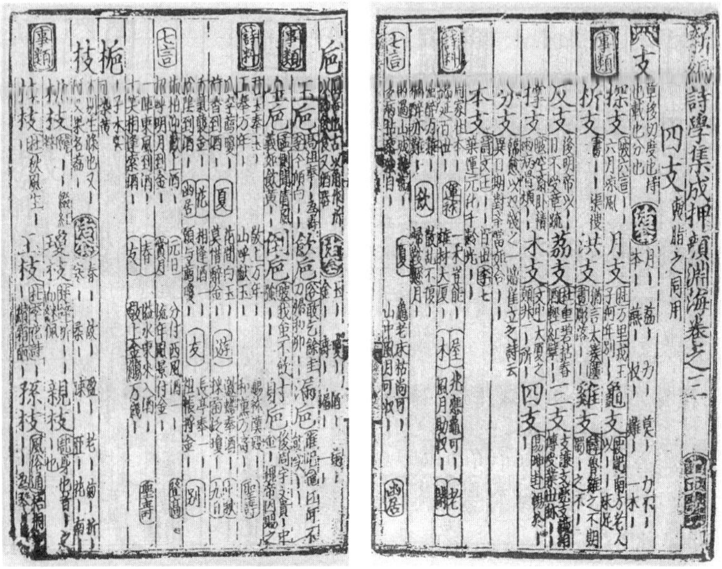

《新编诗学集成押韵渊海》书影

i《新编诗学集成押韵渊海》(以下简称《押韵渊海》,《续修四库全书》影印元刊本)的卷首载有凡例,据云,在此之前尚有庐陵胡氏和建安丁氏各自编辑的两部类书,名为《诗学活套押韵大成》。日本也有五山版类书《增广事吟料诗韵大成》,据川濑一马的解题(川濑一马《五山版之研究》,1970年),为宋人胡继宗所编(但五山版的底本却是明洪武年间的刊本),则此五山版的祖本也很可能出版于i之前(所谓“胡继宗”,也许就是i卷头凡例中的“庐陵胡氏”)。从《五山版之研究》所载的书影来看,此书也采用了依韵目编辑的形式,内容上跟i近似。

i《押韵渊海》的凡例还说:“非惟资初学之用,而诗人骚客亦得以触而长,引而伸,不无小补。”宣称该书对于高水平的人也有使用价值,但很明显,无论从体裁还是内容来看,此书的编纂都以“资初学之用”为首要目标。不过,所谓“初学”不限于科举应试者，其所指对象的范围应该更广。

《押韵渊海》按平声的30个韵目分卷，在每个主要韵字之下，注明反切、训诂等字典式的信息，此后便以“活套”(“体字”)“事类”“诗料”为序，列出与该字相关的用语、用例。与h《韵府群玉》相比，所载的信息没有多大差异，但版面设计却很不相同。《韵府群玉》更突出实用功能(笔者调查了明弘治七年刻、清康熙五十五年刻《新增说文韵府群玉》和《文渊阁四库全书》本三种本子，全是满页毫无余白，文字密密麻麻的版式)，而《押韵渊海》则重视视觉效果，适当地留下余白，多有改行，参用阴文，在版面设计上颇下功夫。另外，《韵府群玉》将四声106个韵目收录齐整，而《押韵渊海》则如前述，只有平声的30个韵目，这一点也是颇大的差异。

j《联新事备诗学大成》(《续修四库全书》影印元刊本)分“天文”“地理”“时令”“走兽”“鳞介”“昆虫”等32个门类，又分“天”“天河”“日”“春日”“蚁”“蚊”“蜗”等819个子目，每个子目下先立“事类”一项，列出二至四字的常用语汇及其用例，再分“起”“联”“结”等项，揭载其在对联中的用例。

如果说《押韵渊海》是以韵字为基础作诗时的参考书，那么《联新事备》就是根据题目或内容来构想诗句时的参考书。而且，考虑到前者只收录平声韵的韵字，后者又以对联为中心揭载用例，则可判断此二书都是为近体格律诗的写作而编纂的类书。

自宋末延续至元代，此类作诗用的通俗类书被大量编纂刊行，这一事实不妨视之为当时作诗人口增大和作诗阶层扩大的如实反映。

(2) 选本——面向初学者的课本

(2)和(3)中列出的，都是我们很熟悉的书籍，但这里暂时不从批评史或接受史的角度去考察，而是尽量把它们置回当时的时代环境，思考它们各自面向哪些读者，从而对这些书籍的性质和特征重新加以把握。

(2)集部总集类的6种，从各书内容可以推断，其面向的读者显然不同，a《文章正宗》和l《瀛奎律髓》二种面向中高级水平的读者，而其他四种则是面向初中级读者的选本。

a真德秀《文章正宗》，正集分为“辞命”“议论”“叙事”“诗歌”四类，收录的作品到唐代为止。不过，它并非均衡地选录历代文章，其先秦之文多出《左传》《国语》，汉文多出《史记》《汉书》，剩下来几乎全是韩愈、柳宗元的文章。续集分为“论理”“叙事”“论事”三类，以北宋六大家为中心，也选收了“苏门四学士”和其他几位北宋作家的作品。

仅就其标榜“正宗”，便可知其编集的主要目的，在于培育正统的古文教养和写作基本功。从选录作品的内容也可判断，这是以具备中级以上基础的学生为对象的课本。另外还有一种古文选本，因未包含诗歌而没有列入上面13种内，就是楼昉(字旸叔，号迂斋，鄞县[浙江宁波]人)编的《迂斋先生标注崇古文诀》(三十五卷，宝庆二年[1226]成书，比《文章正宗》约早六年，以下简称《崇古文诀》)。此书按时代顺序，选录先秦至宋的优秀名篇。与a一样，其选录的倾向也是偏重汉代和唐宋，而在唐宋范围内又偏重于八大家，不过毕竟也选收了一些三国、六朝的作品，宋文之中亦包含范仲淹、司马光、李清臣、张耒以及南宋初期作家的作品，虽然是少量的，却比a显得更富于多样性。

元代出版了一些针对科举策论、对策的范文集，如《论学绳尺》[①](十卷，魏天应编，林子长注)和《精选增入文筌诸儒奥论策

① 参考张海鸥、孙耀斌《〈论学绳尺〉与南宋论体文及南宋论学》，《文学遗产》2006年第1期。

学统宗》(八卷,陈绎曾、谭金孙编)之类,与此相比,a 可视为培育更广泛的作文基本功的教科书。从它不厌其烦地选录长篇作品的情况来看,其编辑方针也比 m《魁本大字诸儒笺解古文真宝》(以下简称《古文真宝》)或谢枋得《文章轨范》等远为严肃。

l 方回《瀛奎律髓》[①]是律诗的专门选本,分“登览”“朝省”“怀古”“释梵”“仙逸”“伤悼”等 49 个门类,按时代顺序收录唐宋名篇约 3 000 首。每篇之下,附有方回的简短评注,但并不包括典故、训诂及句意说明的方面,这一点与上列 a 以外的其他选本颇具差异,可见其面向初学者的启蒙意图甚为淡薄。因此可以说,这是一个面向高层次的选本。

剩下来的 c《唐诗三体家法》、d《分门纂类唐宋时贤千家诗选》、f《唐宋千家联珠诗格》和 m《古文真宝》四种,则可视为面向初中级读者的入门教科书和参考书。

c 周弼《唐诗三体家法》[②](别称《唐贤绝句三体诗法》)以近体诗的七绝、七律、五律三种诗型为选录对象,总数近 500 首。如书名“家法”或“诗法”所示,这是有关三种近体诗之作法的教科书,主要说明其诗句结构上所能展现的变化。比如,绝句的第三句可以写景,谓之“实接”,也可以抒情,谓之“虚接”,对仗可用于前半二句,谓之“前对”,也可用于后半二句,谓之“后对”,等等,标示诸如此类的结构方法,再选录相应的唐诗作品以为例子。

---

① 虽然不是《瀛奎律髓》研究的专著,但詹杭伦《方回的唐宋诗律学》(中华书局,2002 年)仍可参考。另据查屏球论文(见下注),《唐三体诗法》对《瀛奎律髓》有间接的影响。

② 参考查屏球《周弼“三体唐诗”流行与宋元出版中心的关系——以考察周弼〈唐三体诗法〉原貌为中心》,东北大学东北亚洲研究中心“东亚出版文化第四次国际学术会议”论文,2008 年 7 月。

f 蔡正孙《唐宋千家联珠诗格》[①]专以七绝为选录对象，总数在 1 000 首以上，而分类归纳为“四句全对格”“起联平侧对格”“用只了格”“用如字格”等 340 余“格”，说明其写作方法。所谓“格”，意谓法则、方式，与 c 书名中的“家法”“诗法”之“法”几乎同义。

c 和 f 二书，在选录对象的诗型和数量多寡上具有差异，但有两点是相同的：一是专以篇幅短小的近体诗型为对象，二是就一定的诗型，联系具体的作例，说明其特征和作法。由此看来，这两种选本在编纂的出发点上颇为相似。不过，c 仅以唐诗为选录对象，而 f 则包含了宋诗，而且选录了南宋后期特别是江湖派诗人的许多作品，这一特征倒与 d《分门纂类唐宋时贤千家诗选》相近。

《分门纂类唐宋时贤千家诗选》[②]分“时令”“节候”“气候”“馈送”“谢惠”“谢馈送”等 20 余门类，再细分出 230 个子目，按顺序揭载唐、北宋、南宋的佳作，是一个依诗歌内容分类的选本，所选的都是绝句或律诗。因此可以说，这个选本与依诗歌形式（诗型）分类的 c、f 是互为补充的关系。

从类目的内容看，与前揭 j《联新事备》相同的较多。当然，j 是类书，d 为选本，两书性质不同，但相同的分类形式及其类目内容，便于初学者就所咏主题去搜求范例，颇具实用性。特别是 d 包含了江湖派等南宋后期诗人的作品，无疑会令当时的读

① 参考张健《蔡正孙考论——以〈唐宋千家联珠诗格〉为中心》（《北京大学学报（哲学社会科学版）》第 41 卷第 2 期，2004 年 3 月）、卞东波《〈唐宋千家联珠诗格〉的数据源、文献价值及其讹误》（《唐宋千家联珠诗格校证》卷首，凤凰出版社，2007 年）。

② 李更、陈新《分门纂类唐宋时贤千家诗选校证》（人民文学出版社，2002 年）附录了有关本书的详细论述（下册，874 页以下）。另外，程章灿《所谓“后村千家诗”考》（《中国诗学》第 4 辑，1995 年 12 月）论述了刘克庄与本书的关系，本书与明代以降流行的传谢枋得选《（七言）千家诗》以及清初以后流行的谢枋得、王相《千家诗》的关系。

者感到亲切，其实用性可谓更合时宜。

m《古文真宝》是与a《文章正宗》（以及《崇古文诀》）类似的古文选本（课本），但比较之下，恐怕a是为中级以上的读者而编，m则面向初级读者。这一特征的明确表现是，它选录的主要是平易短小之作，并附有详细的“笺解”。虽然唐宋八大家的作品可谓居多，但涉及的时代和作家比《崇古文诀》更为广泛。编者的想法也许是：作为入门阶段的课本，与其明确突出选者个人的价值观，还不如尽量广泛地收罗多种多样的名作，尽管那样可能成为毫无个性的选本，却也无妨。另外，此书所收的诗全是古体，恰好与c、d、f、l四种构成互补关系。

从一般情形来说，近体诗的各种格律对于刚刚起步的初学者可能构成麻烦的障碍，但通过一定的训练，积累了经验后，那也很可能起到积极作用，有效地减轻伴随创作全过程的某种心理压迫。近体诗从每一字、每一句、每一联，直到全诗，各个步骤都须符合格律。这种格律本来就是为了保证作品的质量而制定的约束，所以反过来说，如果能将这些障碍一一跨越过去，那么作品自然像模像样，超越一定的水平。故对初学者而言，各步骤所需遵循的格律，恰好成为进步的阶梯、合适的创作指南。

另一方面，古体是不遵格律的自由诗。所谓自由，就是原则上并不存在明确的规则、客观的阶梯。因此，古体的作者将直接在内容或风格层次面临表达能力上的更高要求。古体所保障的巨大自由度，对于目前还在一点一点积累技巧的初学者来说，无异于汪洋大海，不知道该从哪里出发、怎样前进才好。换言之，巨大的自由度对于初学者反成手铐脚链。

古体诗以具有古风的表达方式为重要条件，故在初学阶段，最重要的是尽多接触《诗经》以来的经典先例，从中学习措辞、句法之类的传统。至于古文，通常也是远从先秦两汉、近从唐宋去寻求范例，故首先务必更多地学习那些古典著作。诗歌领域的古体诗和近体诗，与文章领域的古文和骈文之关系相似，在学习方法上，古文与古体诗（近体诗与骈文）也多有相通之处。因此，像《文章正宗》《古文真宝》那样并载古文、古体诗的选本的产生，并不是没有原因的。

另一方面，适合于入门阶段的学习步骤比较明确的定型化的近体诗，自也应当独立编纂其教学用的选本。所以，专门收录近体诗的c、d、f、l那样的书籍的出现，乃是极为自然的发展。

（3）诗话总集——读本形式的作诗教科书

诗话总集也渗透了时代的特征。首先是b魏庆之《诗人玉屑》[①]，拿二十一卷本来说，前十二卷主要是有关诗歌创作的技术方面的内容，后九卷主要将历代诗人排列出来，从各种诗话中摘录有关的记述抄在诗人的名下。时代的特征在前十二卷有更为浓厚的表现。

前十二卷分列了“诗辨”“诗法”“诗评”“诗体”“古诗”“律诗”“绝句”等40余个门类。人们一般对开头4个门类中引用的严羽之说注意较多，但笔者却被此后“诗体下”至卷12的门类和内容所吸引。特别是卷5至卷8，按照创作过程的先后顺序，将初学作诗者应该掌握的技术要点一一列出。

具体来说，就是从“口诀”“初学蹊径”开始，列出了“命意”“造语”“下字”“用字”“压韵”“属对”“煅炼”“沿袭”等门类，在每一门类下引用诸家之说。“口诀”下收录了诸家的作诗心得和秘诀，都是用几句话简洁地表达出来的，“初学蹊径”下列出了初学者应该牢记于心的要点和进步途径。“命意”以下的各个

① 参考张健《魏庆之与〈诗人玉屑〉》，会谷佳光译，《橄榄》第12号，2004年9月。

门类，也分别揭载了具体创作进程中被诸家认为重要的值得留意之点。

虽然该书并不系统阐述编者独特的诗论，其引用的诸家之说的水平亦参差不齐，但编纂的意图极为明确，那就是面向尚在积累作诗技巧的初学者，尽可能地提供更多更具体的信息，这是其重点所在。[1] 因此，该书的这个部分，也具有作诗方法之类书的性质，而与第(1)类所揭诸书可以互补。

该书还有一个特点，就是较多地引用北宋末以后的诸家之说。在前述的严羽之外，惠洪(1071—1128)、韩驹(1080—1135)、吕本中(1084—1145)、杨万里(1127—1206)、朱熹(1130—1200)、赵蕃(1143—1229)、敖陶孙(1154—1227)、姜夔(1155？—1221?)等人的诗说也屡被引用。

这一点体现了与 d《分门纂类唐宋时贤千家诗选》和 f《唐宋千家联珠诗格》相同的编辑倾向。无论在时间上还是环境上，同时代人的诗说都更贴近当时的实际情况，故参考价值较高，以此为中心来编辑，可以更好地应付读者的需要。换一个观察角度，也可以理解为：从南北两宋之交的时期开始，有关作诗技术和创作方法的议论越来越丰富而具体，这样的时代倾向直接反映在该书之中。

无论如何，在《诗人玉屑》中，有关作诗技术的形形色色的言说被分类整理，而且这样的书籍被上梓刊行，此一事实的背后，应存在作诗人口增大的社会现象——如此想象应无不妥。

e 蔡正孙《诗林广记》以诗人为别编集资料，前集十卷有陶渊明、杜甫、李白、韩愈、白居易等晋唐诗人，后集十卷是欧阳修、王安石、苏轼、黄庭坚等北宋诗人，每一位诗人名下，先揭载

① 《诗人玉屑》的这一特征，也被元代有关“诗法”的许多书籍所继承，张健编《元代诗法校考》(北京大学出版社，2001 年)揭载了共计 25 种相关文献，其中如杨载《诗法家数》，便可理解为其发展形态。

作品的全篇，然后附录相关的诗话、笔记资料。

以诗人为别的编集形式，与南宋初期的胡仔《苕溪渔隐丛话》以及魏庆之《诗人玉屑》(卷13以下)相似，其间较大的差异在于，《诗林广记》以作品为正、诗话为副，而胡、魏两书却是典型的诗话总集，以“话”为中心，引用的作品通常只是与话题相关的部分。因此，《诗林广记》比此二书更突出其选本的性质。编者的意图，是让读者一边体会著名诗人的作品，一边阅读关涉该诗的逸事，乃至诸家的评论，以扩充相关知识。

对诸家之说的引用，也体现出一定的倾向。引用数量最多的是谢枋得，其次是朱熹、刘克庄、杨万里，再加上杨时、叶适、真德秀等，南宋儒者的言论被引录较多。依近人郭绍虞所论，蔡正孙是与“朱熹/陆九渊——汤巾——徐霖——谢枋得”这样的道学学统相关的儒学之徒，故此书颇具道学色彩。[①] 另外，蔡正孙也是f《唐宋千家联珠诗格》的编者，后者的成书晚于《诗林广记》约十年，也大量收录南宋道学家之诗。

《诗林广记》屡引胡仔之说，揭载的故事有不少出自《苕溪渔隐丛话》，但对成书时间更为接近的《诗人玉屑》以及魏庆之，则并未提及。蔡正孙与魏庆之之子魏天应交往密切，都是师事谢枋得的同乡同门[②](同魏天应一起编纂《论学绳尺》的林子长，与蔡氏亦有交往)，故年辈虽然不同，而对魏庆之及其《诗人玉屑》应该是熟知的。尽管如此，还是不曾提及，那恐怕是因为强烈地意识到《诗人玉屑》的存在，而故意加以回避。这也就意味着，《诗林广记》的出版，是为已经收藏了《诗人玉屑》的人提供一种值得购买的新总集。两者之间，卷数几乎相等，但《诗林广记》原则上要录

① 《宋诗话考》卷上，中华书局，1979年，125页。

② 参考上揭张健论文。

出诗作的全篇，而《诗人玉屑》专录诗话，其信息量较前者为多。不过《诗林广记》也包含不少《诗人玉屑》中找不到的信息，故作为诗话总集，内容上也有其独特性。所以，两者之间虽有一定的影响关系，但总体上仍可视为各具特色的诗话总集。

八、南宋末至元代与诗学相关书籍的编刻意味着什么

如上所述，紧接着南宋中期由书坊编刻的集注本的流行，自南宋末至元代，多种多样的与诗学相关的书籍如潮涌现，大量出版。从整体倾向来看，时代越是靠后，以便于初学者使用为首要目标，以极其细致的编辑方式为卖点，在诉诸视觉效果的版面设计上也大下功夫的书籍便越多。当时出版业的发展，很可能并不限于诗学入门书籍，所有类型的出版物的品种和数量都有增加，但与诗学入门书籍相当稀少的北宋至南宋前期的情况相比，则差异十分明显。

此类书籍的增加，与民间刻书业在出版经验、实绩、技术上的积累当然不无关系，但尤为根本的原因，确实地存在于期待这类书籍的购买者身上。他们当中不能排斥有士大夫阶层存在的可能性，但从书籍的性质来看，非士大夫知识人无疑是其主要的购买层。而且，那不仅包含从事举业的学生，比较富裕的中间阶层也可看作主要购买者。如果考虑到这一大堆书籍原是面向创作的参考书，那么，购买层也就等于作者层，这些书籍的存在便直接表明了诗人层的扩大。

由于资料上的限制，对于读者层的推定，比探求编者或出版商的编辑意图更为困难，但这里仍想举出一个旁证，那是日本历史上的实例。

众所周知，从南宋末延续至元代出版的这些书籍，曾被日本的五山僧人以全副精力去引进和接受。他们不仅专心致志于这个时期编纂的特定书籍，留下了叫作“抄物”的讲义录，还把这些书覆刻为“五山版”，以流传于当代后世。本章所讨论的

13种书籍，实际上半数以上（7种）有五山版现存[①]（详见川濑一马《五山版之研究》），列举如下：

b.《诗人玉屑》

c.《唐诗三体家法》

e.《精选古今名贤丛话诗林广记》

f.《唐宋千家联珠诗格》

h.《韵府群玉》

j.《联新事备诗学大成》

m.《魁本大字诸儒笺解古文真宝》

在这当中，b引用了"以禅喻诗"的严羽诗说，c有释氏（圆至，号天隐）的注本，如果说五山僧人对此二书特感亲切，使之广为流传，大概也颇具说服力。但是，其他5种书籍与禅学并无直接关系，对于它们被覆刻的事实，就有必要从另一角度予以说明了。

在那么多的同类书籍之中，五山僧人选择了这些书加以覆刻，应该是由于这些书最能满足他们的需求。他们如此积极地接受这些"外典"，与他们处身其中的当时的文化环境有深切的关系。使他们努力学习作诗的原因，至少可以举出以下两点：一是为了培养写作偈颂的基本功，这是宗教上的需求；二是与权贵或同时代人（包含僧俗双方）社交的必要，这是世俗性的需求。无论怎样，以五山为首的当时禅林之僧侣，都必须面对学习"汉诗"作法的必要性（特别是在后期的五山，这样的倾向愈为显著）。在此情形下，他们所选择的便是以上7种书籍。他

① 别集类书籍中，如苏轼诗的王状元集注分类本、黄庭坚诗的注本、杜甫诗的千家注分类本、韩愈集的五百家注音辩本、柳宗元集的五百家注音辩本等，也有五山版流传。

们出家进入禅门的年龄，以及出身的阶层，大概都不一致，但在入山之前，大都不可能拥有学习汉诗的机会，因此，他们完全是作为初学者而开始其学诗历程的。这也就是说，几乎全由日本人构成的五山，成了这些书籍的接收空间，这一事实也客观地显示了这些书籍的定位。那就是：第一，它们是为入门阶段的学诗者编辑的书籍；第二，它们的用处不光是应付举业，也满足了与科举无缘人士的需要。这第二点，同时也明确地印证着古今体诗的新作者的出现。

九、南宋末的“江湖派”与书肆、陈起

最后，讨论一下南宋末期的“江湖派”。前两节对南宋末至元代与诗学相关的面向初学者的书籍作了概观，而“江湖派”的盛行，正与这一系列书籍的编刻相连续，略为前导而已。他们的创作活动，对于古今体诗如何突破士大夫文化圈而波及周边的问题，及其如何与刻书印刷业相关的问题，都给出了更为具体的启示。

文学史上所谓“江湖诗派”，顾名思义，指以在野布衣为主构成的诗人群。据张宏生《江湖诗派研究》(中华书局，1995年)，这个诗派包含的诗人共计138名，而下层士大夫与布衣的人数占了将近九成。这138人是否真的可以被概括在一个诗派的名下，确实还是一个问题，但无论如何，在同一时期有这么多的下层知识人，其具体作品与真实姓名一起传到了今天，这样的事可谓史无前例，就此而言，他们在文学史上的意义是颇为巨大的。

不过，他们的作品能为同时代人所知，并且流传至今，必须归功于杭州的书肆(临安府棚北大街睦亲坊陈宅书籍铺)及其经营者陈起(？—1256，钱塘人，字宗之，号芸居)。陈氏因编纂刊行了《江湖集》九卷，大受好评，而一举成名。这是南宋末期

理宗宝庆年间(1225—1227)的事。从客观上证明这个诗集颇受同时代人关注的历史事实是,它的出版引起了一桩文字狱事件。御史台弹劾这个诗集包含了诽谤时政的文句,其结果是曾极、刘克庄、敖陶孙、陈起等人被问罪,版木则遭毁弃。[①]

由此看来,无论陈起本人是否有明确的意图,这都意味着民间的书肆可以组织同时代的诗人,而制造出一个潮流。我们从陈起身上看到一种新姿态的开端:曾经深处印刷文化之后台的书肆,成为有能力的组织者而活跃起来,去制造出新的潮流。

陈起刊行同时代诗人的诗集,并不始于《江湖集》。他曾刊印了徐照(? —1211,字灵晖)、徐玑(1162—1214,号灵渊)、翁卷(?—?,字灵舒)、赵师秀(1170—1220,字灵秀)即所谓"永嘉四灵"的《四灵诗选》四卷。因为已经没有传本,我们无从获知版本的详情,但从现存许棐的跋文(《文渊阁四库全书》本《梅屋集·杂著》)可知,这个选集是由叶适(1150—1223)编选,由陈起刊行的。

叶适退居永嘉,是在开禧三年(1207),他与四灵的正式交游应在此后。叶适晚年曾为刘克庄《南岳诗稿》作跋(《水心文集》卷29《题刘潜夫南岳诗稿》),其中透露了四灵诗在当时已极为流行的信息。刘克庄编《南岳诗稿》是在嘉定十五年(1222)[②],如果叶适的跋文也作于此年,那么《四灵诗选》的刊行恐怕远在其前。因此,《四灵诗选》的刊行,可推定在不早于开禧三年、不晚于嘉定十年前后的约十年间,无论如何要比《江湖

① 关于这一次文字狱事件的记载,见罗大经(宝庆二年[1226]进士及第)《鹤林玉露》乙编卷4"诗祸"条、周密(1232—1298)《齐东野语》卷16"诗道否泰"条、方回(1227—1307)《瀛奎律髓》卷20"梅花类"录刘克庄《落梅》诗的评语等。从刘克庄《臞庵敖先生墓志铭》(《四部丛刊》本《后村先生大全集》卷148)可以推测当时曾有毁弃诗集版木的诏书。详细的考证见程章灿《刘克庄年谱》(贵州人民出版社,1993年)宝庆三年条(98页),张宏生《江湖诗派研究》附录三"江湖诗祸考"。

② 程章灿《刘克庄年谱》,贵州人民出版社,1993年,74页。

集》早刊数年乃至十余年。

据李传军《南宋临安睦亲坊陈宅书籍铺考略》[1]，陈起、陈续芸父子二代的出版活动，可以宝庆年间的文字狱事件为界，划分为两个时期。前期刊刻的是唐人诗集、与书画艺术相关的书籍，以及江湖诗人的作品，后期则以江湖诗集的编刻为毕生事业。

被前期的陈宅书籍铺当作主要刊刻对象的所谓“书棚本”唐人诗集，包括其影印本、翻刻本在内，至今尚有60种以上流传。[2] 其中除了王勃、杨炯、卢照邻、骆宾王、杜审言、常建六家

---

① 李传军《南宋临安睦亲坊陈宅书籍铺考略》，《青岛大学师范学院学报》第24卷第2期，2007年2月。

② 江标(1860—1899)曾将书棚本影印为《唐人五十家小集》，清光绪二十一年(1895)出版。所收诗集如下(笔者未亲见，据京都大学人文科学研究所网页上“全国汉籍数据库”所公开的文献数据)：王勃集一卷/杨炯集二卷/卢照邻集二卷/骆宾王集二卷/唐司空文明诗集三卷(司空曙)/李端诗集三卷/耿沣诗集一卷/严维诗集一卷/唐灵一诗集一卷/唐皎然诗集一卷/华阳真逸诗二卷(顾况)/戎昱诗集一卷/戴叔伦集二卷/权德舆集二卷/羊士谔诗集一卷/吕衡州诗集一卷(吕温)/朱庆余诗集一卷/刘沧诗集一卷/卢仝诗集三卷/喻凫诗集一卷/项斯诗集一卷/唐求诗集一卷/诗集二卷(曹邺)/崔涂诗集一卷/张蠙诗集一卷/刘驾诗集一卷/唐李推官披沙集六卷(李咸用)/刘叉诗集三卷/苏拯诗集一卷/章孝标诗集一卷/于溃诗集一卷/李丞相诗集二卷(南唐·李建勋)/唐女郎鱼玄机诗一卷/唐贯休诗集一卷/唐齐己诗集一卷/僧无可诗集二卷/刘兼诗集一卷/王周诗集一卷(南唐·王周)/储嗣宗诗集一卷/章碣诗集一卷/李远诗集一卷/会昌进士诗集一卷(马戴)/林宽诗集一卷/罗邺诗集一卷/秦韬玉诗集一卷/殷文珪诗集一卷/唐尚颜诗集一卷(释尚颜)/于武陵诗集一卷/无名氏诗集一卷/张司业乐府集一卷(张籍)，以上共计50种。另外，前揭张秀民《中国印刷史》也提供了宋代编刻的唐人诗集一览表(118页以下)，在上面50种以外，还有下列“书棚本”唐人诗集(张氏未注明卷数，今据万曼《唐集叙录》补之，中华书局，1980年)：杜审言诗集一卷/常建诗集二卷/韦苏州集十卷(韦应物)/孟东野诗集十卷(孟郊)/李贺歌诗编四卷/王建诗集十卷/丁卯集二卷(许浑)/李群玉诗集前集三卷、后集五卷/碧云集三卷(李中)/罗昭谏甲乙集十卷(罗隐)/周贺诗集一卷/浣花集十卷(韦庄)，以上共计12种。万曼《唐集叙录》还提及了《唐风集》三卷(杜荀鹤)的书棚本。如此，则总计达63种。至于对江湖派影响最大的贾岛、姚合，清代藏书家(季振宜、黄丕烈等)曾在其书目或题跋中谈及书棚本《贾浪仙长江集》十卷(贾岛)的存在，但现在恐已不存；姚合的《姚少监诗集》十卷，据万曼《唐集叙录》，有浙本的残本五卷(即《四部丛刊》本)，版式亦为10行18字，但无论毛晋还是黄丕烈都未明言其为书棚本。

外，全为中晚唐诗人的诗集，而且以晚唐五代诗人所占比例为高。而且，除韦应物、孟郊、王建、罗隐、韦庄（以上十卷）、李群玉（八卷）、李咸用（六卷）、李贺（四卷）外，其他都是三卷以下的小集，所占比例在八成以上（一卷本37种、二卷本12种、三卷本4种）。

这些诗集，每部最多不过十卷，计其册数，最多也不过3册，大部分只有1册而已。可以想象，它们不仅携带方便，而且价格便宜。阅读时，一方面不会像经书或古文那样让人感到艰苦、沉重，另一方面却也有别于浅近卑俗，其内容颇具雅趣，故对中间层次的知识人来说，确实是让人充满购买欲的系列性出版物。

江湖诗人之一的赵汝绩曾有《柬陈宗之》七绝一首：

> 略约东风客袖寒，卖花声里立阑干。有钱不肯沽春酒，旋买唐诗对雨看。①

赵汝绩为宋太宗八世孙，但以布衣终生。诗的后半说，他用购买新酒的钱去买了（陈起出版的）唐人诗集来读。上半首刻画了沉浸于客愁之中的作者形象，通常情况下，这样的写法暗示着接下来会出现饮酒的场面，但此诗却提供了另一种结局。那似乎在说，除了酒以外，能令身在异乡的江湖诗人忘忧的另一种东西诞生了。这不妨视为陈起所开创的流行文化的反映。

本来，陈起也志在仕宦，宋宁宗（1194—1224在位）时曾为乡试魁选，故时人称之为“陈解元”或“陈秀才”。但他未能通过省试，也许由于家庭方面的原因（《两宋名贤小集》卷348有其小传，大意是说，他为了对母亲尽孝而断了仕宦之念），他转业去开了书籍铺。按本章第六节“南宋的非士大夫知识人”中引用的《袁氏世范》的分类，他应该属于⑤的类型。曾为“解元”的事实可以证明他的学识足以与一般士大夫为伍，而且善于作

① 《山台吟稿》，《江湖后集》卷7，《文渊阁四库全书》本。

诗，有《芸居乙稿》一卷流传至今。他的这种经历和学识、才华，使他获得了布衣诗人和下层士大夫的高度信赖，结果在跨越浙江和邻近三省的广阔地域内成就了一个诗人的网络。

陈起是书肆的店主，故其刊行唐人诗集的系列，首先应有商业上可以盈利的判断。不过，他刊印的不是几种诗集，而是将超过60种的诗集系统地连续刊行，则此事应该具有明确的战略性。60种的半数以上是中晚唐小诗人的诗集，多数诗人的风格属于所谓"晚唐体"[①]或与此类似的诗风，因此，从他对诗人的选择来看，也具有明确的系统性。

在同一时期，"四灵"之一的赵师秀（1170—1219）将贾岛、姚合二人的诗合选为《二妙集》（中国国家图书馆收藏了明嘉靖间钞本）[②]，又以中晚唐诗人为中心，编成了包括76家228首唐诗的《众妙集》，这两部书的出版，也可能与陈起有关。这是因为赵师秀曾有赠给陈起的诗，从中可以看到两人的亲密交往：

赠陈宗之　一云赠卖书陈秀才

四围皆古今，永日坐中心。门对官河水，檐依绿树阴。每留名士饮，屡索老夫吟。最感书烧尽，时容借检寻。[③]

此诗恐是赵师秀晚年寓居杭州时的作品。颈联说，陈起每招名士举行酒宴，便邀他参加并吟诗。这里反映了两者的交游之密。在此种交游关系的基础上，再考虑到陈宅书籍铺的出版倾向，陈起出版《二妙集》和《众妙集》的可能性应该是很大的。

---

① 关于宋代"晚唐体"的专著，有黄奕珍《宋代诗学中的晚唐观》（文津出版社，1998年）、赵敏《宋代晚唐体诗研究》（巴蜀书社，2008年）。前者的第六章"'晚唐'与'江西'意义的折衷"论及了江湖派中的"晚唐体"问题，后者则在第四、五章专论此事，且全面地批判利用了黄氏的著作以及此后续出的研究成果，对于江湖派研究甚具参考价值。

② 据吴娟娟《〈二妙集〉研究》（《中国诗学》第7辑，2002年6月），此书收贾岛诗82首、姚合诗121首。该钞本的版式也是10行18字，与"书棚本"相同。

③ 《清苑斋诗集》，《文渊阁四库全书》本。

如此，在编刻《江湖集》之前的十到二十年内，陈起既陆续刊行了中晚唐小诗人的诗集，也刊行了“永嘉四灵”的诗选，还很有可能刊行了鲜明地反映出“四灵”审美取向的唐诗选。以此一系列出版事业为诱因，晚唐体在巷间逐渐流行，并迅速渗透到江湖诗人之间。

当然也须看到，在他之前，已经有了杨万里(1127—1206)对晚唐诗的高度评价。杨万里为晚唐体的流行打下了基础，至嘉定(1208—1224)以后，影响普及到朝野诗人，这一点无可怀疑。不过也可以判断，将已经存在的趋向转变成显著事实的直接动因，应是“永嘉四灵”的成功，和支撑其成功的陈宅书籍铺的一系列出版事业。

刊行《四灵诗选》的时候，陈起似乎还只做后台的工作，但此举的成功，无疑令他深感同时代无名诗人的作品也能成为出版方面的奇货。这样，在他自己也幕前幕后地参与促成的晚唐体流行的风气中，他决定了刊行《江湖集》的计划。当然，陈起不曾预想此书会遭遇文字狱，而被毁弃版木。不过，自己编集刊行的同时代诗人的选集引起了世人的注目，连朝廷(御史台)也受其刺激，这一事实肯定也大大加深了他作为一个出版人的自信。以这次文字狱事件为界，陈宅书籍铺正式走上了编刻江湖诗人小集，使其陆续问世的道路。

江湖诗人叶茵(1200？—？)的《赠陈芸居》一诗，展示了陈起在这群诗人中的地位：

> 气貌老成闻见熟，江湖指作定南针。得书爱与世人读，选句长教野客吟。富贵天街分耳目，清闲地位当山林。料君阅遍兴亡事，对坐萧然一片心。[①]

① 《江湖小集》卷40《顺适堂吟稿》，《文渊阁四库全书》本。

叶茵把陈起形容为他们的"定南针"——他已经拥有财富和名声，阅遍了世上的酸甜苦辣。这"定南针"就是"指南针"，意谓他总能起到指示正确道路的作用。颔联说，陈起不只是印书贩卖的商贾，他首先是个读书人，因此也是个具有足够能力来分辨诗句优劣的编者。

另外，许棐的别集中也有一些诗作或记载，反映出陈起与江湖诗人的关系。他的别集，《文渊阁四库全书》本由《梅屋诗稿》《融春小缀》《梅屋第三稿》《梅屋第四稿》《梅屋杂著》五部（各一卷）构成。其中《杂著》收录了序跋等散文，其余都是诗集。在四部诗集之中，《融春小缀》以下的三集附有许棐自己写的短篇序跋，据此可以明白其编纂的时间和原委。

据序跋，《融春小缀》收录"自甲午至己亥诗"即端平元年（1234）至嘉熙三年（1239）六年间的诗"不满三十"首（实为24首），"第三稿"收录"己亥至癸卯诗"即嘉熙三年至淳祐三年（1243）五年间的诗"不满二十首"（实为15首），"第四稿"收录"甲辰一春"即淳祐四年（1244）春天的三个月中所作诗"四十余篇"（实为34首）。其第一部《梅屋诗稿》没有序跋，收录的也许是端平元年以前的诗吧，但数量最多，达112首。

《融春小缀》有《宗之惠梅窠水玉笺》一首：

> 百幅吴冰千蕊雪，对吟终日不成诗。忆君同在孤山下，商略春风弄笔时。

因为收在《融春小缀》，故可知为端平元年（1234）至嘉熙三年（1239）间的作品，也许是许棐在海盐的秦溪建了梅屋以后的诗。此时，宝庆"江湖诗祸"已经过去十来年了。

诗题中的"梅窠水玉笺"，虽然难知其详，但大概是与许棐的庵名"梅屋"相关的，缀有梅花图案的诗笺吧。"第三稿"的小序云：

己亥至癸卯诗不满二十首，甲辰一春却得四十余篇。疑诗之多寡迟速，似有数也。天或寿予，予诗之数固不止此，然当以贪多务速为戒。梅屋许棐题。

由此来看上诗中的“终日不成诗”，可知其作诗之时，多半还在不太顺利的境况下。陈起将“百幅”诗笺赠给他，大概也包含了鼓励他创作的一份心意。

诗的后半是一段回想。“商略”在这里是品评、评论之意。他们曾在“孤山”之下，互相评论诗歌，一起吟诗。我们在这里看到的陈起，不仅是关心江湖诗人创作的编者，也是和他们一起论诗吟诗的诗友。

《梅屋第四稿》末尾有如下简短的跋文：

右甲辰一春诗，诗共四五十篇，录求芸居吟友印可。棐惶恐。

根据这篇跋文可知，许棐的诗一旦积累到一定的数量，就会送给陈起去评议。跋文中说的是“四五十篇”，但实际上此集只收了34首，这恐怕是被陈起（或者还有其他“吟友”）拣汰了10首左右。

此外，陈起还向江湖诗人出借书籍（许棐《陈宗之叠寄书籍小诗为谢》、张弋《夏日从陈宗之借书偶成》），也收买他们的藏书（叶绍翁《赠陈宗之》），这从他们的诗中都可看到。

从这些江湖诗人的言说，可知陈起不但编辑刊行他们的诗集，还从物质上、精神上提供无微不至的支持。可以这样说，江湖派的核心，即处在中心领袖地位，而将诗派成员联结在一起的，毫无疑问就是这个陈起。

今日传存的江湖诸集，大抵为明清时的钞本，或从《永乐大典》辑出的本子，原刻本仅有台湾的“国家图书馆”所藏《南宋群贤小集》九十六卷。根据张宏生的清理，再将书名类似的归合为一种，重新排列出来，就有如下相关作品集的存在：

① 江湖集九卷

② 江湖后集(《文渊阁四库全书》辑本二十四卷)

③ 江湖续集

④ 中兴江湖集

⑤ 江湖前贤小集

⑥ 江湖前贤小集拾遗(②—⑥出自《永乐大典》)

⑦ 南宋六十家小集九十六卷(清毛氏汲古阁影宋钞本)

⑧ 六十名家小集七十八卷(清冰蕸阁钞本)

⑨ 江湖小集 43 种五十七卷(清初钞本)

⑩ 南宋群贤小集第 91—96 卷(台湾"国家图书馆"藏南宋刊本、清赵氏小山堂钞本、清顾修读画斋刊本)

⑪ 群贤小集 68 种一百二十二卷(清钞本)

⑫ 江湖小集九十五卷(《文渊阁四库全书》本)

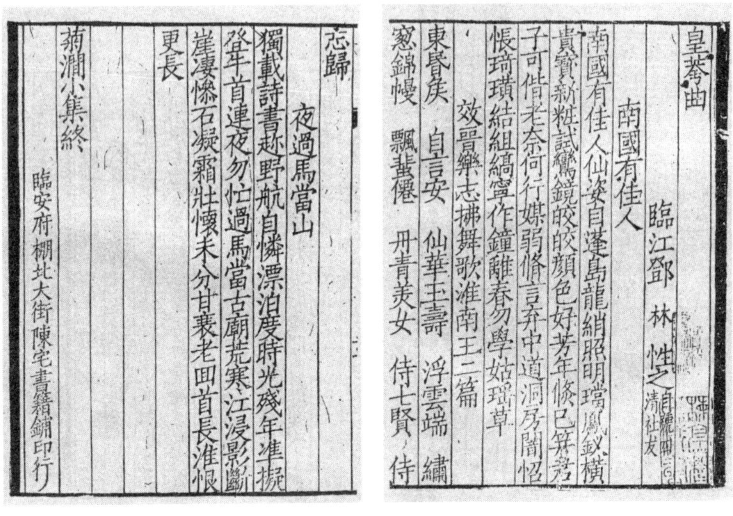
皇荂曲
臨江鄧林性之 清社友
南國有佳人
南國有佳人仙姿自蓬島龍綃照明璫鳳釵橫
貴寶新粧試鸞鏡皎皎顏色好芳年倏已笄若
子可偕老奈何行媒弱脩言弃中道洞房閟悒
悵琦璜結組縞寧作鐘離春勿學姑瑶草
效晉樂志拂舞歌淮南王二篇
東昏侯 自言安 仙華王壽 浮雲端 繡
窻錦幔 飄蕭僊 冊青美女 侍七賢 侍

忘歸
夜過馬當山
獨載詩書趂野航自憐漂泊度狩光殘年準擬
癸年首連夜匆忙過馬當古廟荒寒江浸影斷
崖淒慘石凝霜壯懷未分甘衰老回首長淮恨
更長
菊澗小集終
臨安府棚北大街陳宅書籍鋪印行

台湾"国家图书馆"所藏南宋刊本《南宋群贤小集》书影

超过 10 种的作品集,其中的重复和异同之处仍待细检。

像这样卷帙甚富的作品集，是从开始就一次刊出，还是逐次刊行一部一部的小集，到了某个时期才集中起来，作为总集而重新刊行？这个问题也值得检讨。不过无论如何，以宝庆年间的文字狱事件为界，陈宅书籍铺的出版倾向确实有了变化，此前以出版中晚唐诗人的小集为主，此后则专出江湖诗人的小集。

主要是从南宋后期的嘉定（1208—1224）前后至景定（1260—1264）前后，陈宅书籍铺在此期间集中精力，而且具有战略性地展开其出版活动，由此，用了以五律和七绝为中心的近体诗来细致地描写个人生活场景乃至花鸟风月的晚唐体得以流行，同时代江湖诗人的许多作品以营利出版物的形态广为传播。不难想象，此前对诗歌敬而远之的阶层，因此而一下子被拉近了与古今体诗特别是近体诗的距离。

本章第七节所论诸书，刊行时间较早的三种（《文章正宗》《诗人玉屑》《三体诗》[①]）与陈宅书籍铺活动的后期相当，其余皆是陈氏出版事业衰退以后出现的书籍。这些书专以初学作诗者为销售对象，在陈宅书籍铺的一系列江湖诗集之后，如雨后春笋一般被编刻出版，此一事实颇堪关注。与这个现象不无关系的是：非士大夫诗人的诗作，由非士大夫阶层的民间书肆出版，广受欢迎，而获得非士大夫阶层的许多读者。因此，江湖派除了人多势众外，还依托印刷传媒近在身边的时代条件，已经充分地主张了自身的巨大存在。可以认为，至晚在江湖派的时代，古今体诗的通俗化已在一定程度上获得实现。

那么，在南北两宋约三百年的历史将近落幕的那个时期，

---

① 《三体诗》的编者周弼，与其父文璞一起列名于江湖派，跟陈起等江湖诗人关系颇深，详情请参考前揭查屏球论文。

古今体诗终于在士大夫文化圈的外围获得了新的独立的创作场所。我们从此可以确认古今体诗的通俗化,亦即“近世”的萌芽,如此清晰地存在。

(朱刚　译)

第十一章　宋末元初的文学语言

——晚唐体的走向

一、序言

自12世纪末至13世纪初，所谓“中兴”士大夫诗人如范成大(1126—1193)、杨万里(1124—1206)、陆游(1125—1210)等相继去世，此后直到南宋灭亡(1279)，活跃于诗坛的是一群被称为“永嘉四灵”和“江湖派诗人”的寒士或布衣诗人。就个人来说，他们各自留在中国诗歌史上的痕迹是非常渺小的，根本不能与范、杨、陆三大家相比，但是，若将他们身后的时代纳入我们考察的视野，则其作为一个总体的存在意义便陡然提高。正如吉川幸次郎曾经指出的那样，他们是“贯穿元明清时期，主要由民间作者来承担的文学的先驱”[①]。换句话说，中国传统文学的主要承担者，从以范、杨、陆三家为最后代表的士大夫(“士”)下移到民间作者(“庶”)，而这一群寒士、布衣诗人就处在转折点上。

吉川氏的这一观点，自是卓见，但此后的半个世纪中，日本学界却并未关注这一群诗人，管见所及，没有这方面的成果。在中国，则自20世纪90年代以降，从张宏生《江湖诗派研究》开始，有几部专著面世[②]，不过也远未成为学界关注的热点。造成这个现象的主要原因，可能在于研究者的一般立场，是把他

---

① 吉川幸次郎《宋诗概说》第六章第一节“民间诗人”，223页(岩波书店，1962年初版，2006年再版)。

② 张宏生《江湖诗派研究》(中华书局，1995年)、张瑞君《南宋江湖派研究》(中国文联出版社，1999年)、陈书良《南宋江湖诗派与儒商思潮》(甘肃文化出版社，2004年)、郭锋《南宋江湖词派研究》(巴蜀书社，2004年)等。

们放在唐宋或宋代诗歌史的框架中加以把握的，在此情形下，活跃于宋朝灭亡前夕的他们，难免被视为“诗歌史上的衰退”。然而，一旦将他们置于“近世诗歌史”这一更大的框架中来考察，一种完全不同的意义便会立即呈现。若吉川氏的观点不误，那么这一群民间诗人的活跃，就开辟了走向元明清时代的中国近世诗歌史，其意义有荦荦大者。

依此思路，笔者在最近数年之间，关注宋末江湖诗人的存在，视其为“中国近世诗”之萌芽，试图从这一立场出发重新检证吉川氏的说法。被概论性著作的体裁所限，对于转变的过程、现象的成因等，吉川氏只停留于简略的叙述，还有不少具体的问题有待探讨。在前二章里，详细说明了“近世”这一时代区划的含义，在此基础上，从有宋三百年间勾稽士大夫以外的新诗人阶层出现的概况，并回顾北宋初至南宋末出版业的变迁轨迹，然后得出结论，将江湖派的存在确定为诗歌领域真正的“近世现象”之滥觞。本章的目的，则试图从宏观、微观两方面勾画出围绕江湖诗人的语言环境，将元代的前半期纳入视野，考察以下问题：他们置身在怎样的时代潮流之中写作诗歌，他们的诗作在元代怎样被继承，等等。

不过，除了文学以外，宋末元初也是一个语言史上的巨大转折时期。要认识这一宏大的背景，须对一些具体的问题加以考察。因此，本章首先要设定几个视角，来描绘出这个宏大的背景。第一个视角是推定“文言—官话—方言”这样的语言性社会阶层，描绘其在中世到近世的时代推移中发生了怎样的变化。第二个视角，是将科举制度的改革和民间出版资本的成熟视为促成变化的原因，着眼于这两点，来尽可能准确地捕捉变化的轨迹。在此基础上，再从“文言的通俗化”和“白话（官话）的高雅化”两个角度把握宋末元初的文学语言之总貌。经过以上宏观视角的纵览，最后聚焦于南宋末江湖派的诗风，即所谓

"晚唐体"的问题,加以考察。

二、语言的阶级性与科举

首先说明下文运用术语的含义。本章以"通俗化""世俗化""大众化"等词语为最能体现"近世"时代特质的关键词。所谓"近世"(Early Modern),指中世(the Middle Ages)与近代(Modern)之间的过渡时期。在不同的国家和地域,"中世"的实际内容有所差异,与此相接的近世的内容当然也不完全一致。但是,由于作为目标的"近代"的政治社会体制,在民族国家(nation-state)这一点上是一致的,故其特质上仍可能呈现一定的共同项或方向性。也就是说,当我们把大众活跃于权力中心看作近代的最大特性时,"近世"就可以被规定为这种时代的准备阶段,因此"通俗化""世俗化""大众化"就成为其重要的指标。在本章中,我遵从内藤湖南、宫崎市定之说,将北宋以后直至清末的九个半世纪视为"近世"社会。不过,为了行文的便利,我时而会将这"近世"进一步区分为前后二期,也就是说,把宋元的四个世纪称为"近世前期",明清的五个半世纪称为"近世后期"。如此区分的根据,主要在于科举制度方面的差异,详情后述。

美国政治学者本尼迪克特·安德森(Benedict Anderson),曾以欧洲国民国家为主要对象分析其形成过程,其中也提及了国语的形成过程。他认为,出版资本不断地摧毁中世语言与社会阶层之间半固定式的关系性,成为国语创成的基础[①],而在此之前,能自如地使用"神圣文章语"(拉丁语)和"口语俗语"(各

① 本尼迪克特·安德森(Benedict Anderson)著,白石さや、白石隆译《国民意识的起源》,见《想象的共同体——民族主义的起源与散布(增订本)》(*Imagined Communities: Reflections on the Origin and Spread of Nationalism*,NTT 出版,1997 年)第三章,77 页。

地方言）两种语言的人们构成了知识阶层，也即特权阶层，只能使用后一种语言的阶层就是大众。在此概括的基础上，他描绘出作为文白二重语言用户的上层阶级，与没有文字、只用口语俗语、作为单一语言用户的大众之间鲜明的对比。

安德森的图式也适用于前近代的中国，不过中国的情形，特别是在近世以前，有一点与欧洲不同：虽然大众即“庶”确实是只会口语俗语的单一语言用户，但执政者阶层“士”却能使用第三种语言，除了“神圣文章语”即文言、“口语俗语”即出身地的方言外，他们还使用一种执政者之间的共同口语，即“官话”。

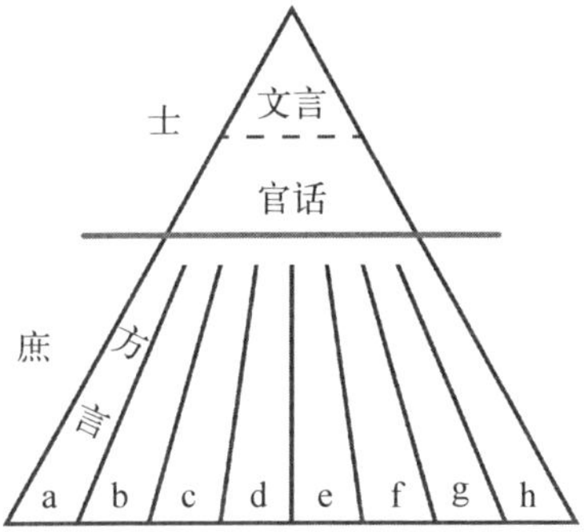

图 1

唐以前的官话资料极少，但考虑到“文言”的文体特质，从理论上也可以推想，“官话”或类似的语言现象，从唐朝以前就已存在。因为“文言”是一种书面语言，它将汉字作为重视视觉性的表意文字的特性最大限度地凝缩起来，对视觉有着高度的依赖，所以，在统一的时代实行中央集权式的官僚政治时，保证官员们之间能相互进行口头交流的共通口语——“官话”是不可缺少的。

不难想象，皇帝以下文武百官集中的场所，即首都的方言，构成了官话的基础。因此，即便是“庶”，在首都圈生育的人，从听觉上理解官话仍有充分的可能，当然行政方面的独特用语和表达方式则另当别论。然而，像文言那样传统的语言样式，除了识字能力外，还需有古典方面的素养，才有理解的可能，故可以推测，在近世以前，对于占压倒多数的"庶"来说，无论出身于何地，文言都是与他们无缘的文体。反过来也可以说，文言乃是"士"的地位在语言领域的表征，是与"庶"相区别的"士"之为"士"在文化上的必要条件（若论充分条件，则儒学方面的素养和实践，特别是对"礼"的实践能力的具备就十分重要）。

"士"是以文言为首的多重语言的用户，"庶"是只用方言的单一语言用户，这样半固定式的关系性，因为科举的实行，而开始渐渐动摇。其萌芽出现在唐代的后半期，到了门阀贵族被消灭，"士"的产生途径只剩科举一条的北宋以降，就愈益显著地呈现出来。

北宋以降的朝廷，利用科举制度大量地录用人才，以他们为"士"，原则上并不过问其家庭出身，且赋予"士"的特权只限于本人一代。因此，宋代的士族，若其子弟不能科举及第，就有降落为"庶"的危险。① 可以认为，与门阀贵族独占行政中枢、士族身份固定的中世时代相比，近世的"士""庶"之间界线远为模糊。也可以说，科举就是在一定程度上保证"士""庶"之间阶层流动的制度。

更为重要的是，科举也是定期生产大量落第者的制度。让我们以具体的数据来显示这一事实②：在北宋末期宣和六年（1124）实施的礼部省试中，15 000 名通过了乡试的考生集中在中央的考场，但最终获得"进士及第"荣誉的却只有 805 名。实

① 研究近世后期（明清）阶级流动的著作，有何炳棣著，寺田隆信、千种真一译《科举与近世中国社会——立身出世的阶梯》（平凡社，1993 年），其第三章"上升移动"与第四章"下降移动"（102—170 页），以统计数据证明此流动性之高，虽然这并非以宋代的情况为研究对象。

② 参考村上哲见《科举史话》第二章"宋代科举的规模"，讲谈社，2000 年，130 页；荒木敏一《宋代科举制度研究》附篇，同朋舍，1969 年，457 页。

际上，相当于95%的14 000多名被淘汰了。有关省试前的阶段即乡试的数据没有保留下来，但推想起来恐怕不下于十万人。依此事例计算，每三年一开科举，就有多达十万人规模的落第者产生，不能升进为“士”的他们，其结果当然是沉淀在民间了。

虽然运气不好，未能及第，但只要是科举的考生，直到走进考场的前夕，无疑一直在全力学习文言，而且其运用能力比起及第者来也未必特别逊色。这就意味着，如果科举被继续实施下去，那么在“庶”的阶层中，每三年就会增加十万懂得文言，能够使用文言的人。毫无疑问，围绕科举的这种机制，具有将文言（以及官话）向民间徐徐渗透的力量。如此，科举在促成“士”“庶”两个阶层的人员流动的同时，作为将“士”的语言文化移植于“庶”民社会的制度，也间接地发生作用。

宋元明清（近世）的共同点在于它们都是科举社会，通过科举制度而设置了士、庶之间的转化途径。当然，在全国人口中所占的比例并不大，但阶级间的流动性从制度上得到保证，仍是不小的变化，这一点也明确地表现出政治权力的世俗化。而且，作为大量落第者的生产机制的科举也昭示给我们一个事实，就是曾经作为士的表征而存在的文言，开始被许多非士阶层的人们所使用。这也是“神圣文章语”（文言）走向通俗化的表现形式之一。

不过，同是科举制度，在宋元和明清之间也有不可忽视的重大差异。在宋元时期，举子们只要在乡试或省试的任何阶段落第，如欲再度挑战，就必须回到乡试重新开始（参考图2）。而明清二代则将学校制度结合在科举制度中，读书人为了获得科举的应试资格，首先要进入各州（府）县的学校，以为前提条件，他们一旦入学，就获得了公认的终生身份“生员”，此后若能通过乡试（b），则可得到终生身份“举人”。一旦获得“举人”身份，再度挑战科举时，就没有必要重新参加乡试，而可以直接从会试（a）开始（参考图3）。

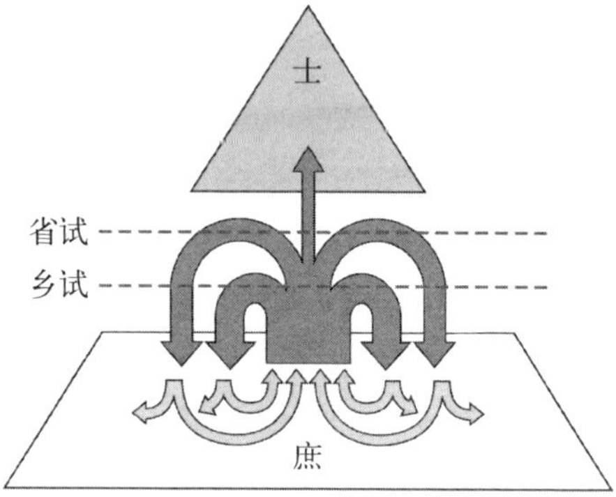

图 2

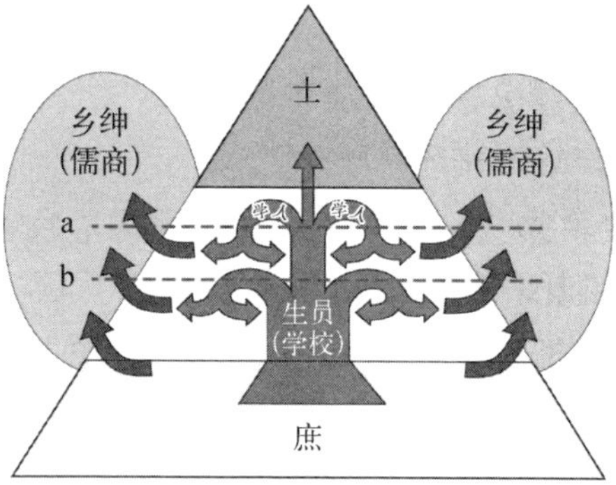

图 3

这也就是说,明清时代对于举子已有一定的身份保障,士、庶之间产生了诸如"生员""举人"这样的社会身份。从当时一般的社会观念来说,此二者特别是"举人",已可算广义上的"士",只因未被无条件地授予参与国政的权利,故还不是严格意义上的"士"。上述那样的身份保障,等于从法制上承认了"士""庶"之间的中间阶层的存在。[①] 寺田隆信曾经指出:不光

① 关于清代生员被赋予的特权,请参考宫崎市定《科举史》第二章"生员",平凡社,1987 年,110 页。同书 152 页以下也记载了举人的社会身份。

是“生员”,“举人”也被规定了居住原籍的义务,从而成为地方乡绅阶层形成的基础。[①] 值得注意的是,明代后期以降,“生员”的数量已增加到五十万左右,这样的数量一直维持到清朝末年。[②] 为了成为“生员”,必须通过所谓童试的三个阶段(县试、府试、院试),故可以推测,在“生员”的底下还有超过百万的预备军,即“童生”。

如上所述,宋元的科举制度使民间掌握文言的人口增加,明清的科举制度则产生了非“士”非“庶”的中间阶层,持续地对地方社会发生影响。其结果是,文言教育的火种被播撒到全国各地,随着近世前期向后期的发展,“庶”阶层与文言的接触面也可以说越来越扩大了。本章以宋末元初的情形为主要研究对象,故以下不再谈及近世后期的情形,但不难预想,这一中间阶层对近世后期文学创作的影响,无论文言或白话方面,都是极为巨大的。

三、出版业的隆盛与文言的通俗化

说到文言的通俗化时,我们首先想象得到的形态,也许是在文言的文体中加入俗语的因素。当然,这样的现象并非全不存在,比如诗文中使用白话语汇的现象,就可以成为一例。但是,从全局性的结果来看,文体本身的通俗化只能局限在极小的范围内。文言这种文体被继承达一二千年,并不仅仅因为其起源和形成时间之早。它将汉字的表意性发挥到最大限度,具备其作为书面语言的合理性,而且因为是古代圣人所用的文体,又带有权威性,再加上它作为上层阶级“士”的文化表征而起持续的作用,故又包含了历史上的正统性。因此,即使在它

---

① 参考寺田隆信《明代乡绅之研究》第一章“乡绅的登场”,京都大学学术出版会,2009年,7页。

② 同上书,第一章第一节,15页以下。

开始被"士"以外的许多人使用的近世，文言仍是传统的象征，和处于社会阶层之顶端的人所使用的权威语言，那么，文言唯其无大变化，才能保持如此至高的地位，[①]外貌上一望可知的变化不但不会被欢迎，反而会遭受嫌弃。在这里，有一种与近现代的进化论或进步史观正好相反的力量在起作用。

所以，文言的通俗化，不是像白话那样以言语现象这种明显的姿态表现出来，而是以更为隐微的姿态，在水面之下徐徐进行。就其大端而言，主要表现为使用人口的扩大。如上文所述，从制度上保证这种扩大的，是科举以及培育其及第者的各种教育单位，而从侧面起到促进作用的，则是下面要说到的印刷出版事业。

中国的印刷术始于唐朝，但其被事业化而达全国规模，则在进入北宋以后。众所周知，中国的印刷直至清代后期都与欧洲不同，它不用活字版，而以整版(雕版)印刷为主，但延续至唐代的"写本＋卷子本"的书籍形态，转化为"版本＋册子本"，仍可说是中国史上的第二次媒体革命(第一次发生在三国时代前后，从木或竹简转变为"纸＋毛笔"，即"写本＋卷子本")。因此，整版(雕版)印刷才是最能代表中国之"近世"的媒体。

从现存资料来看，北宋约一百五十年间，可以视为印刷文化向士，即士大夫间渗透，使其对版本的依存度不断升高的阶段。最初的百年之间，被刊刻印刷的主要是文言典籍，结果使士大夫获取古典素养之际所依靠的书籍从写本逐渐变为版本。接着，版本的流通使他们的个人藏书量有希望急剧增加。虽然官方的刻本领导了北宋的出版界，但另一方面，民间的书肆也在徐徐成长，到 11 世纪后半期，已获得一定的社会影响力。可

① 当然，若从较大的时间跨度来概览，则可以说，文言文体也在逐渐发生变化，不断提高其多样性和表达功能。但无论如何，直到清末，它都被意识为一种贯穿三千年的语言文化之传统。

以证明这一点的史实是,在发生于元丰二年(1079)的文字狱事件"东坡乌台诗案"[①]中,被民间刊刻的苏轼诗集成为物证,影响了此案的审查。这一事件也显示出当时的民间出版业已经把同时代的文学作品纳入了印刷的范围。

殆至南宋,以福建建阳、江西庐陵、浙江杭州的书坊书肆为中心的民间出版业发展迅猛,出版件数、印刷部数之多,已凌驾于官方刻本之上。特别是到 12 世纪后半期以降,形式多样的注释本开始在民间大量刊行,而各地书院所用的古文教本之类,也开始被编纂刊行。应举子的需要而编纂书籍加以刊行,在北宋的有关记载中也有零星出现,[②]但进入南宋以后,此类书籍便多得不暇枚举。而且,对历代诸家之说加以取舍选择的集注本,以精细的编辑和严密的校勘为卖点的版本也出现了。关于南宋中期以后的出版情形,现已有多种相关论著,笔者亦已有另文详述[③],此处不再重复。但这里需要强调的一点是,13 世纪后半期即南宋末期以降,随着时代的进展,可以看到一种明显的倾向,即并不专以士大夫或举子为读者对象的书籍不断增多。举例来说,集中了城市居民所需百科知识的日用性类书——陈元靓《事林广记》,以"诗学集成""诗学大成"等作为名目的面向初学者的作诗用语集,《三体诗》或《分门纂类唐宋时贤千家诗选》《唐宋千家联珠诗格》等专门收录近体短诗的启蒙性选集,就颇为典型。虽然这些都是文言书籍,但就算它们与

---

① 参考拙文《东坡乌台诗案考(下)》,收入拙著《苏轼诗研究——宋代士大夫诗人的结构》(研文出版,2010 年)第六章,240—253 页。

② 欧阳修《论雕印文字札子》,《欧阳修全集·奏议集》卷 12,中华书局,2001 年,1637 页。可知在至和二年(1055)的首都开封,民间书肆贩卖《宋文》二十卷刊本,其中收录了许多"议论当今时政"之言,令欧阳修忧虑其"误学徒"。这里的《宋文》二十卷,恐怕是作为科举策论方面的参考用书而被编集的。据苏轼的《李氏山房藏书记》(《苏轼文集》卷 11,中华书局,1986 年,359 页),也可知 11 世纪后半期,版本已流行于巷间,当时的学生很容易得到书籍。

③ 参考本书第十章。

举子业有一定联系，其程度也不过与入门阶段的需求相应，不妨被视为面向更广泛的读者而编纂的书籍。也就是说，这些书籍其实暗示了文言的新读者层的存在。而且在此前后，也出现了白话文学作品的版本，最为著名的例子就是中国最早的白话小说集《新刊全相平话》五种，刊于元朝至治年间(1321—1323)。[1]

四、官话升格为出版语言——白话的高雅化

官话(白话)的发展史，可以被构想出三个阶段：第一阶段，官话只作为口头语言被使用；第二阶段，作为书面语言被使用；第三阶段，则被使用为出版语言。由于资料方面的限制，现在难以确定第一、第二阶段究竟始于何时，按笔者的推测，第一阶段的开始可以上溯到秦汉帝国时期，而从敦煌文书的存在，可以窥知第二阶段最晚也应始于唐末。[2] 那么，第三阶段是从何时开始，又在何时可以被视为正式形成了呢?

就现存资料来看，宋代的出版语言以文言文体为具有压倒性优势的主流。但是，《新刊全相平话》五种的存在可以证明，入元以后官话(白话)文体的版本也开始剧增，到了至元二年(1336)还下达了禁止戏文、杂剧、评话、词曲流传的敕令，接下来明初永乐元年(1403)和九年(1411)也有禁止戏曲、小说出版

① 《大唐三藏取经诗话》也被视为元代的白话文学刊本之一。这个版本起初被王国维判断为南宋刊本，经过鲁迅的质疑，现在一般视为元刊本。关于其文学文本的形成时间，一直通行晚唐五代之说，但袁宾《〈大唐三藏取经诗话〉的成书时代与方言基础》(《中国语文》2000年第6期)认为：虽不能否定其来源于唐五代的可能性，但通过对"被字句"的检讨，可知现存刊本的文本也是在元代形成的。

② 除了变文、王梵志诗、曲子词等说唱文学和韵文外，也应该关注一下公文书的存在，其中一种就是被称为"敦煌契"的有关民事法制的文书，留有浓重的官话痕迹。据池田温《敦煌文书的世界》(名著刊行会，2003年)第二部"契"，182—229页，这类公文书主要写成于9—10世纪。另外，敦煌文书中也包含了禅宗六祖慧能(638—713)的语录《坛经》，如果这个文本传达了慧能当时的官话，则官话作为书面语言的历史可以上溯到初唐。

贩卖的敕令[①]。这些禁令告诉我们，从14世纪至15世纪，出版界发生了甚大的变化，上述第三阶段开始正式形成。那么，什么原因使这个时期发生了这样的变化呢？

元朝后半期官话（白话）文体的出版物急剧增加的背景，大概可以合理地说明如下。首先可以指出的是，白话文体本身在语言阶层中的地位被提升了。这方面最先开启端绪的，当是三个世纪以前的禅家语录。中唐以降，许多士大夫与禅接近，禅在他们私生活中的重要性逐渐提高。对于北宋，尤其是北宋中期以降的士大夫而言，禅宗语录甚至已成为堪与儒教经典比拟的必读书。

这样的必读书之一《景德传灯录》，在大中祥符四年（1011）被敕许入藏，稍后即被刊刻，其简约版《传灯玉英集》也同样被允许入藏，在景祐三年（1036）被刊刻。[②]《传灯录》虽是祖师的传记集，却引用了大量的对话，故其读者自然就会接触到官话（白话）文体。不用说，纯粹的语录在北宋以后也陆续被刊刻。因为亲近祖师发出的话语，乃是接近禅的真髓的第一步，所以士大夫们对于官话（白话）文体的看法当然也会发生不小的变化。这样，随着禅与“士”阶层的关系的深化，以官话（白话）文体为卑俗的价值观至少会变得越来越淡薄。

在禅宗语录的牵引下，儒家的语录也在南宋普及化，这大概是对于官话（白话）文体的成见获得改变的决定性原因。儒学是传统文化的核心，“士”所必需的教养。也许有些“士”可以倡导废佛，但决没有倡导废儒的“士”。因此可以说，用官话（白

---

① 关于至元二年和永乐元年、九年的禁令，参考李瑞良编《中国出版编年史（增订版）》，福建人民出版社，2006年，上册，417、452、457页。

② 以上《景德传灯录》《传灯玉英集》的入藏和刊刻事项，详见椎名宏雄《宋元版禅籍之研究》（大东出版社，1993年）第二章第三节“敕版大藏经与禅籍”，166—187页。

话)文体来阐说儒学的现象,比用以说禅更具象征意义。

在儒家语录的出版方面,朱熹(1130—1200)及其弟子成为中心人物。朱熹不但与吕祖谦一起整理北宋周敦颐、程颢、程颐、张载四家的语录,编成了《近思录》一书,还自己出资,托亲友门弟出版了《程氏遗书》《上蔡语录》等语录。[①]《近思录》的文体形态与《传灯录》一样,以文言为主,同时引用官话(白话)的问答,《程氏遗书》和《上蔡语录》则是纯粹的语录,以官话(白话)文体为主。庆元二年(1196),朝廷下达了禁止语录流传、毁弃其版木的命令(《宋会要辑稿》第166册"刑法二"[②]),这大概就针对出版过程中与朱熹相牵涉的那些语录,可以视为与"庆元党禁"相关的政令之一。不过这个禁令也说明,朱熹所策划刊行的语录在当时(主要在太学生之间)被广泛阅读。朱熹本人的语录,也在他去世后,于嘉定八年(1215)、嘉熙二年(1238)、淳祐九年(1249)、咸淳元年(1265)被刊刻了四次,此后又由黎靖德加以整理,于咸淳六年(1270)刊行了《朱子语类大全》一百四十卷。[③] 此外,《北溪字义》也是儒家语录之一,其内容是朱熹门人陈淳(1159—1223)为弟子们解说《四书集注》的关键词,弟子们把他的话语加以整理而成此书,刊刻于淳祐年间(1241—1252)。[④]

进入元代,朱子学被正式公认为官学,全国的教育单位开始一齐教授以"四书"为中心的新儒学体系,语录体的白话文当然也就作为重要的教学参考资料而被使用。其实,在元朝一统(1279)以前,许衡(1209—1280)已经写出了《大学直解》《中庸直解》那样的白话文体的解说书。成书的具体时间虽然不明,

---

① 参考《中国出版编年史(增订版)》上册,357页。

② 徐松《宋会要辑稿》第7册,中华书局,1957年,6559页上段。

③ 参考王星贤点校《朱子语类》的"点校说明",中华书局,1986年。

④ 参考熊国祯、高流水点校《北溪字义》的"点校说明",中华书局,1983年。

但按照通说，应该在至元八年（1271）他担任集贤大学士兼国子祭酒而创立国子学以后的数年间[1]，还有一种说法是他为蒙古王族的子弟而写作这样的书籍。无论如何，一位具有全国顶尖学者之地位的人，用官话（白话）文体来写作注解书，并用作教材，这一事实所具有的象征意义绝对是不小的。实际上，维吾尔族戏曲作家贯云石（1286—1324）撰写《孝经直解》（《新刊全相成斋孝经直解》）时，就在至大元年（1308）的序文中提及许衡"取世俗之语直说《大学》"之事，并明言自己是效仿这一先例而作《孝经直解》[2]。

这样，以12世纪后半期朱熹编纂刊行儒家语录为嚆矢，约一个世纪间出版的使用官话（白话）文体的儒学类书籍，形成了一种巨大的力量，使作为书面语言的白话（官话）的社会地位获得提高。而且不可遗忘的还有历史的巨变，仿佛也在推进这一过程，结束一百五十年南北分裂之局面的，乃是一个异民族政权元朝，从结果来看，此事与官话地位的上升可谓桴鼓相应。

元代的"士"阶层，具有"蒙古人—色目人—汉人—南人"的多重结构，其上层部分并不一律将文言视为必不可缺的传统。另一方面，多民族政权的现实，使作为共通语的官话的重要性达到前所未有的高度，从而改变了从前稳固不移的"文—白"关系。可以想象的结果是，在"士"的阶层中，文言的用途受到了限制，其在社会上的重要性和权威性也相对地下降。这样，官话的社会地位的上升，也成为一种推动的力量，使官话（白话）晋级为出版语言。

中国出版业的发展，原本与"士"的文教政策保持了不即不离的关系。因此，民间的出版业也处于朝廷的一定程度监视之

① 参考《许衡小传》，《全元文》第2册，423页。

② 关于《孝经直解》的详细考察，见宫纪子《蒙古时代的出版文化》第一部第一章，名古屋大学出版会，2006年，23—78页。

下，时时遭遇禁书或毁版的敕令。从北宋到南宋后期，使用文言以外文体的版本极少，恐怕就与朝廷的管制有关。但是，儒家语类的出版，使官话文体上升为出版语言，与此同时，多民族政权元朝的体制使官话在社会上的重要性提高。可以推测，同样以官话文体表达的通俗文艺作品，得以开辟其走向版本化的道路，就出于以上原因。

或许，民间出版业界的内部企划也是另一个原因。元初四十年间停止了科举取士，对于以面向举子的书籍贩卖为稳定收入来源的书肆而言，这是一个不小的打击，由此带来的经营危机，自然使书肆的眼光转向了新的读者层，也就是市民阶层，促使他们响应市民的需要和嗜好来策划刊行书籍。[①]

五、南宋末江湖派的面貌

前面三节从宏观视角俯瞰了宋末元初的语言状况，由此可以确认，以科举的进展与民间出版业的隆盛为背景，再加上异民族王朝的成立，使文言与官话的关系发生了新的变化。我们从中获知，文言的通俗化与官话（白话）的高雅化在宋朝约三百年间慢慢演进，而在宋末元初，出版这一营利事业使这一演进变得显著，其道路变得明确而开阔。以下的三节，将再度聚焦于宋末元初这一文、白两种文体交差的时代，从微观的视角去追踪变化的轨迹。上文已经分析了促成官话高雅化的诸多作用力量，下文就追踪文言的各种文体中最早被通俗化的诗歌的变化轨迹。

---

① 本尼迪克特·安德森在前揭《想象的共同体》一书（77页）中叙述道，自古登堡（Johann Gutenberg）使活字印刷术实用化以后，约一百五十年间，此一新技术只被用来印刷拉丁语文献。这一百五十年，就可以视为欧洲出版业使知识阶层的市场达到饱和所需要的时间。也许我们可以比照这一现象来观察宋末元初的出版业界，也就是说，宋末元初的出版业也已使知识阶层的市场达到饱和，面临了经营战略大转换的时期。

在元朝统一之前约六七十年，南宋三大家（范成大、杨万里、陆游）相继去世后，“永嘉四灵”（徐照、徐玑、翁卷、赵师秀）诗流行于南宋，所谓“晚唐体”[1]风靡一世。

晚唐体指的是晚唐五代寒士们共同的诗风，它是中唐后期贾岛、姚合诗风的延续，其特征是：不重视典故的运用，多用以五律为中心的近体短诗型，喜欢花鸟风月等日常卑近的题材。还有另一个特征是，用尽心血推敲一字一句的苦吟型诗人较多。

元代的方回（1227—1307）曾叙述其流行的状况如下：

> 永嘉水心叶氏忽取四灵晚唐体，五言以姚合为宗，七言以许浑为宗，江湖间无人能为古《选》体。[2]

此文作于大德七年（1303）。方回说，自叶适（1150—1223）推赏“永嘉四灵”以来，“晚唐体”开始大为流行，结果使民间无人能写古体诗了。在别的文章里，他还指出南宋末期“晚唐体”的流行始于嘉定年间（1208—1224），由此使不读书而作诗的人不断增加，等等（大德六年作《恢大山西山小稿序》）。[3]

如果说士大夫所理想的诗歌观，是兼通古今体所有的诗型，保持担当天下国家的气概和对于社会的关怀，不失均衡地倾注其高度的学识，[4]那么晚唐体便可说是与此正相反的诗体。方回以批判的口吻记述宋末晚唐体流行之事，即因此故。但是，晚唐体的这个特征，就其背离士大夫的诗歌观这一点来说，已经显示了通俗化的倾向。本章第二节的末尾谈及了宋末以降乃至元代，诗学用语集、启蒙性选本被大量刊行的事实，也提

---

① 最近研究宋代“晚唐体”的专著有黄奕珍《宋代诗学中的晚唐观》（文津出版社，1998年）、赵敏《宋代晚唐体诗歌研究》（巴蜀书社，2008年）等。

② 方回《孙后近诗跋》，《全元文》第7册，208页。

③ 《全元文》第7册，136页。

④ 参考本书第一章《宋代士大夫的诗歌观》。

到了这些诗学入门书专以近体的短诗型为叙录对象。可以旁证这一点的是，此类入门书中已包含宋末的晚唐体作品。

更为重要的是，这晚唐体的流行与民间书肆的作用有深刻的联系。“临安府棚北大街睦亲坊南陈宅书籍铺”主人陈起（以及其子续芸）刊行了叶适编选的《四灵诗选》，标举出“永嘉四灵”的名目，为其流行打下基础，此外，陈氏还将同时代的下层士大夫或布衣诗人，即所谓江湖诗人的作品选录为《江湖集》九卷，从此开始，以小集丛刊的形式陆续编纂出版他们的诗集，仅就现存的来说，其数量也在60种以上。利用同样的形式，他还刊行了60种以上中晚唐诗人的诗集。这小集丛刊的形式，每种都在十卷以下，多数是一两卷的别集，版式相同（左右双边，10行，行18字，所谓“书棚本”），作为系列出版物陆续刊行。另外，由“四灵”之一赵师秀（1170—1220）编纂的贾岛、姚合诗选《二妙集》，以中晚唐诗为主广选唐诗的《众妙集》，从陈起与赵师秀的亲密交往来看，很有可能也是陈宅书籍铺所刊行。

“晚唐体”这一共同点，把陈起（以及续芸）的上述所有出版物紧密地联合成一个整体：作为学习摹本的是中晚唐诗人的诗集、选集，祖述他们的是与陈起同时代的无名诗人，其诗集被编纂刊刻，且以统一版式，作为丛书面世。陈起还不只是诗集的刊行和贩卖者，他组织吟社，与江湖诗人一起作诗，对作品加以评论，收购他们的书籍或借贷给他们，赠予诗笺纸张，从物质和精神两方面给予援助。陈宅书籍铺的出版活动，大约从嘉定至景定年间，延续了半个世纪以上。把南宋末期晚唐体的流行说成是民间书肆或陈起的出版战略的产物，也不算过分。

如上所述，南宋末期晚唐体流行的现象，含有不可忽视的几个重要意义：首先，民间书肆制造出一种潮流并加以引领，是传统诗歌发展过程中前所未有的形态；第二，无名的布衣诗人成为创作主体的中心成员；第三，这一流行的诗体与士大夫的主流诗歌观大相径庭。以上三点，任何一点都明确地显示了诗歌走向通俗化的方向。

六、元朝前期的晚唐体

咸淳十年(1274)，宋朝实施了最后一次科举取士，此后二年，宋朝将首都临安交付元军，实质上已经灭亡。入元以后，直到延祐二年(1315)，科举被停止了40年。[①] 对于知识阶层来说，这便陷入了看不到出路的困境。据说，在南宋的故地，举业兴盛时期低落的诗学，便得以再度兴隆。[②]

众所周知，作诗是唐代进士科的主要考试项目，但自北宋王安石废止诗赋以后，诗在科举中的重要性便直线下降。到了南宋，诗赋考试虽被恢复，但因王安石的改革而变得最受重视的经义、策论仍在科举全体中占据优势，特别是在朱子学获得公认地位的南宋末期理宗朝(1224—1264在位)以降，偏重经义、策论已成定局。因此，多数举子把对付经义、策论视为首务，即便接受诗赋考试，也把主要精力放在容易见出优劣的律赋上。[③] 然而，科举一旦被停止，举子们便从应试战术的束缚中解放出来，尽情埋头作诗的人急剧增加。[④]

邯郸出身的张之翰(1243—1296)在宋朝灭亡数年之后(约在至元二十年[1283]以后的数年间)来到江南，目击了晚唐体

---

① 在华北，从金朝灭亡(1234)算起，科举停止的时间还要加上四十年，总计长达八十年。如从临时性的戊戌选试(1238)算起，也有七十八年。

② 吉川幸次郎在《元明诗概说》(岩波书店，1963年初版，2006年再版)第二章第四节"市民的诗"中指出，在金朝的故地华北，失职的文化人转而成为戏曲作家。见该书81—82页。

③ 戴表元(1244—1310)《张仲实诗序》回顾南宋末期的情形，提及了"搢绅先生"对诗的轻视。在《张君信诗序》中，他也记述了无暇学习"词赋"，诗遭受轻视的情形。俱见《全元文》第12册，118页。

④ 奥野新太郎《举子业中的诗——元初科举停止与江南作诗热的勃兴》(《中国文学论集》第39号，2010年12月)对此有所考论。

在江南流行的面貌,“问其所宗,不曰晚唐,必曰四灵;不曰四灵,必曰江湖”[①],对此加以批判。参考上节所引方回之文,可知南宋末流行的晚唐体,至少在江浙之地一直延续到了元代前期。不过,关于元代的晚唐体,或者诗歌的通俗化,正面谈及的资料其实不多,即便谈及,也大抵如方回、张之翰那样,出以冷淡的口吻。到了比他俩更晚的一辈,这一倾向便愈为显著。然而在笔者看来,这并不表明南宋末期形成的潮流随着元朝的统一而云消雾散了。

这方面最具象征性的,就是至元二十三年(1286)十月由浙江浦江的宋遗民吴渭与谢翱、吴思齐、方凤等共同策划实行的月泉吟社的活动。他们以范成大曾经写作的“春日田园杂兴”为题,以五言或七言律诗为形式要求,设定约三个月的时限,悬赏广募作品。结果,寄来的作品据说达到了 2 735 卷的分量。应募者大多来自与浦江同属婺州的义乌、金华、东阳,以及隶属邻州严州的分水、建德等地,从杭州寄来的投稿也不在少数。应募的总数虽不能确定,恐怕超过 1 万首是没有问题的。在短短三个月的时间内获得如此多的作品,最大的原因在于他们直接联系了各地的诗社,促成其应募,但显而易见的前提是,各地的诗社各自频繁地开展活动,而且诗社相互之间的网络已经有效地起到作用。这也显示出,诗社这样的集团在当时已成为诗人的重要活动据点。

吴渭等从寄来的 2 735 卷中选出了 280 名诗人的作品,刊行了六十卷的诗集(《四库全书总目·月泉吟社诗集提要》),现存的只有一卷本,收录了前 60 名的 75 首佳作。这些入选者的个人信息,虽然简略,却也有些记载,概览之下,除若干名具有县学教官的经历外,绝大多数是布衣诗人。而且,除第 1 名连

① 《王吉甫直溪诗稿》,《全元文》第 11 册,301 页。

文凤(投稿时的署名是罗公福)与第 44 名仇远有诗集传至今日，其余全是文学史不曾提及的无名诗人。这样一个诗人群，虽然大致与南宋末江湖派的布衣诗人属于同样的社会阶层，但相比之下，江湖派是以首都临安的书肆陈起为中心构成的广域网络，而月泉吟社的活动，却是以婺州浦江这一地方小城市为中心构成的狭域网络。这一点明确显示，作诗集团的据点扩散到了地方的小城市，与江湖诗人活跃的南宋末期相比，作诗人口的基础层进一步扩展了。

就作品体裁而言，七律占了大半，与晚唐体以五律为主有所差别，但不用典故，以平易明白的表达为宗旨，这一点仍与晚唐体接近。[①] 月泉吟社的选考者之一方凤(1240—1321)为第 44 名仇远(1247—1326)的诗写作了序文(《仇仁父诗序》)，[②]其中说“永嘉四灵”以后的诗是“以诗为诗”，进一步形容为“月露之清浮，烟云之纤丽”，这明显是肯定的评价。这一点也显示了月泉吟社与晚唐体的亲近性。另外，按明代李东阳的说法，像月泉吟社那样的诗社活动，在元末明初也相当繁盛(丁福保《历代诗话续编》所收《怀麓堂诗话》)。

许有壬(1287—1364)《周榉洲诗序》云：

> 诗难乎？鄙人、女子率尔成章。诗易乎？千百年文人、才子雕心刿胃，白首不能已。率尔成者，后世无以尚；雕心刿胃，而论者千创百孔。[③]

这大概反映了 14 世纪前半期的实况，与历代“文人”“才子”相

① 关于晚唐体与月泉吟社，王次澄有一系列的研究，其中《宋遗民诗歌与江湖诗体——以连文凤及方凤诗作为例》《元初月泉吟社及其诗析论》《宋遗民诗人连文凤及其诗析论》三篇，专门探讨有关问题，皆收录于王次澄《宋元逸民诗论丛》(大安出版社，2001 年)。

② 《全元文》第 10 册，655 页。

③ 同上书，第 38 册，106 页。

比，当时的“鄙人”“女子”们“率尔”作诗。

前文提及，正面传达出诗歌通俗化的言说资料并不多见，但上述一二事例却强烈地透露出这方面的信息。

七、元诗的三极

然而，若将《全元文》所收元人有关诗学的言论一一追勘，我们将得到与前二节所述诗歌通俗化情形完全不同的印象。大体上，元人的诗论含有以下两种明显的倾向：第一种就像方回、张之翰那样，把宋末的诗歌视为诗学的衰微，对其代表晚唐体加以批判；第二种则大抵将古乐府的淳朴之风或盛唐诗的格调视为诗的主流，提倡复古或拟古。当然，由于发言者的社会立场、个人趣味的不同，其主张也有细微的差异，但反晚唐和复古的基调，却基本一致。此类主张与宋末以降闾巷之间的诗歌通俗化趋向之龃龉，应该如何认识呢？

按笔者的考虑，这是士大夫诗与非士大夫诗的两极分化现象。《全元文》所收的诗论，大都是从士大夫立场所发的言论，而且从晚唐体流行之地江浙、江西、福建出身的诗人们（赵孟頫、袁桷、戴表元、杨载、范梈、杜本）引领了这种诗论。他们普遍保持的反晚唐的复古姿态，或许可以看作一种努力，即企图摆脱南宋后期中央诗坛长期低落的趋势，重新振起以士大夫为主导的诗坛。也就是高唱沿袭诗学正统而来的“正音”“正声”，主张恢复与统一盛世相适应的诗歌格调，提高中央诗坛的凝聚力。从以“官—学—文”三位一体为理想的士大夫诗歌观来看，晚唐体本来就是与此相反的诗体，充其量不过一种支流。因此，他们通过明确否定巷间流行的晚唐体，来表现出差别，企图迅速重构以士大夫为中心的诗论。从他们的言说中不难感受到，与非士大夫乃至民间诗歌严格区别的意识，作为一个前提起着强大的作用。

若允许稍作穿凿，视之为江南知识人的某种焦躁感或危机感的表露，亦无不可。如上所述，入元以后，旧南宋地域出身者即所谓“南人”，处身于权力结构的最下层，作为“士”的传统文化的象征而被尊崇的文言，在异民族政权下，其地位也开始动摇。因此，强烈地自觉为传统继承者的他们，为了死守传统文化的一隅，进而维持自己的中心地位，便纠合了华北的“汉人”诗人，有意识地引领诗坛，兴起诗歌的整风运动。如此理解，实属可能。至少在笔者看来，若将他们的主张视为从纯粹文学性的认识出发的见解，便与当时他们周围的环境很不协调。

无论如何，增强中央诗坛的凝聚力，将朝野之士的诗歌观统合为一的主张走向了兴盛，但在此过程中，也出现了另一种主张，即否定凝固不变的诗体的存在，认为诗人的职责是从各自的立场、应不同的状况而如实歌咏。黄溍(1277—1357)就是其人。他给两位社会身份显著有异的诗人写作了集序，一位是中央诗坛的领袖(贡奎)，一位是布衣诗人(高君骧)，却表达了相同的见解。这里把后者(《雪篷集序》)引用于下：

> 予闻昔人论文，有朝廷台阁、山林草野之分。所处不同，则所施亦异。夫二者岂有优劣哉？今四方学者，第见尊官显人摛章绩句，婉美丰缛，遂悉意慕效之。故形于言者，类多有其文而无其实。[①]

黄溍引用了北宋后期吴处厚的说法(《青箱杂记》卷5)，谓“文”有“山林草野”和“朝廷台阁”二体之异。这里的“文”应该也包括诗。他认为，“山林草野”与“朝廷台阁”之文本无优劣之分，但如今“四方学者”却一味模仿“朝廷台阁”之体，这样的风潮被他批判为空言而已。

① 《全元文》第29册，102页。

黄溍本人具备“朝廷台阁”之地位，是个仕途较为顺利的士大夫，但就其经历来看，他对“山林草野”或所谓“穷乡下士、草野寒生”[①]也抱有特别的亲近感。他的出身地义乌，与上述月泉吟社有深刻的关联，该吟社悬赏公募诗作的时候，他年方十岁，诗集中当然没有他的名字，但在起家之前，他曾师事方凤，受其熏陶，亲身经历和目击了吟社的活动。因此，当他称扬“山林草野”，或“穷乡下士、草野寒生”之时，浮现于脑海的想必是以其师方凤为代表的宋遗民或者吟社同人的形象。换句话说，虽然借用了吴处厚的说法，但投射其中的乃是他亲身接触和熟知的当时“穷乡下士、草野寒生”之实态。

然而，总体上说，他所表述的也不过是广义的“士”阶层中的二极，即“中央与地方”，或者上层之“士”与下层之“士”的异同。现在，且以所谓“朝廷台阁”为一极，“穷乡下士、草野寒生”为二极，则我们不能忘记当时已有第三极的存在：生活于“穷乡下士、草野寒生”的周边，与他们也有明显的差异，其诗歌创作未必与社会荣达相关，完全当作个人自我表达之手段而爱好的作者层。上述向月泉吟社投稿的诗人中间，确实已包含了这一层的作者，如许有壬序文所谓的“女子”“鄙人”便可归属于此。若以职业种类区分集团，则禅僧、道士等方外之客也可归属于此。属于这第三极的诗人们，大体上不曾以居高临下的姿态来主张己说，不曾根据己说对他者加以明确的批判、否定，因此，他们几乎不被文学史所采入，其诗集也大抵不能传诸后世。像陈起那样独具慧眼的出版策划者并不是任何时代都有的，至少在元代并未出现第二个陈起。

晚唐体是远离意识形态的诗体，故对于非士大夫诗人来

---

① “穷乡下士、草野寒生”之语，见黄溍为贡奎所作集序《贡侍郎文集序》，《全元文》第29册，113页。

说，是最切身的容易亲近的诗体。近体的各种格律，在他们眼里是保证作品质量，通向佳作的合理阶梯，而其短至二韵或四韵，也大大减轻了伴随创作而来的压力。学识的倾注、对社会不公正的暴露、对天下国家的忧患，这些都没有必要，只需温存审美的感性，提炼出新鲜的表达即可。题材和表达方式上的制约宽松，无疑是促进初学者创作欲的重要因素。晚唐体之所以能促成诗歌的通俗化，亦即作诗人口的增长，原因在此。尽管入元以后并未出现第二个陈起，但对于刚刚掌握文言这一表达手段的新阶层的表达者来说，晚唐体作为适合其自我表达的诗体，已成为他们亲近的基本作诗体裁，从而获得了存在的权利。

通俗化的文言与高雅化的白话，在宋末元初的阶段，还未出现明确的融合样式，但元朝后期 14 世纪以降呈现于出版界的变化告诉我们，时代已经到达两相融合的最终准备阶段。

（朱刚　译）

初出一览

Ⅰ 宋代庙堂诗学

第一章 宋代士大夫的诗歌观

［日］第一节至第四节：《松浦友久博士追悼记念中国古典文学论集》，研文出版，2006 年

第五节至第七节：《橄榄》第 13 号，2005 年

［中］第一节至第五节：《第四届宋代文学国际研讨会论文集》，浙江大学出版社，2006 年

第六节至第七节：《宋代文学之会通与流变（近世文学国际学术研讨会论文集之一）》，新文丰出版公司，2007 年

第二章 苏轼的杭州时代——骚客与太守

［日］原版：《中国诗文研究论丛》第 5 集，1986 年

修订版：内山精也著《苏轼诗研究——宋代士大夫诗人的构造》，研文出版，2010 年

第三章 苏东坡与黄山谷的万里交情——围绕《黄州寒食帖》

［日］艺术新闻社，《墨》39 卷 3 号（通卷 228 号），2014 年

Ⅱ 诗人与江湖

第四章 长淮诗境——从《诗经》至北宋末之演变

［日］《橄榄》第 15 号，2008 年

［中］《第五届宋代文学国际研讨会论文集》，暨南大学出版社，2009 年

第五章　长淮诗境(南宋篇)——爱国、忧国的意识形态

［日］《江湖派研究》第 2 辑，2012 年

［中］《东华汉学》第 17 辑，2013 年

Ⅲ　诗人自觉的演变

第六章　媒体变革前后的诗人与自编诗集——初唐至北宋末

［日］《中国诗文研究论丛》第 34 集，2015 年

［中］《长江学术》2016 年第 2 期

第七章　南宋中期的诗人与自编诗集的生前刊行——宋代士大夫的诗人意识及其性质演变

［日］《日本宋代文学学报》第 2 集，2016 年

［中］《中国诗学》第 21 辑，人民文学出版社，2016 年

第八章　南宋后期的诗人、编者与书肆——《江湖小集》编刊的意义

［日］《橄榄》第 20 号，2016 年

［中］《新宋学》第 5 辑，复旦大学出版社，2016 年

Ⅳ　何为诗之“近世”

第九章　宋诗能否称为“近世”文学

［日］《江湖派研究》第 1 辑，2009 年(包含第二章)

［中］《国学学刊》2010 年第 3 期

第十章　宋代刻书业的发展与宋诗的“近世化”现象

［中］《东华汉学》第 11 辑，2010 年

第十一章　宋末元初的文学语言——晚唐体的走向

［日］《日本中国学会报》第 64 集，2012 年

［中］《融通与新变：世变下的中国知识分子与文化》，华艺学术出版社，2013 年

后　记

前著《传媒与真相——苏轼及其周围士大夫的文学》(上海古籍出版社,2005 年 8 月)出版后,岁月匆匆,又过了十余年的光阴。其间,由于研讨会、讲演等,每年有一两次机会访问中国各地,每次去又有幸能够与许多研究者进行交流。在日本,有关中国古典文学的研究正日渐边缘化,所以身在日本想要遇到同自己有相似问题意识的研究者,已经变成了一件相当困难的事情。但是,只要到了中国,就一定会遇到抱有相同问题意识的同行,在他们中间,提出的问题可以及时得到各种形式的反馈,同时可以毫无例外地体会到一种在日本已经难以感觉到的热烈气氛,且能频频尽享学术讨论的快乐。在日本早已消失了的热烈的学术性氛围,在中国还实实在在地存在着。这种得以忘记常在日本体会到的疏远感的方面,也成为这十多年里屡屡访问中国的一大动机。在这样的访问机会里,总会有人对我说读过拙著,当然,也受到过比较严厉的批评。然而包括这些批评在内,这一切于我都是十分愉快,且值得感激的瞬间。

我读硕士时就开始追究苏东坡的文学,前著将以他为代表的北宋中、后期士大夫诗学作为研究对象的论文编为一册。以此书的公刊为契机,笔者的关注点也发生了很大的变化:在时间上由北宋进入了南宋,而作者的社会阶层也从士大夫转向了布衣。此变化的直接契机是本书开卷第一篇论文《宋代士大夫的诗歌观》。这篇论文对士大夫诗人的价值构造和其诗学的位置进行了整理,士大夫诗人的研究在此告一段落。与此同时,笔者注意到了脱离士大夫这一框架的江湖诗人的重要性,自然而然地将兴趣点转向了这些热衷于与士大夫诗人相异的诗歌创作原理的江湖诗人。

实际上，当我将研究对象转换为江湖诗人后，等待着的难题之难度，远远超过了研究士大夫诗人时所遇到的。伴随着前人的先行研究与传记资料同时缺少的状况，研究中最麻烦的还是周围冷漠的视线。笔者研究苏黄的时候，周围的目光都是善意的。因为对于中国诗歌史来说，苏黄是必不可缺的重要诗人，无疑谁都知道这一点，因此几乎无人对苏黄研究的价值加以怀疑。因此成为问题的只是研究的内容。

而江湖诗人，在今天的文学史上是无法成为苏黄的比较对象的。笔者周围的人们本来连其存在也不知道。以此作为研究对象的时候，在涉及研究内容之前，首先会被质问研究意义之所在。诸如：为什么研究他们？研究他们有怎样的价值？——作为少数派常常会被要求对此加以说明。本书收录的相关诸篇，就是首先为了完成说明责任(accountability)，回答来自周围的这类疑问，并提示出江湖诗人研究意义的大致框架。

但是，江湖诗人研究的细节还不完善。因此，虽然我的江湖诗人研究还在中途，但感觉到了其中充满着与北宋士大夫诗人完全不同的知性刺激，每天都能体验到来自江湖诗人的强烈刺激。我期待今后能够将一个个研究内容积累起来，最终提出包含个案研究的研究成果。宋代三百年的诗歌史，绝不只是士大夫诗人唱独角戏的历史，这是具有更多的面貌，更复杂地构造而成的，为了揭示这一点，特将本书付梓。而这也是书名《庙堂与江湖》的由来。

本书由四个部分构成。其中，第Ⅰ部分是有关可说是笔者研究基点地苏轼以及北宋士大夫的三篇论文，其中两篇未曾在中国公开过。第Ⅱ到第Ⅳ的三部分收录了八篇论文，对于笔者来说，这是新课题，即有关江湖诗人的研究成果。这部分都是为了参加大陆或台湾的研讨会而准备的论文，可能已经有与会学者在学刊或研讨会论文集的中文版里读到过。因此，在这里，先交代一下第一部分收录的未公开过的两篇论文和其写作背景。这两篇论文分别是第二章的《苏轼的杭州时代》和第三章的《苏东坡与黄山谷的万里交情》。

第二章的原型是三十年前的论文，那时笔者还是研究生。2010年秋出版日语论文集《蘇軾詩研究　宋代士大夫詩人の構造》（《苏轼诗研究　宋代士大夫诗人之结构》，研文出版）时，收录了修改稿。这里编入的是修改版的译文。这是笔者的第一篇论文，应该说是笔者研究的出发点，初期论文的几个重要观点都已经潜在于这篇论文里。苏轼或以自己作品作为典故、或次韵自己作品的情况，通判时期和知州时期的作诗倾向明显存在着差异，而其差异又不仅仅局限于苏轼个人，是很多宋代士大夫诗人都具有的普遍性现象。诸如这些论述，都发展为了前著收录的论点。本书第一章的概括是以理念为中心的内容，为了对此作出弥补，收入了对这个问题作出了具体论述的少作。

第三章与其说是论文，似乎更应该叫作随笔。众所周知，苏轼《寒食帖》的真迹现在收藏于台湾的故宫博物院，2014年夏秋两季，东京国立博物馆举办了“台北故宫博物院——神品至宝”特别展，《寒食帖》也是展出的神品之一，笔者有幸初次隔着玻璃观赏到这一与日本缘份深厚的天下神品。日本一家民间书法杂志社为配合这次展览要出版特刊号，他们向我约稿，于是有了这篇文章。笔者以前也写过强调黄庭坚和王安石关系的论文（收录于前著的《黄庭坚与王安石——以黄庭坚为中心的另一个关系》），在这篇论文里，为了让“王黄”这一新的组合显得清晰，多少有些故意淡化“苏黄”关系的地方。当然对于黄庭坚来说，苏轼的存在是非常重要的，无需赘言。读了杂志上的这篇文章后，有人提出黄庭坚祭扫苏洵墓，是在他写《寒食帖》题跋之前还是之后？当然已经没有资料能够对此作出证明了，但是笔者确信应该在扫墓之前，其理由为：黄庭坚的跋文里没有任何有关扫墓的记载。如果这篇跋文写于扫墓之后，不是应该在文中言及此事吗？笔者以为，跋文丝毫没有相关记述的事实，正好说明是写于扫墓之前的。这一说法不过是缺少根据的推测，却维系了一个浪漫的解释：《寒食帖》使相隔万里的“苏黄”之间的心灵交流得以实现。

与前著相隔十多年时间，再次获得机会用著书的形式和中国的同行们进行学术交流，这让我荣幸万分，由衷地高兴。在此衷心感谢将我推荐给复旦大学出版社的朱刚教授。朱刚教授是我的导师王水照教授门下的师弟，本书超过半数的论文出自他的翻译，仰仗他精准而又高速度的翻译能力，我不断重复着研讨会几天之前写成，却在出发前一日得到翻译的危险体验。毫无疑问他是我论文的第一读者，也是最严厉的读者之一。同时也感谢复旦出版社的王汝娟女史，感谢她巧妙地激励因为繁忙工作总是拖延稿子的我。另外，给上海财经大学中文系的李贵教授增加了联络之劳，湖北大学文学院熊海英教授也介绍了宁波大学日语系的刘静女史担任其中一篇的翻译。他们三个都是我的师弟师妹。我的学生，现任四川大学文学与新闻学院讲师的张淘女史，以及我妻子益西拉姆也在繁忙间参与了翻译。而最令人头疼的校正工作则得到了浙江师范大学人文学院慈波教授的莫大帮助，他也是王水照教授门下的师弟。

复旦大学是笔者的第二母校，因此能在复旦出版社付梓刊行第二本论文集，其喜悦无疑更添一筹。在出版之际，又得到了恩师王水照先生的上述众多门生的支持。如果没有复旦大学有关人员帮助，本著大概不会如此迅速地和读者见面吧，特记于此，以表达我的深切谢意。

内山精也

2017 年 6 月

图书在版编目(CIP)数据

庙堂与江湖——宋代诗学的空间/[日]内山精也著;朱刚、张淘、刘静、益西拉姆译;慈波校译. —上海:复旦大学出版社,2017.8(2021.8 重印)
(日本汉学家"近世"中国研究丛书/朱刚,李贵主编)
ISBN 978-7-309-13108-6

Ⅰ. 庙… Ⅱ. ①内…②朱…③张…④刘…⑤益…⑥慈… Ⅲ. 宋诗-诗歌研究 Ⅳ. I207.22

中国版本图书馆 CIP 数据核字(2017)第 169629 号

庙堂与江湖——宋代诗学的空间
[日]内山精也 著 朱 刚 张 淘 刘 静 益西拉姆译 慈 波 校译
责任编辑/王汝娟

复旦大学出版社有限公司出版发行
上海市国权路 579 号 邮编:200433
网址:fupnet@fudanpress.com http://www.fudanpress.com
门市零售:86-21-65102580 团体订购:86-21-65104505
出版部电话:86-21-65642845
上海崇明裕安印刷厂

开本 850×1168 1/32 印张 9.75 字数 216 千
2021 年 8 月第 1 版第 3 次印刷

ISBN 978-7-309-13108-6/I·1057
定价:58.00 元

如有印装质量问题,请向复旦大学出版社有限公司出版部调换。
版权所有 侵权必究